Paulo Coelho

Elf Minuten

Roman

Aus dem Brasilianischen von
Maralde Meyer-Minnemann

Diogenes

Titel der 2003 bei
Editora Rocco Ltda., Rio de Janeiro,
erschienenen Originalausgabe:
›Onze minutos‹

Paulo Coelho: www.paulocoelho.com
Die deutsche Erstausgabe
erschien 2003 im Diogenes Verlag
Umschlagillustration von Marco Zivny

Diogenes Verlag AG Zürich
www.diogenes.ch
80/13/8/1
ISBN 978 3 257 05736 2

Und diese, eine Frau, war in der Stadt, die war eine Sünderin. Als sie vernahm, daß er zu Tisch saß im Haus des Pharisäers, brachte sie ein Glas mit Salböl und trat von hinten zu seinen Füßen, weinte und fing an, seine Füße mit Tränen zu benetzen und mit den Haaren ihres Hauptes zu trocknen, und küßte seine Füße und salbte sie mit Salböl…

Als aber das der Pharisäer sah, der ihn eingeladen hatte, sprach er bei sich selbst und sagte: Wenn dieser ein Prophet wäre, so wüßte er, wer und was für eine Frau das ist, die ihn anrührt, denn sie ist eine Sünderin.
Jesus antwortete und sprach zu ihm: Simon, ich habe dir etwas zu sagen.
Er aber sprach: Meister, sag es.

Ein Gläubiger hatte zwei Schuldner. Einer war fünfhundert Silbergroschen schuldig, der andere fünfzig. Da sie aber nicht bezahlen konnten, schenkte er's beiden. Wer von ihnen wird ihn am meisten lieben?

Simon antwortete und sprach: »Ich denke, der, dem er am meisten geschenkt hat.«

Er aber sprach zu ihm: »Du hast recht geurteilt.«

Und dann wandte er sich zu der Frau und sprach zu Simon: »Siehst du diese Frau? Ich bin in dein Haus gekommen; du hast mir kein Wasser für meine Füße gegeben, diese aber hat meine Füße mit Tränen benetzt und mit ihren Haaren getrocknet. Du hast mir keinen Kuß gegeben, diese aber hat, seit ich hereingekommen bin, nicht abgelassen, meine Füße zu küssen. Du hast mein Haupt nicht mit Öl gesalbt; sie aber hat meine Füße mit Salböl gesalbt.

Deshalb sage ich zu dir: Ihre vielen Sünden sind vergeben, denn sie hat viel Liebe gezeigt; wem aber wenig vergeben wird, der liebt wenig.«

Lukas, 7: 37–47

Weil ich die erste und die letzte bin
Bin ich verehrt und verachtet
Bin ich Hure und Heilige
Bin ich Gattin und Jungfrau
Bin ich Mutter und Tochter
Bin ich die Arme meiner Mutter
Bin ich unfruchtbar, und die Zahl meiner Kinder ist groß
Bin ich gut vermählt und ledig
Bin ich die gebiert und niemals geboren hat
Bin ich die Trösterin der Wehen
Bin ich die Gattin und der Gatte
und es war mein Mann, der mich geschaffen hat
Ich bin die Mutter meines Vaters
Bin die Schwester meines Mannes
und er ist mein abgelehnter Sohn
Achtet mich immer
Denn ich bin die Anstoß Erregende und die Prächtige

Hymne an Isis, 3. oder 4. Jh. n. Chr.,
entdeckt in Nag Hammadi

Es war einmal eine Prostituierte namens Maria.

Moment mal. »Es war einmal« ist die beste Art, ein Märchen für Kinder zu beginnen, während »Prostituierte« nach etwas klingt, was für Erwachsene gedacht ist. Darf man ein Buch mit einem so offensichtlichen Widerspruch beginnen? Im Leben stehen wir schließlich auch dauernd mit einem Fuß im Märchen und mit dem anderen im Abgrund, und darum wollen wir es bei diesem Anfang belassen: Es war einmal eine Prostituierte namens Maria.

Wie alle Prostituierten war auch Maria einmal ein unschuldiges Mädchen gewesen und hatte während ihrer Jugendzeit davon geträumt, dem Mann ihres Lebens zu begegnen (reich, schön, intelligent), ihn zu heiraten (im Brautkleid), mit ihm zwei (dereinst berühmte) Kinder zu haben und in einem schönen Haus (mit Blick aufs Meer) zu wohnen. Marias Vater war Bauer, ihre Mutter Schneiderin, in ihrer Heimatstadt im Nordosten Brasiliens gab es nur *ein* Kino, *einen* Nachtclub, *eine* Bankfiliale; deshalb wartete Maria immer darauf, daß eines Tages ein Märchenprinz auftauchen, ihr Herz im Sturm nehmen und mit ihr aufbrechen würde, um die Welt zu erobern.

Solange aber der Märchenprinz nicht kam, konnte sie nur träumen. Mit elf verliebte sie sich zum ersten Mal. Auf dem Schulweg. Am ersten Schultag. In einen Jungen aus der Nachbarschaft. Die beiden sprachen nie ein Wort miteinander, aber Maria merkte bald, daß die schönsten Augenblicke des Tages für sie die auf der staubigen Straße waren, wenn die Sonne im Zenit stand und sie durstig und müde versuchte, mit dem Jungen Schritt zu halten.

So ging es mehrere Monate lang: Maria, die im Grunde nicht gern lernte und in ihrer Freizeit nur vor dem Fernseher saß, konnte den nächsten Schultag jeweils kaum erwarten; im Gegensatz zu ihren Altersgenossinnen fand sie die Wochenenden todlangweilig. Da die Zeit einem jungen Menschen viel länger vorkommt als einem Erwachsenen, erschien es ihr unerträglich, daß jeder Tag ihr nur zehn Minuten mit ihrem Liebsten bescherte und dafür unendlich viele Stunden, in denen sie an den Jungen nur denken und sich ausmalen konnte, wie schön es wäre, mit ihm zu reden.

Und dann geschah es. Eines Morgens sprach der Junge sie an und bat sie, ihm einen Bleistift zu leihen. Maria antwortete nicht, blickte ihn abweisend an und ging schnell weiter. In Wirklichkeit war sie vor Angst wie versteinert gewesen, als sie ihn auf sich zukommen sah. Sie fürchtete, er könnte merken, wie verliebt sie in ihn war, was sie sich alles von ihm erhoffte, wie sehr sie davon träumte, mit ihm Hand in Hand am Schultor vorbei- und die Straße bis zum Ende zu gehen, bis in eine große Stadt, wo es angeblich Märchenprinzen gab und Künstler, viele Autos und Kinos und alle möglichen tollen Dinge, die man unternehmen konnte.

Tagsüber im Unterricht konnte sie sich nicht konzentrieren. Sie machte sich Vorwürfe, aber zugleich war sie erleichtert, weil sie dem Jungen auch aufgefallen war und dieser den Bleistift offensichtlich nur als Vorwand benutzt hatte, um mit ihr ein Gespräch zu beginnen, denn als er zu ihr gekommen war, hatte sie einen Kugelschreiber in seiner Tasche bemerkt. Sie wartete darauf, daß er sie erneut ansprechen würde, und in der Nacht – und all die folgenden Nächte – malte sie sich die Antworten aus, die sie ihm beim nächsten Mal geben würde, und was die richtige Art wäre, eine Liebesbeziehung zu beginnen, die nie enden würde.

Aber es gab kein nächstes Mal. Obwohl sie weiterhin zusammen zur Schule gingen – Maria mal ein paar Schritte vor ihm mit einem Bleistift in der Hand, mal hinter ihm, um ihn zärtlich anzusehen –, sprach er sie bis zum Ende des Schuljahres nie wieder an.

In den großen, endlosen Ferien wachte sie eines Morgens mit Blut an den Beinen auf und dachte, sie müßte sterben. Sie beschloß, dem Jungen einen Brief zu schreiben, in dem sie ihm ihre Liebe gestand; danach würde sie in den *sertão*, in die Wildnis, gehen und von einem dieser fürchterlichen Tiere – nämlich dem Werwolf oder dem Maultier ohne Kopf –, von denen die Bauern der Gegend immer munkelten, getötet werden. Wenigstens wußten ihre Eltern dann nicht, daß sie tot war, und konnten hoffen, daß ihr Kind von einer reichen, kinderlosen Familie geraubt worden und eines Tages – reich und erfolgreich – zurückkehren würde; Marias große Liebe dagegen würde sich ein Leben lang grämen, sie nicht wieder angesprochen zu haben.

Maria kam nicht dazu, den Brief zu schreiben, denn ihre Mutter trat ins Zimmer, sah die roten Bettücher und sagte lächelnd:

»Jetzt bist du ein junges Mädchen, Töchterchen.«

Maria wollte wissen, was das Blut damit zu tun habe,

daß sie jetzt ein junges Mädchen war, doch ihre Mutter konnte es ihr nicht richtig erklären. Sie sagte nur, es sei normal und von nun an müsse sie an vier oder fünf Tagen im Monat eine Art Puppenkissen zwischen den Beinen tragen. Geht das bei den Männern auch so? fragte Maria, denn sie konnte sich nicht vorstellen, wie das bei ihnen funktionieren sollte. Aber sie erhielt die Auskunft, daß Männer keine monatlichen Blutungen hätten. Männern passiere das nicht, nur Frauen.

Zuerst haderte Maria mit dem lieben Gott wegen dieser Ungerechtigkeit, doch mit der Zeit fand sie sich mit der Menstruation ab. Mit der Abwesenheit des Jungen konnte sie sich jedoch nicht abfinden, und sie machte sich ständig Vorwürfe, weil sie vor dem weggelaufen war, was sie sich am meisten gewünscht hatte. Einen Tag vor Schulbeginn ging sie in die einzige Kirche des Ortes und gelobte vor dem Bildnis des heiligen Antonius, daß sie die Initiative ergreifen und den Jungen ansprechen würde.

Gott sei Dank waren die Ferien endlich vorbei. Am nächsten Tag machte sie sich so hübsch wie möglich. Sie zog das neue Kleid an, das die Mutter für sie genäht hatte, und trat vor das Haus. Aber der Junge kam und kam nicht. Eine bange Woche verging, bis sie von ihren Kameraden erfuhr, er sei in eine andere Stadt gezogen.

»Er ist weit weggezogen«, sagte einer.

Da lernte Maria, daß gewisse Dinge nicht nachholbar, sondern auf ewig verloren sein können. Sie lernte auch, daß es einen Ort namens ›Weit weg‹ gab, daß die Welt groß und ihr Städtchen klein war und daß die interessanten Menschen am Ende immer weggingen. Sie wäre selbst gern weggegangen, aber sie war noch sehr jung; dennoch beschloß sie, daß sie eines Tages dem Jungen folgen und den vertrauten staubigen Straßen für immer den Rücken kehren würde.

An den neun folgenden Freitagen ging sie zur Kommunion und betete zur Jungfrau Maria, sie bald hier herauszuholen.

Vergebens versuchte sie, eine Spur des Jungen zu finden, aber niemand wußte, wohin er mit seinen Eltern gezogen war. Und Maria kam zu dem Schluß, daß die Welt zu groß, die Liebe etwas Gefährliches und die Jungfrau Maria dort im Himmel zu weit weg wohnte, um die Bitten der Kinder zu hören.

Drei Jahre vergingen, Maria besuchte weiter die Schule, lernte Mathematik und Erdkunde, schaute sich regelmäßig die Serien im Fernsehen an, las in der Schule unter dem Pult die ersten erotischen Zeitschriften. Sie begann auch ein Tagebuch, dem sie ihr, wie sie fand, uninteressantes Leben anvertraute und ihre Sehnsucht nach der weiten Welt, von der ihnen der Erdkundelehrer erzählte – den Meeren, den schneebedeckten Alpen, aber auch von den Männern mit Turban und eleganten, schmuckbehangenen Frauen. Aber da das Leben nicht nur aus unerfüllbaren Wünschen bestehen kann – vor allem, wenn die Mutter Schneiderin ist und der Vater auf dem Feld arbeitet und fast nie zu Hause ist –, begriff Maria bald, daß sie ihrer Umgebung mehr Beachtung schenken sollte. Sie lernte eifrig, um es im Leben zu etwas zu bringen, während sie zugleich jemanden suchte, mit dem sie ihre Sehnsucht nach Abenteuern teilen konnte.

Mit fünfzehn verliebte sie sich in einen Jungen, den sie während einer Karwochenprozession kennengelernt hatte. Sie machte denselben Fehler nicht noch einmal: Die beiden redeten miteinander, freundeten sich an, gingen zusammen ins Kino und auf Partys. Erneut stellte sie fest, daß die Liebe mehr mit der Abwesenheit als mit der Gegenwart der geliebten Person zu tun hatte: Wenn sie den Jungen nicht sah, vermißte sie ihn, und sie verbrachte Stunden damit, sich auszumalen, was sie beim nächsten Wiedersehen sagen würde, erinnerte sich an jeden Augenblick, den sie zusammen verbracht hatten, und grübelte, was sie richtig oder falsch gemacht hatte. Sie gefiel sich in der Rolle des schon etwas erfahreneren Mädchens, das schon eine Liebe hatte gehen lassen und es bitter bereute. Jetzt war sie wild entschlossen, um den jungen Mann zu kämpfen: sie wollte heiraten, Kinder haben, in dem Haus am Meer wohnen. Ihre Mutter, mit der sie sich besprach, fand sie dafür noch zu jung.

»Aber du warst doch auch erst sechzehn, als du Vater geheiratet hast!«

Die Mutter wollte nicht zugeben, daß eine ungewollte Schwangerschaft der Grund gewesen war, und brach das Gespräch sofort ab.

»Damals war eben alles anders«, sagte sie nur.

Am nächsten Tag durchstreifte Maria mit dem Jungen die Felder vor dem Städtchen. Sie unterhielten sich, und Maria fragte, ob er auch so große Lust habe zu reisen; als Antwort nahm er sie in den Arm und küßte sie.

Der erste Kuß ihres Lebens! Wie oft hatte sie von diesem Augenblick geträumt! Noch dazu vor dieser Kulisse – mit den fliegenden Reihern, dem Sonnenuntergang, der wilden Steppenlandschaft, in die von ferne Musik herüberschallte. Maria tat erst so, als wolle sie nicht, doch bald küßte sie ihn auch oder tat vielmehr, was sie so oft im Kino, in Illustrierten und im Fernsehen gesehen hatte: Sie rieb ihre Lippen heftig an seinen und bewegte dabei ihren Kopf halb rhythmisch, halb unkontrolliert von einer Seite zur anderen. Sie spürte, daß die Zunge des Jungen hin und wieder ihre Zähne berührte, und fand das köstlich.

Da hörte er plötzlich auf, sie zu küssen.

»Willst du nicht?« fragte er.

Was sollte sie darauf antworten? Was wollte er? Natürlich wollte sie. Aber eine Frau durfte sich doch nicht gleich hingeben, vor allem nicht ihrem zukünftigen Ehemann, sonst wurde er womöglich mißtrauisch und hielt sie für ein leichtfertiges Mädchen. Darum sagte sie lieber nichts.

Er umarmte und küßte sie wieder, aber mit spürbar weniger Begeisterung. Dann hörte er auf. Er war ganz rot im Gesicht – und Maria merkte, daß etwas nicht stimmte, hatte aber Angst zu fragen. Sie nahm ihn bei der Hand, und sie gingen ins Städtchen zurück, wobei sie über belanglose Dinge redeten, als wäre nichts geschehen.

In jener Nacht schrieb sie in dem Bewußtsein, daß etwas Schlimmes passiert war, in wohlgesetzten und auch etwas umständlichen Worten in ihr Tagebuch:

Wenn wir jemandem begegnen und uns in ihn verlieben, haben wir das Gefühl, daß das ganze Universum einverstanden ist; heute habe ich das bei Sonnenuntergang erlebt. Wenn jedoch etwas nicht klappt, wenn etwas schiefläuft, dann ist plötzlich alles dahin, als wäre es nie gewesen: die Reiher, die Musik in der Ferne, der Geschmack seiner Lippen. Wie kann soviel Schönheit von einer Minute auf die andere vergehen?

Das Leben rast mit uns dahin, und innerhalb von Sekunden gelangen wir vom Himmel in die Hölle.

Am nächsten Tag redete sie mit ihren Freundinnen. Alle hatten gesehen, daß sie mit ihrem ›Liebsten‹ spazierengegangen war – es reicht schließlich nicht, daß man eine große Liebe hat, man muß auch alles tun, damit die anderen wissen, daß man begehrt ist. Die Freundinnen waren sehr neugierig darauf, zu erfahren, was passiert war, und Maria berichtete stolz, das Beste sei die Zunge gewesen, die ihre Zähne berührt habe. Eins der Mädchen lachte.

»Hast du den Mund nicht aufgemacht?«

Schlagartig wurde ihr alles klar – die Frage, die Enttäuschung.

»Wozu?«

»Damit die Zunge hineinkann.«

»Und was ist der Unterschied?«

»Dafür gibt es keine Erklärung. Man küßt nun mal so.«

Heimliches Kichern, mitleidiges Lächeln – eine süße Genugtuung für jene Mädchen, in die sich noch kein Junge verliebt hatte. Maria tat so, als wäre das nicht weiter wichtig, und stimmte in ihr Gelächter ein – obwohl ihr eigentlich zum Weinen zumute war. Insgeheim verfluchte sie die Filme, von denen sie gelernt hatte, daß man beim Küssen die Augen schließt, den Kopf des anderen zwischen beide Hände nimmt, die Lippen aneinander reibt, die ihr aber das Wesentliche, das Wichtigste, vorenthalten hatten. Sie redete sich ein: Ich wollte mich nicht gleich hingeben, weil ich nicht überzeugt war, doch jetzt habe ich herausgefunden, daß du der Mann meines Lebens bist, und sie wartete auf die nächste Gelegenheit.

Aber sie sah den Jungen erst drei Tage darauf im Clubhaus der Gemeinde wieder, wo er mit ihrer besten Freundin Händchen hielt – derjenigen, die sie nach dem Kuß gefragt hatte. Sie spielte wieder die Gleichgültige, hielt den ganzen

Abend durch, redete Belangloses mit ihren anderen Freundinnen und tat so, als bemerke sie die mitleidigen Blicke nicht, mit denen sie bedacht wurde. Erst als sie wieder zu Hause war, brach sie zusammen und weinte die ganze Nacht. Acht Monate kam sie nicht darüber hinweg. Ihr war klargeworden: Weder war die Liebe für sie, noch sie für die Liebe gemacht. Sie trug sich jetzt mit dem Gedanken, Nonne zu werden und den Rest ihres Lebens einer Art Liebe zu weihen, die nicht verletzte und keine Wunden im Herzen zurückließ – der Liebe zu Jesus. In der Schule sprachen sie von Missionaren, die nach Afrika gingen, und sie beschloß, daß dies der Ausweg aus einem Leben ohne große Gefühle sei. Sie plante, ins Kloster zu gehen, absolvierte einen Erste-Hilfe-Kurs (da in Afrika so viele Menschen krank waren), beteiligte sich eifrig am Religionsunterricht und sah sich bereits als eine moderne Heilige, die Leben rettete und in der Wildnis mitten unter Tigern und Löwen hauste.

Doch ihr fünfzehntes Lebensjahr bescherte ihr nicht nur die Entdeckung des Zungenkusses und der Liebe als Quelle vielen Leids, sondern noch etwas Drittes: die Selbstbefriedigung. Es geschah fast zufällig, als sie an einem Nachmittag, als sie allein zu Hause war, auf ihrem Bett lag und an ihrem Körper herumspielte. Sie hatte das schon als Kind sehr gemocht – bis ihr Vater sie eines Tages dabei überrascht und ihr kommentarlos eine Tracht Prügel verabreicht hatte. Sie hatte die Schläge nie vergessen und daraus gelernt, daß sie sich nie in Anwesenheit anderer berühren durfte; da sie zu Hause kein eigenes Zimmer hatte, unterließ sie es ganz und vergaß das angenehme Gefühl.

Bis zu jenem Nachmittag, fast sechs Monate nach dem bewußten Kuß. Die Mutter war beim Einkaufen, der Vater mit einem Freund unterwegs, und im Fernsehen lief kein interessantes Programm. Maria, die auf ihrem Bett lag, begann ihren Körper nach unerwünschten Härchen abzusuchen, die sie mit der Pinzette auszupfen wollte. Zu ihrer Überraschung bemerkte sie einen kleinen Knubbel oberhalb ihrer Vagina; sie begann mit ihm zu spielen und konnte nicht mehr aufhören; es wurde immer köstlicher, immer intensiver, und ihr ganzer Körper – vor allem der Teil, den sie berührte – wurde steif. Allmählich gelangte sie in eine Art paradiesischen Zustand, das Gefühl wurde immer intensiver, sie hörte nichts mehr, alles verschwamm vor ihren Augen zu einem goldenen Dunst, bis sie vor Lust aufstöhnte und ihren ersten Orgasmus hatte.

Es war so, als wäre sie in den siebten Himmel aufgestiegen und würde nun wieder langsam mit einem Fallschirm zur Erde herunterschweben. Ihr Körper war schweißnaß, aber sie fühlte sich ganz erfüllt, voller Energie. Das also war Sex! Wie wunderbar! Nicht wie in den erotischen Fotoromanen, in denen alle von Lust redeten, dazu aber ein schmerzverzerrtes Gesicht machten. Sie brauchte keinen Mann, der ihre Seele mißachtete und nur ihren Körper liebte. Sie konnte alles selbst machen! Sie befriedigte sich erneut, und diesmal stellte sie sich vor, daß ein Fernsehstar sie berührte. Und wieder gelangte sie in den siebten Himmel und schwebte mit dem Fallschirm herunter, noch erfüllter, noch lebendiger. Sie wollte gerade ein drittes Mal beginnen, als ihre Mutter heimkam.

Maria sprach mit ihren Freundinnen über ihre Entdekkung, sagte aber nicht, daß sie diese erst vor ein paar Stunden gemacht hatte. Außer zweien wußten alle Bescheid, aber keine hatte bislang gewagt, die Sache anzusprechen. Erstmals konnte sich Maria als Vorkämpferin ihrer Clique fühlen; sie erfand ein ›Bekenntnis-Spiel‹ und bat jede zu erzählen, wie sie sich am liebsten selbst befriedigte. So erfuhr sie von verschiedenen Techniken, wie der, es mitten im Sommer unter der Decke zu tun (weil Schwitzen angeblich half), eine Gänsefeder zu benutzen, um die bewußte Stelle zu berühren (wie die Stelle hieß, wußte sie nicht), einen Jungen das machen zu lassen (was Maria überflüssig vorkam) oder die Dusche des Bidets zu benutzen.

Jedenfalls gab Maria, nachdem sie die Selbstbefriedigung entdeckt und einige der von ihren Freundinnen empfohlenen Techniken angewandt hatte, endgültig den Plan auf, Nonne zu werden. Es verschaffte ihr viel Lust. Auch wenn es von der Kirche als große Sünde angeprangert wurde. Unter ihren Freundinnen kursierten die wildesten Geschichten: daß man vom Masturbieren überall am Körper Pickel bekam oder wahnsinnig oder sogar schwanger werden konnte. Maria nahm die Risiken gern in Kauf und befriedigte sich wöchentlich mindestens einmal, meistens mittwochs, wenn ihr Vater mit seinen Freunden zum Kartenspielen wegging.

Gleichzeitig wurde sie in ihrer Beziehung zu Männern immer unsicherer – und der Wunsch, wegzugehen, wurde immer größer. Sie verliebte sich ein drittes und ein viertes Mal, konnte inzwischen küssen, berührte sich oder ließ sich berühren, wenn sie mit ihren Liebsten allein war – aber immer lief etwas falsch, und die Beziehung endete immer genau dann, wenn Maria das sichere Gefühl hatte, den Richtigen gefunden zu haben, mit dem sie den Rest ihres Lebens verbringen wollte. Männer bedeuten nur Schmerz, Frustration und Kummer, dachte sie.

An einem Nachmittag, als sie im Park war und eine Mutter mit ihrem zweijährigen Sohn spielen sah, merkte sie, daß sie auf den Traum von Ehemann, Kindern und einem Haus mit Meerblick doch nicht ganz verzichten wollte; nur verlieben wollte sie sich nicht mehr, denn die Leidenschaft machte alles kaputt!

So vergingen Marias Jugendjahre. Sie wurde immer hübscher, und wegen ihrer geheimnisvollen, traurigen Aura hatte sie viele Verehrer. Sie verabredete sich auch mit dem einen oder anderen, träumte und litt – obwohl sie sich doch geschworen hatte, sich nie wieder zu verlieben. Bei einer dieser Verabredungen verlor sie ihre Jungfräulichkeit auf der Rückbank eines Wagens; sie und ihr Freund berührten sich heftiger als sonst, der Junge fing Feuer, und da sie es satt hatte, die letzte Jungfrau in ihrer Clique zu sein, ließ sie zu, daß er in sie eindrang. Doch statt sie wie das Masturbieren in den siebten Himmel zu heben, tat ihr dieses erste Mal nur weh und hinterließ einen Blutfleck auf ihrem Kleid, der nur schwer wieder herausging. Sie fühlte sich auch nicht verzaubert wie beim ersten Kuß – keine fliegenden Reiher, kein Sonnenuntergang, keine Musik... aber daran wollte sie nicht mehr denken.

Sie hatte mit dem Jungen noch ein paarmal Sex und setzte ihn unter Druck mit der Drohung, ihrem Vater zu erzählen, daß er sie vergewaltigt habe, und der wäre imstande, ihn umzubringen. Sie machte ihn zu einem Werkzeug, um Erfahrungen zu sammeln, wobei sie auf alle möglichen Arten und Weisen zu ergründen suchte, worin die Lust beim Sex mit einem Partner liegen könnte.

Sie kam nicht dahinter; Masturbieren war viel weniger anstrengend, und sie hatte mehr davon – auch wenn das Fernsehen, die Illustrierten, Ratgeber und Freundinnen im

Chor verkündeten, daß ein Mann wichtig sei. Maria begann zu glauben, daß sie ein sexuelles Problem hätte, das sie mit niemandem besprechen konnte. Daher stürzte sie sich aufs Lernen und vergaß lange Zeit diese wunderbare, mörderische Sache, die Liebe hieß.

Aus dem Tagebuch der inzwischen siebzehnjährigen Maria:

Ich möchte herausfinden, was das ist: die Liebe. Ich weiß, daß ich lebendig gewesen bin, als ich geliebt habe, und ich weiß auch, daß nichts an meinem heutigen Leben, so interessant es auf den ersten Blick aussehen mag, mich wirklich begeistert.

Aber die Liebe ist etwas Schreckliches: Ich sehe meine Freundinnen leiden, und das soll mir nicht auch passieren. Dieselben, die mich früher wegen meiner Naivität ausgelacht haben, fragen mich jetzt, wie ich es fertigbringe, die Männer im Griff zu haben. Ich lächle und schweige, weil ich weiß, daß die Arznei schlimmer ist als der Schmerz: Ich verliebe mich einfach nicht. Mit jedem Tag, der vergeht, sehe ich deutlicher, wie schwach, wankelmütig, unsicher die Männer sind und für einige Überraschungen gut… Einige der Väter meiner Freundinnen haben mir schon Angebote gemacht, ich habe abgelehnt. Früher war ich schockiert, jetzt glaube ich, daß die Männer eben so sind.

Ich will begreifen, was Liebe ist, aber bislang leide ich nur. Diejenigen, die meine Seele berühren, können meinen Körper nicht erwecken. Und die, denen ich mich hingebe, können meine Seele nicht berühren.

Mit neunzehn schloß Maria die Sekundarschule ab und nahm eine Stelle in einem Stoffladen an. Der Chef verliebte sich in sie – aber Maria wußte nun, wie man einen Mann benutzte, ohne von ihm benutzt zu werden. Er durfte sie nie auch nur anfassen, obwohl sie ihn, ihrer Anziehungskraft voll bewußt, immer wieder provozierte.

Die Macht der Schönheit! Und wie mochte die Welt für die häßlichen Frauen aussehen? Maria hatte etliche Freundinnen, die bei Partys unbeachtet blieben und zu denen keiner »Hallo, wie geht's!« sagte. Erstaunlicherweise maßen diese Mädchen dem wenigen an Liebe, das sie bekamen, viel mehr Wert bei, litten schweigend, wenn sie abgewiesen wurden, und setzten auf etwas anderes, als sich nur für jemanden schönzumachen. Sie waren unabhängiger, nahmen sich mehr Zeit für sich selbst, obwohl ihnen das Leben nach Marias Ansicht doch bestimmt unerträglich vorkommen mußte.

Sie selbst hingegen wußte, wie anziehend sie war. Allerdings vergaß sie die Warnung ihrer Mutter nicht: »Die Schönheit hält nicht ewig an, Töchterchen.«

Ihren Chef hielt sie auf Distanz, flirtete aber auch mit ihm, was ihr eine beachtliche Gehaltserhöhung einbrachte. Wie lange sie ihn noch hoffen lassen könnte, sie eines Tages doch noch ins Bett zu kriegen, wußte sie nicht, aber einstweilen verdiente sie gut. Dazu kam noch ein Überstundenzuschlag, weil der Mann sie einfach soviel wie möglich um sich haben wollte, vielleicht aus Angst, sie könnte in ihrer Freizeit der großen Liebe begegnen. So arbeitete sie vierundzwanzig Monate hintereinander, konnte ihren Eltern monatlich etwas Geld abgeben und noch etwas auf die hohe Kante legen. Endlich war es soweit! Sie hatte genug Geld beisammen, um eine Woche in der Stadt ihrer Träume Urlaub zu machen, am Ort der Künstler, dem berühmtesten Postkartenmotiv ihres Landes: in Rio de Janeiro!

Ihr Chef erbot sich, sie zu begleiten und alle Kosten zu übernehmen, aber Maria flunkerte, ihre Mutter lasse sie nur unter der Bedingung an einen der gefährlichsten Orte der Welt reisen, daß sie im Haus eines Vetters übernachte, der Jiu-Jitsu praktiziere.

»Außerdem, Senhor«, fuhr sie fort, »können Sie den Laden doch nicht einfach allein lassen, ohne eine vertrauenswürdige Person, die auf ihn aufpaßt.«

»Sag nicht Senhor zu mir«, sagte er, und Maria las in seinen Augen das Feuer der Leidenschaft – und das kannte sie nur zu gut. Sie war überrascht, weil sie bisher geglaubt hatte, der Mann sei nur an Sex interessiert; sein Blick aber verhieß genau das Gegenteil: »Ich kann dir ein schönes Zuhause bieten, Kinder, und deine Eltern werde ich auch unterstützen.« Und mit Blick auf die ungewisse Zukunft, beschloß Maria, das Feuer am Brennen zu halten.

Sie sagte, sie würde den Laden vermissen und die netten Menschen, mit denen sie so gern zusammen sei (sie nannte extra niemand Bestimmten, ließ offen, ob sich das mit den »netten Menschen« auf ihn bezog). Im übrigen werde sie schon auf ihre Handtasche achten und aufpassen, daß ihr nichts Böses geschehe. In Wahrheit jedoch wollte sie sich von nichts und niemandem ihre erste Woche in völliger Freiheit kaputtmachen lassen. Sie würde alles ausprobieren, im Meer baden, Wildfremde ansprechen, Schaufensterbummel machen und sich bereit halten für den Märchenprinzen, der endlich kommen und sie erlösen sollte.

»Eine Woche geht schnell vorbei«, sagte sie mit verführerischem Lächeln und hoffte im stillen, daß sie sich irrte. »Die geht schnell vorbei, und dann kehre ich zu meiner Arbeit zurück.«

Der Chef war untröstlich, zierte sich ein bißchen, willigte aber schließlich ein, denn er hatte vor, bei ihrer Rückkehr um ihre Hand anzuhalten; er wollte nur nicht zu dreist sein und alles kaputtmachen.

Maria reiste achtundvierzig Stunden mit dem Bus, nahm sich ein Zimmer in einer fünftklassigen Pension in Copacabana, und noch bevor sie ihren Koffer richtig ausgepackt hatte, zog sie ihren neuen Bikini an und ging an den Strand. Die paar Wolken am Himmel konnten sie nicht abschrekken. Sie blickte aufs Meer und fürchtete sich und fühlte sich unsicher. Ängstlich blickte sie auf die Wellen. Schließlich ging sie doch ins Wasser.

Niemand am Strand bemerkte dieses Mädchen, das zum ersten Mal das Meer sah, das Reich der Liebes- und Meeresgöttin Jemanjá, den Atlantik mit seinen Strömungen und seiner Gischt, der auf der anderen Seite an Afrika mit seinen Löwen grenzte. Als sie aus dem Wasser stieg, wurde sie zuerst von einer Sandwichverkäuferin angesprochen, dann von einem schönen Schwarzen, der sie fragte, ob sie abends frei sei, um mit ihm auszugehen, und schließlich von einem Mann, der kein einziges Wort Portugiesisch sprach und sie mit Gesten einlud, ein Kokoswasser mit ihm zu trinken.

Maria kaufte ein Sandwich, weil es ihr peinlich war, nein zu sagen, doch auf die beiden fremden Männer ging sie nicht ein. Plötzlich wurde sie traurig: endlich konnte sie tun, was sie wollte, und trotzdem benahm sie sich absolut unmöglich. Warum? Sie setzte sich und wartete, daß die Sonne hinter den Wolken hervorkam.

Der Mann, der kein Portugiesisch sprach, erschien mit einer Kokosnuß an ihrer Seite. Froh darüber, daß sie nicht mit ihm reden mußte, trank sie das Kokoswasser, lächelte, und er lächelte zurück. Eine Zeitlang saßen sie wortlos da, lächelten hinüber und herüber – bis der Mann ein rot eingebundenes Miniwörterbuch aus der Tasche zog und mit ausländischem Akzent »bonita« – »hübsch« – sagte. Sie lächelte wieder und war durchaus bereit, ihren Märchenprinzen zu treffen, aber er sollte zumindest ihre Sprache sprechen und etwas jünger sein.

Der Mann ließ nicht locker, blätterte weiter in dem Wörterbüchlein herum und stammelte dann:

»Heute abend essen?«

Und dann:

»Schweiz.«

Und sagte dann jene Worte, die – in welcher Sprache auch immer – wie die Glocken des Paradieses klingen:

»Job! Dollar!«

Maria kannte kein Restaurant ›Schweiz‹. Aber sollten die Dinge wirklich so einfach sein und die Träume so schnell in Erfüllung gehen? Besser mißtrauisch sein: Vielen Dank für die Einladung, ich bin schon vergeben, und sie war auch nicht daran interessiert, Dollars zu kaufen.

Der Mann, der kein einziges Wort ihrer Antwort verstand, verzweifelte allmählich; er gab das Hinundhergelächle auf, ließ sie stehen und kam kurz darauf mit einem Dolmetscher zurück. Durch ihn erklärte er, daß er aus der Schweiz komme (kein Restaurant, das Land war gemeint) und gern mit ihr zu Abend essen würde, da er ihr einen Job anzubieten habe. Der Dolmetscher, der sich als Berater des Ausländers und Sicherheitsmann des Hotels vorstellte, in dem der Mann abgestiegen war, flüsterte ihr zu:

»Wenn ich du wäre, würde ich einwilligen. Dieser Mann ist ein wichtiger Künstleragent und nach Rio gekommen, um neue Talente zu entdecken, die in Europa für ihn arbeiten sollen. Wenn du willst, kann ich dir andere Frauen vorstellen, die früher für ihn gearbeitet haben: Inzwischen sind sie reich und verheiratet und haben Kinder, und Dinge wie Arbeitslosigkeit und Angst vor Straßenräubern sind für sie Fremdwörter geworden.«

Zum Schluß versuchte er sie noch mit seiner Bildung zu beeindrucken:

»Übrigens werden in der Schweiz Uhren und ausgezeichnete Schokolade hergestellt.«

Marias einzige künstlerische Erfahrung hatte bislang darin bestanden, in einem Passionsstück, das die Stadtverwaltung alljährlich in der Karwoche organisierte, die stumme Rolle einer Wasserverkäuferin zu spielen. Sie war übernächtigt von der langen Busreise, aber das Meer hatte sie erregt, und sie war hungrig und fühlte sich verloren, weil sie weit und breit niemanden kannte. Sie hatte solche Situationen schon vorher erlebt, in denen ein Mann etwas verspricht und danach nicht hält – und wußte deshalb, daß die Geschichte mit der Künstlerin nur wieder ein Trick war, sie für etwas zu interessieren, das sie abzulehnen vorgab.

Sie spürte, daß die Heilige Jungfrau ihr diese Chance gegeben hatte und sie jede Sekunde dieser Urlaubswoche auskosten mußte. Ein gutes Restaurant kennenzulernen bedeutete, daß sie später zu Hause etwas Interessantes zu erzählen hatte. Deshalb nahm sie sein Angebot an, unter der Bedingung, daß der Dolmetscher sie begleitete. Sie hatte es satt, in einem fort zu lächeln und so zu tun, als verstehe sie auch nur ein Wort dessen, was der Ausländer sagte. Jetzt hatte sie nur ein Problem, ein ganz entscheidendes: Sie hatte nichts Richtiges anzuziehen. Eine Frau gibt so etwas nicht zu (eher noch nimmt sie hin, daß ihr Mann sie betrügt), aber da sie diese Männer nicht kannte und sie vermutlich nie wiedersehen würde, hatte sie nichts zu verlieren.

»Ich bin gerade aus dem Nordosten angekommen, ich habe nichts Anständiges anzuziehen.«

Der Mann bat sie durch den Dolmetscher, sich keine Sorgen zu machen, und ließ sich die Adresse ihres Hotels geben. Am späten Nachmittag erhielt sie ein Kleid, wie sie in ihrem ganzen Leben noch keines gesehen hatte, dazu ein Paar Schuhe, die so viel gekostet haben mußten, wie sie im ganzen Jahr verdiente.

Sie spürte: Hier begann der Weg, von dem sie in ihrer Kindheit und Jugend im *sertão* immer geträumt hatte. Da gab es nur Dürre, junge Männer ohne Zukunft, das ehrliche aber arme Städtchen, in dem sie ein ödes, uninteressantes Leben geführt hatte. Jetzt würde sie bald schon die Prinzessin des Universums sein! Ein Mann hatte ihr einen Job und Dollars versprochen und ihr ein sündhaft teures Paar Schuhe und ein märchenhaftes Kleid geschenkt! Es fehlte noch das entsprechende Make-up, aber die Rezeptionistin ihres Hotels half ihr aus, sagte ihr allerdings auch, daß nicht alle Ausländer gut seien, so wie auch nicht alle Bewohner Rios Straßenräuber seien.

Maria schlug die Warnung in den Wind, zog das im wahrsten Sinne himmlische Kleid an, verbrachte Stunden vor dem Spiegel. Sie bedauerte, daß sie ihren Fotoapparat zu Hause gelassen hatte und diesen Augenblick nicht festhalten konnte. Beinahe wäre sie zu spät zu ihrer Verabredung gekommen. Sie rannte hinaus wie Aschenputtel und hastete zu dem Hotel, in dem der Schweizer abgestiegen war.

Zu ihrer Überraschung sagte der Dolmetscher gleich, daß er sie nicht begleiten würde.

»Mach dir wegen der Sprache keine Sorgen – das wichtigste ist, daß er sich an deiner Seite wohl fühlt.«

»Aber wie denn, wenn er nicht versteht, was ich sage?«

»Genau deshalb. Du brauchst dich nicht zu unterhalten, es ist eine Frage von Energien.«

Maria wußte nicht, was sie sich unter »Energien« vorstellen sollte; bei ihr zu Hause verständigten sich die Menschen immer noch mit Worten. Und da wollte dieser Maílson ihr weismachen, in Rio de Janeiro und im Rest der Welt sei alles anders?

»Du brauchst es nicht zu verstehen, sieh nur zu, daß er sich wohl fühlt. Der Mann ist Witwer, kinderlos und Besitzer eines Nachtclubs. Er sucht Brasilianerinnen, die im Ausland auftreten wollen. Ich habe ihm gesagt, daß du nicht der Typ dafür seist, aber er hat nicht lockergelassen und gesagt, er habe sich in dich verliebt, als er dich aus dem Wasser kommen sah. Er hat auch deinen Bikini hübsch gefunden.« Er machte eine Pause. »Ehrlich, wenn du hier einen Freund finden willst, mußt du dir ein anderes Bikinimodell besorgen; außer diesem Schweizer gefällt er bestimmt niemandem.«

Maria tat so, als habe sie das nicht gehört. Maílson fuhr fort: »Ich glaube, er sucht nicht nur ein Abenteuer mit dir; er findet, daß du das Talent hast, eine Hauptattraktion in seinem Nachtclub zu werden. Natürlich hat er dich weder singen hören noch tanzen sehen, aber so was kann man lernen, während die Schönheit – die hat man entweder, oder man hat sie nicht. Diese Europäer glauben wirklich, alle Brasilianerinnen seien sinnlich und könnten Samba tanzen. Wenn er es ernst meint, rate ich dir, bevor du das Land verläßt, um einen unterzeichneten Vertrag zu bitten – mit vom Schweizer Konsulat beglaubigter Unterschrift. Morgen früh bin ich am Strand vor dem Hotel, komm zu mir, falls du noch Fragen hast.«

Der Schweizer nahm lächelnd ihren Arm und zeigte auf das wartende Taxi.

»Wenn er andere Absichten hat und du auch – der Tarif für eine Nacht ist dreihundert Dollar. Mach es nicht für weniger.«

Noch bevor sie antworten konnte, waren sie auf dem Weg zum Restaurant. Der Mann suchte mühsam nach Worten.

»Arbeiten? Job? Dollar? Brasilianischer Star?«

Maria gingen Maílsons Worte nicht aus dem Sinn: dreihundert Dollar für eine Nacht! Was für ein Reichtum! Sie brauchte nicht aus Liebe zu leiden, konnte den Mann bezirzen, wie sie es mit dem Besitzer des Stoffladens gemacht hatte, heiraten, Kinder bekommen und ihren Eltern ein bequemes Leben bieten. Was hatte sie zu verlieren? Er war alt, vielleicht würde er schon bald sterben, und sie würde endlich reich sein. Es sah so aus, als wären in der Schweiz alle reich, aber als gebe es dort zu wenig Frauen.

Während des Essens redeten sie nur wenig – hier ein Lächeln, da ein Lächeln, und Maria begriff allmählich, was Maílson mit »Energien« gemeint hatte. Der Mann zeigte ihr ein Album mit Fotos, deren Bildunterschriften in einer für sie unverständlichen Sprache geschrieben waren. Das Album enthielt unzählige Fotos von Frauen in Bikini (alle viel gewagter als der, den sie am Nachmittag getragen hatte), Zeitungsausschnitte und bunte Prospekte, überschrieben mit dem einzigen Wort, das sie verstand, das aber falsch geschrieben war: »Brazil« (mit »z« statt mit »s«). Sie trank viel, trank sich Mut an, für den Fall, daß der Schweizer ihr tatsächlich ein Angebot machte (dreihundert Dollar waren schließlich nicht zu verachten, und ein bißchen Alkohol machte die Dinge sehr viel einfacher, vor allem, wenn niemand aus ihrer Stadt in der Nähe war). Aber der Mann benahm sich wie ein Gentleman, er zog sogar den Stuhl für sie zurück und schob ihn wieder nach vorn, während sie sich setzte, und erhob sich, als sie schließlich erschöpft aufstand und sich verabschiedete. Sie schlug ein Treffen am Strand für den nächsten Tag vor – auf die Uhr zeigen, mit den Händen eine Wellenbewegung machen und ganz langsam »mor-gen« sagen –, und er schaute ebenfalls auf seine Uhr (wahrscheinlich ein Schweizer Fabrikat) und war einverstanden.

Maria schlief schlecht. Träumte, daß alles ein Traum war. Wachte auf und stellte fest, daß es keiner war: Auf dem Stuhl in dem einfachen Zimmer lag ein wunderschönes Kleid, und darunter stand ein wunderschönes Paar Schuhe, und da war auch noch die Verabredung am Strand.

Aus Marias Tagebuch an dem Tag, an dem sie den Schweizer kennenlernte:

Alles sagt mir, daß ich kurz davorstehe, eine falsche Entscheidung zu treffen, aber wer handelt, macht zwangsläufig auch Fehler. Was will die Welt von mir? Daß ich keine Risiken eingehe? Daß ich wieder dahin zurückkehre, wo ich herkomme, und nie den Mut aufbringe, ja zum Leben zu sagen?

Ich habe schon einmal eine falsche Entscheidung getroffen, als ich elf Jahre alt war und ein Junge mich bat, ihm meinen Bleistift zu leihen; seither habe ich begriffen, daß sich manchmal keine zweite Gelegenheit ergibt und man besser die Geschenke annimmt, die die Welt einem vor die Füße legt. Natürlich ist es riskant, aber ist es riskanter, als mit dem Überlandbus zu fahren?

Wenn ich jemandem treu sein muß, dann in erster Linie mir selbst. Ich muß erst einmal die mittelmäßigen Lieben satt haben, die mir bislang über den Weg gelaufen sind, um mich dann auf die Suche nach der wahren Liebe zu begeben. Viel Lebenserfahrung habe ich nicht, aber eines weiß ich: daß man nichts besitzen kann, alles ist Illusion – sowohl materielle wie spirituelle Güter. Wer schon einmal etwas verloren hat, von dem er glaubte, er würde es nie verlieren (etwas, das mir so häufig passiert ist), weiß am Ende, daß ihm nichts gehört.

Und wenn ich nichts besitze, muß ich auch meine Zeit

nicht damit vergeuden, mich um Dinge zu sorgen, die mir nicht gehören; es ist besser, ich lebe jeden Tag, als wäre es der erste (oder der letzte) Tag meines Lebens.

Am nächsten Tag teilte sie dem Schweizer durch Maílson mit, der sich nun als ihr *empresario* bezeichnete, sie nehme sein Angebot unter der Voraussetzung an, daß sie einen vom Schweizer Konsulat beglaubigten Vertrag erhalte. Der Schweizer, der solche Forderungen gewohnt zu sein schien, sagte, dies sei ganz in seinem Sinne, da man, um in seinem Land zu arbeiten, den Nachweis erbringen müsse, daß niemand sonst im Land diese Arbeit tun könnte – und dieser Nachweis sei unschwer zu erbringen, da Schweizerinnen keine besonders begabten Sambatänzerinnen seien. Sie gingen gemeinsam ins Stadtzentrum, der *empresario* verlangte bei der Vertragsunterzeichnung einen Vorschuß von fünfhundert Dollar in bar für Maria, von denen er dreißig Prozent einbehielt.

»Das ist ein Wochengehalt als Vorschuß. Eine Woche, verstehst du? Den Rest erhältst du ohne Abzug, ich bekomme nur bei der ersten Zahlung etwas.«

Bis zu jenem Augenblick war die Reise, der Gedanke, weit wegzufahren, nur ein Traum gewesen – und Träume sind sehr bequem, sofern wir nicht gezwungen sind, sie in die Tat umzusetzen. So gehen wir keine Risiken ein, vermeiden Frustrationen, schwierige Momente, und wenn wir alt sind, können wir immer den anderen die Schuld in die Schuhe schieben – vorzugsweise unseren Eltern, unseren Ehemännern oder unseren Kindern – dafür, daß wir unsere Träume nicht wahr gemacht haben.

Und nun war plötzlich die Chance da, auf die sie so sehr gewartet hatte, von der sie aber gewollt hätte, daß sie nie kam! Wie sollte sie sich den Herausforderungen und Gefahren eines Lebens stellen, das sie nicht kannte? Wie all das aufgeben, woran sie gewöhnt war? Warum hatte die Heilige Jungfrau sie vor eine derart schwierige Entscheidung gestellt?

Maria tröstete sich mit dem Gedanken, daß sie es sich jederzeit anders überlegen könnte, daß alles nur ein unverbindlicher Spaß war – noch etwas, was sie später zu Hause erzählen könnte. Nun war sie mehr als tausend Kilometer von ihrer Heimat entfernt, hatte dreihundertfünfzig Dollar in der Tasche, und wenn sie morgen beschließen sollte, ihre Koffer zu packen und zu fliehen, würde keiner sie jemals wiederfinden.

Den Nachmittag nach dem Besuch im Konsulat verbrachte Maria allein am Strand, wo sie am Meer entlang spazierenging, den Kindern beim Spielen zusah und die Volleyballspieler, die Bettler, die Trinker und die Verkäufer von typisch brasilianischem Kunsthandwerk (made in China) beobachtete, Jogger und Fitneßfreaks, die sich durch Gymnastik jung halten wollten, ausländische Touristen, Mütter mit Kinderwagen und Rentner, die ganz hinten am Strand Karten spielten. Sie war nach Rio de Janeiro gekommen, hatte in einem erstklassigen Restaurant gegessen, einen Ausländer kennengelernt, war in einem Konsulat gewesen, verfügte über einen *empresario* und hatte obendrein ein neues Kleid und ein neues Paar Schuhe geschenkt bekommen, die sich zu Hause niemand, wirklich niemand kaufen konnte.

Und jetzt?

Sie schaute aufs Meer, in die Richtung, in der sie aufgrund ihrer Geographiekenntnisse Afrika vermutete, Afrika mit seinen Löwen und seinen Urwäldern voller Gorillas. Wenn sie sich jedoch nicht immer geradeaus nach Osten, sondern auch ein wenig in Richtung Norden bewegte, würde sie in einem märchenhaften Reich namens Europa landen, wo es einen Eiffelturm, EuroDisney und den Schiefen Turm von Pisa gab. Was hatte sie zu verlieren? Sie hatte wie jede Brasilianerin Samba tanzen gelernt, noch bevor sie Mama sagen konnte; es stand ihr frei, zurückzukommen, wenn es ihr nicht gefiel. Sie hatte inzwischen gelernt, daß man Gelegenheiten beim Schopfe packen mußte.

Sie hatte einen großen Teil ihres Lebens damit verbracht, ›nein‹ zu Dingen zu sagen, zu denen sie gern ›ja‹ gesagt hätte, war entschlossen gewesen, nur Situationen zu durchleben, in denen sie die Kontrolle hatte – wie bei Abenteuern mit Männern, zum Beispiel. Jetzt stand sie vor dem Unbekannten, das so unbekannt war, wie dieses Meer einst für die Seefahrer gewesen war, die es überquert hatten – das hatte sie im Geschichtsunterricht gelernt. Sie konnte immer noch nein sagen, aber würde sie es dann nicht für den Rest ihres Lebens bereuen, so wie damals mit ihrer allerersten Liebe, ihrem Schulkameraden, der für immer verschwand? Warum sollte sie diesmal nicht ein Ja wagen?

Aus einem sehr einfachen Grund: Sie war ein Mädchen aus der Provinz, ohne jegliche Lebenserfahrung. Sie hatte zwar eine gute Schule besucht, kannte sich mit Telenovelas bestens aus und wußte, daß sie schön war. Doch das allein genügte nicht, um sich in der Welt zu behaupten.

Sie sah eine Gruppe von Leuten, die lachend auf die Wellen guckten und nicht wagten, ins Wasser zu gehen. Vor zwei Tagen war es ihr ganz gleich ergangen, aber jetzt hatte sie keine Angst mehr, ging ins Wasser, wann immer sie dazu Lust hatte, als wäre sie hier geboren. Würde es ihr in Europa nicht genauso gehen?

Sie betete still für sich, bat die Jungfrau Maria wieder um Rat, und bald schon fühlte sie sich eins mit ihrem Entschluß, den Weg weiterzugehen, denn sie wußte sich beschützt. Zurückkommen konnte sie immer noch, doch die Chance, weit wegzugehen, kam vielleicht nicht wieder. Es lohnte sich, das Risiko einzugehen. Es sei denn, der Traum würde in einer achtundvierzigstündigen Fahrt mit einem Bus ohne Aircondition dahinschmelzen. Es sei denn, der Schweizer überlegte es sich anders.

Sie war so aufgeregt, daß sie, als er sie erneut zum Abendessen einlud, versuchte, sinnlich zu sein, und seine Hand nahm, doch der Mann zog seine sofort zurück, und Maria begriff – mit einer gewissen Furcht und mit einer gewissen Erleichterung –, daß er es wirklich ernst meinte.

»Samba-Star«, sagte der Mann. »Samba-Star schön brasilianisch! Reise nächste Woche!«

Alles war wunderbar, aber an »Reise nächste Woche« war absolut nicht zu denken. Maria erklärte, daß sie keine Entscheidung fällen könne, ohne ihre Eltern zu fragen. Der Schweizer zeigte wütend auf eine Kopie des unterzeichneten Vertrags, und zum ersten Mal wurde ihr mulmig.

»Vertrag!« sagte er.

Obwohl sie entschlossen war zu reisen, wollte sie sich

noch einmal mit Maílson beraten, schließlich wurde er ja dafür bezahlt, daß er sie beriet.

Maílson schien allerdings jetzt mehr damit beschäftigt, eine deutsche Touristin zu verführen, die gerade im Hotel angekommen war und in der Überzeugung »oben ohne« am Strand saß, daß Brasilien das freizügigste Land der Welt sei (ohne zu bemerken, daß sie die einzige Person mit nackten Brüsten war und daß alle peinlich berührt herüberguckten). Maria konnte seine Aufmerksamkeit nur schwer auf sich lenken.

»Und wenn ich es mir nun anders überlege?« fragte sie.

»Ich weiß nicht, was im Vertrag steht, aber vielleicht läßt er dich festnehmen.«

»Er wird mich niemals finden!«

»Auch wahr. Also mach dir keine Sorgen.«

Der Schweizer jedoch, der bereits fünfhundert Dollar, ein Paar Schuhe, ein Kleid, zwei Abendessen und die Notarskosten im Konsulat investiert hatte, war allmählich beunruhigt. Daher beschloß er, da Maria darauf bestand, mit ihrer Familie zu sprechen, zwei Flugtickets zu kaufen und sie zu ihrem Geburtsort zu begleiten. Mit Lächeln hier und Lächeln da begann sie allmählich zu begreifen, daß mit Verführung, Gefühlen und Verträgen nicht zu spaßen war.

Alle im Städtchen waren überrascht und stolz, als die schöne Maria in Begleitung eines Ausländers ankam, der sie in Europa zu einem großen Star machen wollte. Alle Nachbarn wußten es bereits, und die Freundinnen aus der Schule fragten: »Aber wie ist das passiert?«

»Ich hatte Glück.«

Sie wollten wissen, ob so was in Rio de Janeiro öfter passiere, genau wie in den Telenovelas. Maria spielte die Welterfahrene und sagte weder ja noch nein, damit ihre Freundinnen dachten, daß sie etwas ganz Besonderes sei.

Zu Hause bei ihren Eltern holte der Ausländer die farbigen Prospekte des ›Brazil‹ (mit »z«) hervor, den Vertrag, während Maria erklärte, daß sie einen *empresario* habe und eine Karriere als Künstlerin machen wolle. Die Mutter warf einen Blick auf die winzigen Bikinis der Mädchen auf den Fotos, die der Ausländer ihr reichte, und gab sie ihm sofort zurück, ohne weitere Fragen zu stellen – ihr war nur wichtig, daß ihre Tochter glücklich wurde und reich oder unglücklich, aber reich.

»Wie heißt er?«

»Roger.«

»Rogério! Ich hatte einen Vetter, der Rogério hieß!«

Der Mann lachte, und alle merkten, daß er die Bemerkung nicht verstanden hatte.

Der Vater meinte zu Maria: »Aber er ist so alt wie ich.«

Die Mutter bat ihn, sich dem Glück ihrer Tochter nicht in den Weg zu stellen. Schneiderinnen reden gemeinhin viel mit ihren Kundinnen, und am Ende wissen sie viel über Ehe und Liebe.

»Mein Herz«, riet sie daher, »es ist besser, mit einem reichen Mann unglücklich zu sein als glücklich mit einem armen; und dort in der Ferne hast du sehr viel mehr Chancen, zumindest reich zu werden. Und wenn alle Stricke reißen, setzt du dich in den nächstbesten Bus und kommst nach Hause zurück.«

Maria war nicht auf den Mund gefallen.

»Mami, du weißt doch, ich kann doch nicht einfach von Europa aus den Bus nehmen. Außerdem möchte ich als Künstlerin Karriere machen, an eine Ehe denke ich jetzt nicht.«

Die Mutter schaute ihre Tochter geradezu verzweifelt an:

»Wenn du bis dorthin kommst, kommst du auch wieder zurück. Solange du jung bist und schön, läuft das mit der Karriere. Aber mit dreißig oder so ist Schluß. Also nutz die Zeit, aber dann sieh zu, daß du einen ehrlichen und in dich verliebten Mann findest, und heirate ihn! Die Liebe sollte erst einmal keine Rolle spielen – zu Anfang hab ich deinen Vater auch nicht geliebt, und der ist nicht einmal reich. Geld kann fast alles, sogar manchmal Liebe ersetzen!«

Eine gute Freundin hätte das nicht gesagt, aber die Mutter hatte große Lebenserfahrung. Achtundvierzig Stunden später war Maria wieder in Rio, nicht ohne vorher – allein – im Stoffladen vorbeizugehen und zu kündigen.

»Ich habe erfahren, daß ein großer französischer *empresario* beschlossen hat, dich nach Paris mitzunehmen«, sagte ihr Chef. »Ich kann dich nicht daran hindern, dein Glück zu versuchen, aber bevor du gehst, muß ich dir noch etwas geben.«

Mit diesen Worten zog er eine Kette mit einem Medaillon aus der Tasche.

»Es ist ein Medaillon unserer Heiligen Jungfrau der Gnade. Ihre Kirche steht in Paris, also geh dorthin und bitte sie um Schutz. Schau, was hier steht.«

Um das Bildnis der Jungfrau herum waren ein paar Worte eingraviert: »O Maria, ohne Sünde empfangen, bitte für uns, die wir uns an dich wenden. Amen.«

»Sag diesen Satz unbedingt mindestens einmal am Tag. Und...«

Er zögerte, aber jetzt konnte er nicht mehr zurück.

»... wenn du eines Tages zurückkehrst, sollst du wissen, daß ich auf dich warten werde. Ich habe die Gelegenheit verstreichen lassen, dir etwas ganz Einfaches zu sagen: Ich liebe dich. Vielleicht ist es zu spät, aber wissen solltest du es trotzdem...«

»Eine Gelegenheit verstreichen lassen« – sie hatte sehr früh gelernt, was das hieß. »Ich liebe dich« hingegen war ein Satz, den sie in ihrem zweiundzwanzigjährigen Leben häufig gehört hatte, aber er klang hohl in ihren Ohren – weil niemals etwas Ernstes, Tiefes daraus geworden war, keine dauerhafte Beziehung. Maria dankte ihm für seine Worte und merkte sie sich gut (was wußte sie schon, was das Leben ihr noch vorbehielt, und es konnte nicht schaden, eine Notlösung in petto zu haben). Sie gab ihm einen keuschen Kuß auf die Wange und ging, ohne sich noch einmal umzusehen, davon.

Zurück in Rio, beantragte und erhielt sie in nur einem Tag ihren Paß. Roger sagte etwas in seinem wortarmen, gestenreichen Portugiesisch, was Maria mit »früher hat das länger gedauert« übersetzte. Dann wurden mit Maílsons Hilfe die letzten Reisevorbereitungen getroffen (Kleider, Schuhe, Make-up, alles, wovon eine Frau wie sie träumen konnte). Roger lud sie am Vorabend ihrer Abreise in einen Nachtclub ein, sah sie tanzen und war begeistert von seiner Wahl – er hatte wirklich den großen Star für den ›Gilbert Club‹ vor sich, die schöne Dunkle mit den hellen Augen und rabenschwarzen Haaren. Die Arbeitsbewilligung des Schweizer Konsulats wurde fertig, sie packten die Koffer. Maria plante heimlich, diesen Mann in sich verliebt zu machen – schließlich war er weder alt noch häßlich, noch arm. Was wollte sie mehr?

Sie kam erschöpft in Genf an, und noch auf dem Flughafen zog sich ihr Herz angstvoll zusammen: Sie entdeckte, daß sie von dem Mann an ihrer Seite vollkommen abhängig war – sie kannte weder das Land noch die Sprache, und die Kälte machte ihr auch zu schaffen. Rogers Verhalten änderte sich von Stund an. Seine Freundlichkeit war verflogen. Er hatte zwar nie versucht, sie zu küssen oder ihre Brüste zu berühren, aber sein Blick war so distanziert wie möglich geworden. Er brachte sie in eine kleine Pension, stellte sie einer anderen Brasilianerin vor, einer jungen, traurigen Frau, die Vivian hieß und sie auf die Arbeit vorbereiten sollte.

Vivian musterte sie nüchtern von Kopf bis Fuß, ohne Mitgefühl für die junge Frau, die zum ersten Mal im Ausland war. Anstatt sie zu fragen, wie sie sich fühlte, kam sie direkt zur Sache.

»Mach dir keine Illusionen. Er fährt immer nach Brasilien, wenn eine seiner Tänzerinnen heiratet, was sehr häufig vorkommt. Er weiß, was er will, und ich denke, du auch: Du bist sicher auch auf der Suche nach einem dieser drei Dinge hergekommen: Abenteuer, Geld oder Ehemann?«

Woher wußte Vivian das? Suchten etwa alle dasselbe? Oder konnte Vivian Gedanken lesen?

»Alle Mädchen hier wollen eines dieser drei Dinge«, fuhr Vivian fort. »Für Abenteuer ist es schlicht zu kalt, und außerdem wirst du sie dir nicht leisten können. Was das

Geld betrifft, so wirst du allein schon ein Jahr arbeiten müssen, um dein Rückflugticket zu bezahlen, Unterkunft und Essen werden dir auch abgezogen.«

»Aber…«

»Ich weiß, du willst sagen: Das war nicht so abgemacht. Tatsächlich aber hast du nur vergessen zu fragen – wie alle. Wärest du aufmerksamer gewesen, hättest du den Vertrag gelesen, den du unterzeichnet hast, dann wüßtest du, worauf du dich eingelassen hast, denn die Schweizer lügen nicht, obwohl sie geschickt zu schweigen verstehen.«

Der Boden unter Marias Füßen tat sich auf.

»Und was den Ehemann betrifft, so ist jedes Mädchen, das heiratet, ein wirtschaftlicher Verlust für Roger. Daher ist es uns verboten, mit den Kunden zu reden. Wenn du etwas in der Richtung unternehmen willst, mußt du große Risiken eingehen. Dieser Club hier ist nicht wie die Clubs in der Rue de Berne.«

»Rue de Berne?«

»Die Männer kommen hier mit ihren Frauen her, und die wenigen Touristen, die sich hierher verirren und die familiäre Atmosphäre bemerken, gehen, um Frauen zu finden, woandershin. Vor allen Dingen mußt du tanzen können; wenn du auch singen kannst, steigt nicht nur dein Gehalt, sondern auch der Neid der anderen. Daher rate ich dir, das mit dem Singen erst gar nicht zu versuchen. Vor allem telefonier möglichst nicht. Da wirst du mehr ausgeben, als du verdienst, und das ist ohnehin nur wenig.«

»Aber er hat mir fünfhundert Dollar pro Woche versprochen.«

»Du wirst schon sehen.«

Aus Marias Tagebuch, in der zweiten Woche ihres Aufenthaltes in der Schweiz.

Ich bin in den Club gegangen, habe dort einen sogenannten Tanzdirektor aus einem Land namens Marokko vorgefunden, der meinte, mir jeden Schritt eines Tanzes beibringen zu müssen, von dem er glaubt, es sei Samba, obwohl er noch nie einen Fuß auf brasilianischen Boden gesetzt hat. Ich hatte keine Zeit, mich von der langen Flugreise zu erholen, es hieß gleich lächeln und tanzen – gleich am ersten Abend.

Wir sind sechs Mädchen, keine ist glücklich, und keine weiß, was sie hier eigentlich soll. Die Kunden trinken und applaudieren, werfen mir Kußhände zu und machen heimlich anzügliche Gesten, mehr nicht.

Gestern wurde der Lohn bezahlt, allerdings nur ein Zehntel des vertraglich vereinbarten Betrages, der Rest wurde einbehalten, um meine Unterkunft und mein Flugticket zu bezahlen. Vivians Berechnungen zufolge wird das ein Jahr dauern – anders gesagt, in dieser Zeit kann ich nirgendwo anders hin.

Aber lohnt es sich überhaupt wegzulaufen? Ich bin gerade angekommen, ich kenne mich noch nicht aus. Es ist doch kein Problem, sieben Abende pro Woche zu tanzen! Früher machte ich das aus Vergnügen, jetzt mache ich es für Geld und Ruhm; den Beinen macht es nichts aus, das einzig Schwierige ist, das Lächeln auf den Lippen zu halten.

Ich habe die Wahl, entweder ein Opfer der Welt zu sein oder eine Abenteuerin auf der Suche nach ihrem Schatz. Es ist alles nur eine Frage, wie ich mein Leben angehe.

Maria traf ihre Wahl: Sie wollte eine Abenteuerin auf der Suche nach ihrem Schatz sein – sie hörte nicht auf ihre Gefühle, weinte nicht mehr ins Kopfkissen, vergaß einfach, wer sie war; sie fand heraus, daß sie genügend Willenskraft hatte, um sich vorzumachen, es hätte das Mädchen aus der kleinen Stadt im Landesinnern nie gegeben, und deshalb brauchte sie sich auch nach niemandem zu sehnen. Gefühle konnten warten. Zuerst mußte sie Geld verdienen, Land und Leute kennenlernen, und am Ende würde sie erfolgreich in ihr Dorf zurückkehren.

Ansonsten war alles so wie in Brasilien, wie in ihrem Heimatort: Die Frauen im Club sprachen untereinander portugiesisch, beklagten sich über die Männer, schimpften über die Arbeitszeiten, kamen zu spät in den Club, provozierten den Chef und erzählten von ihren Märchenprinzen – die meist weit weg waren oder verheiratet oder arm und sich von den Frauen aushalten ließen. Das Ambiente war nicht glamourös wie auf Rogers Faltprospekten, sondern genau so, wie Vivian es beschrieben hatte: familiär. Die Mädchen durften keine Einladungen annehmen, weil sie auf ihren Arbeitsausweisen als »Sambatänzerinnen« registriert waren. Wenn sie sich dabei erwischen ließen, wie sie einen Zettel mit einer Telefonnummer entgegennahmen, durften sie zwei Wochen lang nicht arbeiten. Maria, die sich unter ihrem Job etwas Aufregenderes vorgestellt hatte, wurde immer trauriger und lustloser.

In den ersten zwei Wochen verließ sie kaum die Pension, in der sie untergebracht war, außer um zur Arbeit zu gehen, denn sie konnte sich nicht verständlich machen, da sie kein Französisch sprach. Schließlich kam sie in ihrem kleinen Genfer Zimmer ohne Fernseher, in dem sie sich zu Tode langweilte, zu folgendem Schluß:

a) Sie würde nie finden, was sie suchte, solange sie nicht sagen konnte, was sie dachte. Dazu mußte sie die Sprache lernen.

b) Da alle ihre Kolleginnen dasselbe suchten, mußte sie anders sein. Wie sie das anstellen sollte, wußte sie allerdings noch nicht.

Aus Marias Tagebuch vier Wochen nach ihrer Ankunft in Genf:

Ich bin schon eine Ewigkeit hier, spreche kein Französisch, höre den ganzen Tag lang Musik im Radio, starre an die Zimmerdecke und denke an zu Hause. In meiner Freizeit kann ich es jeweils kaum erwarten, daß es Zeit wird, um zur Arbeit zu gehen, und wenn ich arbeite, kann ich es kaum erwarten, daß ich wieder in die Pension zurückkann. Anders ausgedrückt, ich lebe in der Zukunft statt in der Gegenwart.

Eines Tages, in einer fernen Zukunft, werde ich mein Flugticket haben, kann ich nach Brasilien zurückkehren, den Stoffladenbesitzer heiraten und muß mir dann die boshaften Kommentare der Freundinnen anhören, die selbst nie etwas riskiert haben und deshalb bei den anderen nur Niederlagen sehen wollen. Nein, das will ich nicht; da springe ich lieber aus dem Flugzeug, wenn es über dem Ozean fliegt, beziehungsweise, da die Flugzeugfenster ja nicht aufgehen, bleibt mir nichts anderes übrig, als hier zu sterben. Doch bevor ich sterbe, werde ich um mein Leben kämpfen. Wenn ich allein klarkomme, komme ich überallhin.

Am nächsten Tag schrieb sie sich umgehend in einen Vormittagskurs für Französisch ein, wo sie Menschen der unterschiedlichsten Glaubensrichtungen und unterschiedlichsten Alters traf, Männer mit bunten Kleidern und vielen goldenen Armbändern, Frauen, die immer ein Kopftuch trugen, Kinder, die schneller lernten als die Erwachsenen. Sie war stolz darauf zu erfahren, daß alle ihr Land kannten, den Karneval, den Samba, den Fußball und den berühmtesten Menschen der Welt, der Pelé hieß.

Nachmittags spazierte sie durch die Stadt und probierte ihre Französischkenntnisse aus, kaufte köstliche Schokolade und einen Käse, den sie noch nie gekostet hatte. Sie entdeckte die Fontäne im See, den Schnee auf den Bergen und wußte, sie war die einzige aus ihrem Heimatort, die so etwas je gesehen hatte. Sie entdeckte die Schwäne, sie entdeckte Restaurants, in denen ein behagliches Kaminfeuer brannte. Sie war auch überrascht, daß nicht alle Plakate für Uhren warben, sondern auch für Banken – wenngleich sie nicht verstehen konnte, wieso es so viele Banken für so wenige Einwohner gab und selten jemand drin war, aber sie beschloß, nicht weiter nachzufragen.

Nach drei Monaten aufgesetzter Fröhlichkeit im ›Gilbert Club‹ verliebte sie sich in einen Araber aus ihrem Französischkurs. Ihre brasilianische Lebensfreude und Sinnlichkeit gewann die Oberhand, und drei Wochen später fuhr sie, statt zur Arbeit zu gehen, mit ihrem Freund zu einem

Aussichtspunkt an einem Berg in der Nähe von Genf. Als sie am nächsten Abend zur Arbeit erschien, zitierte Roger sie in sein Büro und kündigte ihr fristlos, mit der Begründung, sie sei ihren Kolleginnen ein schlechtes Vorbild. Roger war außer sich und brüllte, daß auf brasilianische Frauen kein Verlaß sei. Er ließ auch ihre Ausrede nicht gelten, sie habe hohes Fieber gehabt, und klagte darüber, daß er nun wieder nach Brasilien reisen müsse, um einen Ersatz zu finden, und daß er lieber eine Show mit jugoslawischer Musik und machen sollte, mit jugoslawischen Tänzerinnen, die sehr viel hübscher und verläßlicher seien.

Maria war zwar jung, aber gewitzt. Nachdem ihr Liebhaber ihr erzählt hatte, daß in der Schweiz die Arbeitsgesetze sehr streng seien und sie vorbringen könne, sie sei für Sklavenarbeit mißbraucht worden, da der Club einen großen Teil ihres Gehaltes einbehielt, ging sie nochmals in Rogers Büro zurück. Diesmal sprach sie in einigermaßen korrektem Französisch mit ihm und drohte mit einem Anwalt. Sie verließ den Raum unter Beschimpfungen, aber mit fünftausend Dollar Entschädigung, einer Summe, die sie sich nie hatte träumen lassen – alles wegen des magischen Wortes ›Anwalt‹. Jetzt konnte sie den Araber ungehindert lieben, ein paar Geschenke kaufen, ein paar Fotos von sich im Schnee machen lassen und als Siegerin nach Hause zurückkehren.

Zuallererst rief sie zu Hause eine Nachbarin an, weil die Eltern kein Telefon hatten, und erzählte, daß sie glücklich sei und eine großartige Karriere vor sich habe, niemand zu Hause sollte sich Sorgen machen. Da Roger das Zimmer in der Pension angemietet hatte, mußte sie in Kürze ausziehen. Es sah so aus, als bliebe ihr nichts anderes übrig, als zu ihrem Liebhaber zu gehen, ihm ewige Liebe zu schwören, seinen Glauben anzunehmen und ihn zu heiraten (auch wenn dies womöglich hieß, daß sie fortan immer ein Kopftuch tragen müßte); schließlich war allgemein bekannt, daß die Araber sehr reich waren, und das genügte.

Aber ihr Freund war zu dem Zeitpunkt bereits über alle Berge – und im Grunde ihres Herzens dankte sie der Jungfrau Maria, weil sie nun nicht gezwungen war, ihren Glauben zu verraten. Einerseits hatte sie genügend Geld für einen Rückflug und wußte, daß sie, wenn alle Stricke rissen, den Stoffhändler immer noch heiraten konnte. Andererseits hatte sie eine Arbeitsgenehmigung als Sambatänzerin und eine gültige Aufenthaltsbewilligung und konnte auch schon leidlich Französisch. Darauf beschloß Maria, nun Geld mit ihrer Schönheit zu verdienen. Das traute sie sich zu.

Noch in Brasilien hatte sie ein Buch über einen Hirten gelesen, der auf der Suche nach seinem Schatz viele Schwierigkeiten meistern mußte, die ihm letztlich halfen, seine Träume zu verwirklichen; genau das war auch bei ihr der Fall. Ihr war vollkommen bewußt, daß sie entlassen worden war, um sich ihrem eigentlichen Schicksal zu stellen. Ihr Traum war, Fotomodell oder Mannequin zu werden.

Sie mietete ein kleines Zimmer (ohne Fernseher, aber sie mußte eisern sparen, bis sie wirklich viel Geld verdiente), und am nächsten Tag klapperte sie die Agenturen ab. Alle sagten, daß sie eine Fotomappe abgeben müsse. Schließlich war das eine Investition in ihre Karriere – jeder Traum hat seinen Preis. Sie gab viel Geld für einen hervorragenden Fotografen aus, der wenig redete und viel verlangte: Er hatte einen riesigen Kostümfundus in seinem Studio, und sie posierte in extravaganten, edlen Kleidern und sogar in einem Bikini, auf den ihr einziger Bekannter in Rio de Janeiro, Maílson, bestimmt stolz gewesen wäre. Sie bat um einige Extraabzüge, damit sie diese im nächsten Brief ihrer Familie schicken und zeigen konnte, wie glücklich sie in der Schweiz war. Ihre Eltern würden glauben, sie sei nun reich, habe eine beneidenswerte Garderobe und würden es allen erzählen. Sie würde im Ort berühmt werden. Und bei ihrer Rückkehr würde sie von einer Blaskapelle empfangen werden, und wer weiß, vielleicht ließ der Bürgermeister sogar einen Platz nach ihr benennen.

Sie kaufte ein Handy und wartete nun darauf, zu ihrem ersten Job gerufen zu werden. Sie aß bei einem billigen Chinesen, und um sich die Zeit zu vertreiben, büffelte sie Französisch.

Aber die Zeit verging nur langsam, und das Telefon klingelte nicht. Sie war überrascht, daß niemand sie ansprach, wenn sie am Seeufer spazierenging, außer ein paar Drogenhändlern, die immer an derselben Stelle unter der Brücke anzutreffen waren, die den schönen alten Park mit dem neueren Teil der Stadt verband. Sie begann an ihrer Schönheit zu zweifeln, weil niemand anders sie ansprach, bis eine ihrer ehemaligen Arbeitskolleginnen aus dem Club, die sie zufällig in einem Café traf, ihr versicherte, daß es nicht an ihr liege. Die Schweizer wollten eben niemanden stören, und die Ausländer hätten Angst, wegen »sexueller Belästigung« festgenommen zu werden.

Eintrag in Marias Tagebuch an einem Abend, als sie nicht mehr den Mut hatte, das Haus zu verlassen, zu leben und weiter auf den Anruf zu warten. Doch der kam nicht.

Heute bin ich an einem Vergnügungspark vorbeigekommen. Da ich mit meinem Geld haushalten muß, habe ich mir nur die Leute angesehen. Ich habe lange vor einer Achterbahn gestanden: Ich sah die meisten Leute da hineingehen, um den großen Kick zu erleben, doch wenn die Bahn sich in Bewegung gesetzt hatte, kamen sie vor Angst fast um und wollten wieder aussteigen.

Was wollten sie bloß? Wenn sie das Abenteuer suchten, sollten sie dann nicht bereit sein, es bis zum Ende durchzustehen? Oder glaubten sie, daß es besser wäre, dieses Auf und Ab nicht mitzumachen und die ganze Zeit in einem Karussell zu sitzen und auf der Stelle zu kreisen?

Im Augenblick bin ich zu einsam, um an Liebe zu denken, aber ich muß mir einreden, daß das vorübergeht, daß ich Arbeit bekomme. Außerdem ich bin hier, weil ich dieses Schicksal selbst gewählt habe. Die Achterbahn ist wie mein Leben, und das Leben ist ein starkes, berauschendes Spiel. Leben heißt mit einem Fallschirm abspringen; Leben heißt etwas riskieren, hinfallen und wieder aufstehen; Leben ist wie Steilwandklettern, es bedeutet, nicht zu ruhen und nicht zu rasten, bis man den eigenen Gipfel erklommen hat.

Es fällt mir nicht leicht, weit weg von meiner Familie zu sein, meine Gefühle nicht in meiner Muttersprache aus-

drücken zu können, aber von heute an werde ich jedesmal, wenn ich deprimiert bin, an diesen Vergnügungspark denken. Was für ein Gefühl wäre es, wenn ich abends in meinem Bett einschlafen und morgens plötzlich in einer Achterbahn aufwachen würde?

Nun, zuallererst würde ich das Gefühl haben, gefangen zu sein, mir würde in den Kurven vor Angst speiübel werden, und ich würde aussteigen wollen. Wenn ich allerdings darauf vertraue, daß die Schienen mein Schicksal sind, daß Gott diese Maschine lenkt, dann würde dieser Alptraum etwas Aufregendes. Die Achterbahn wäre genau das, was sie auch ist, eine sichere, vertrauenswürdige Konstruktion mit kleinen Wägelchen, die an ihr Ziel gelangen werden. Und während der Fahrt kann ich die Landschaft um mich herum betrachten und vor Aufregung schreien.

Obwohl sie Gedanken aufschreiben konnte, die sie für sehr weise hielt, gelang es ihr nicht, ihren eigenen Rat zu beherzigen. Die Augenblicke, in denen sie deprimiert war, wurden zahlreicher, und das Telefon schwieg weiterhin. Um sich die Zeit zu vertreiben und ihr Französisch zu üben, kaufte sich Maria irgendwelche Klatschzeitschriften, stellte aber bald fest, daß es auf die Dauer teuer wurde. Sie ging in die Stadtbücherei. Die Dame an der Ausleihe sagte ihr, sie könne ihr zwar keine Zeitschriften ausleihen, ihr dafür aber einige einfache Bücher auf französisch empfehlen.

»Ich habe keine Zeit, Bücher zu lesen.«

»Wieso haben Sie keine Zeit? Was machen Sie denn?«

»Eine ganze Menge: Ich lerne Französisch, schreibe Tagebuch und...«

»Und was?«

Sie wollte gerade sagen: »... und warte darauf, daß das Telefon klingelt«, schwieg dann aber.

»Ach, Kind, Sie sind jung, haben das Leben vor sich! Lesen Sie! Vergessen Sie, was man Ihnen über Bücher gesagt hat, und lesen Sie!«

»Aber ich hab doch schon viel gelesen!«

Plötzlich fiel Maria wieder das ein, was Maílson einmal als »Energien« bezeichnet hatte. Die Bibliothekarin vor ihr wirkte einfühlsam und sanft und wie jemand, der ihr notfalls helfen könnte. Sie mußte sie für sich einnehmen, intuitiv spürte sie, daß diese Frau eine Freundin werden könnte.

»Ich möchte noch mehr lesen. Helfen Sie mir bitte bei der Auswahl.«

Die Frau gab ihr ein Buch mit dem Titel *Der kleine Prinz*. In derselben Nacht begann sie, darin zu blättern, schaute sich die Zeichnungen am Anfang an und entdeckte ein Bild von etwas, das wie ein Hut aussah, von dem der Autor aber meinte, Kinder würden darin eine Schlange mit einem Elefanten im Bauch erkennen. »Ich glaube, ich war nie ein Kind«, dachte sie bei sich. »Für mich sieht das wie ein Hut aus.« Da sie keinen Fernseher hatte, las sie weiter und begleitete den kleinen Prinzen auf seinen Reisen. Doch als es dann in der Geschichte um die Liebe ging, wurde sie traurig – denn sie hatte sich geschworen, die Liebe aus ihren Gedanken zu verbannen. Von den schmerzlichen romantischen Szenen zwischen einem Prinzen, einem Fuchs und einer Rose einmal abgesehen, fesselte sie das Buch so sehr, daß sie alles andere vergaß. Zumindest sah sie jetzt nicht mehr alle fünf Minuten nach, ob der Akku des Handys geladen war (ihre größte Angst war, daß sie die Chance ihres Lebens wegen einer Nachlässigkeit verpassen könnte).

Maria ging nun regelmäßig in die Bücherei, ließ sich von der Bibliothekarin beraten, die ebenso einsam wirkte wie sie selbst, redete mit ihr über das Leben und über die Autoren. Ihr Erspartes war inzwischen fast aufgebraucht. Bald würde sie nicht einmal mehr genug Geld haben, um ein Rückflugticket zu kaufen. Doch da das Leben immer auf kritische Situationen wartet, um sich dann von seiner Sonnenseite zu zeigen, klingelte endlich das Telefon.

Drei Monate nachdem sie das französische Wort für ›Rechtsanwalt‹ im richtigen Moment angewandt hatte und von der Entschädigung lebte, die sie dadurch erwirkt hatte, rief endlich eine Modelagentur an. Ob Mademoiselle Maria unter dieser Nummer zu erreichen sei. Die Antwort war ein kühles »Ja«, das Maria lange geübt hatte, um jegliche Erwartung daraus zu tilgen. Sie erfuhr, daß ein arabischer Modefotograf, dem ihre Mappe sehr gefallen hätte, sie einlud, an einer Modenschau teilzunehmen. Maria erinnerte sich an die kürzlich erlebte Enttäuschung mit einem anderen Araber, dachte aber auch an das Geld, das sie dringend brauchte.

Sie verabredeten sich in einem schicken Restaurant. Ein eleganter Herr kam herein, viel besser aussehend als ihr arabischer Exfreund. Eine der ersten Fragen, die er ihr stellte, war, ob sie das Bild an der Wand neben ihrem Tisch erkenne. »Wissen Sie, von wem es ist? Von Joan Miró. Kennen Sie Joan Miró?«

Maria schwieg und tat, als müßte sie sich auf das Essen konzentrieren, das erheblich besser war als das bei ihrem billigen Chinesen. Gleichzeitig nahm sie sich vor, bei ihrem nächsten Bibliotheksbesuch ein Buch über Miró auszuleihen.

Doch der Araber ließ nicht locker. »An diesem Tisch da hat immer Federico Fellini gesessen. Wie finden Sie die Filme von Fellini?«

Sie antwortete, daß sie sie liebe. Der Araber wollte ins Detail gehen, worauf Maria, der klar war, daß ihre Bildung den Test nicht bestehen würde, mit offenen Karten spielte.

»Ich will Ihnen nichts vormachen. Der einzige Unterschied, den ich kenne, ist der zwischen Coca-Cola und Pepsi. Wollten Sie mit mir nicht über eine Modenschau sprechen?«

Die Offenheit des Mädchens schien den Araber positiv zu beeindrucken.

»Darüber sprechen wir nach dem Abendessen bei einem Drink.«

Es entstand eine Pause, während sie sich gegenseitig taxierten und die Gedanken des anderen zu erraten versuchten.

»Sie sind sehr hübsch«, brach der Araber das Schweigen. »Wenn Sie sich zu einem Drink mit mir in meinem Hotel entschließen können, zahle ich Ihnen tausend Franken.«

Maria schaltete sofort. War die Modelagentur schuld? War es ihre eigene Schuld, hätte sie in bezug auf das Abendessen genauer nachfragen müssen? Nein, die Agentur konnte nichts dafür, und sie selbst auch nicht und auch nicht der Araber: genauso liefen die Dinge eben. Plötzlich sehnte sie sich nach dem *sertão* zurück und nach den Armen ihrer Mutter. Sie erinnerte sich an Maílson, an den Abend in Rio, als er von den üblichen dreihundert Dollar gesprochen hatte; damals war sie geschmeichelt gewesen, für eine Nacht von einem Mann eine solche Summe angeboten zu bekommen. In diesem Augenblick jedoch wurde ihr bewußt, daß sie niemanden hatte, absolut niemanden, mit dem sie sich beraten konnte; sie war allein in einer fremden Stadt, und trotz ihrer zweiundzwanzig Jahre hatte sie nicht genug Lebenserfahrung, um zu wissen, was sie tun sollte.

»Kann ich bitte noch etwas Wein haben?«

Der Araber schenkte ihr ein, während ihre Gedanken schneller reisten als der kleine Prinz zu den verschiedenen Planeten. Sie war hierher gekommen auf der Suche nach Abenteuern, Geld und vielleicht einem Mann. Sie war nicht naiv, sie kannte die Männer und hatte erwartet, daß sie irgendwann einen solchen Antrag bekommen würde. Trotzdem träumte sie weiter von einer Karriere als Model, von Starruhm, einem reichen Mann, einer Familie, Kindern, Enkeln, schönen Kleidern und einer triumphalen Rückkehr in ihre Heimatstadt. Und sie träumte davon, alle Schwierigkeiten allein mit ihrer Intelligenz, ihrem Charme und ihrer Willenskraft zu meistern.

Aber die Wirklichkeit war kein Traum. Zur großen Überraschung des Arabers brach sie unversehens in Tränen aus. Der Mann wußte nicht, wie er reagieren sollte: seinem Beschützerinstinkt nachgeben oder sich dafür schämen, daß seine Begleiterin so aus der Rolle fiel. Er wollte gerade dem Kellner winken, sofort die Rechnung zu bringen, als Maria sagte: »Bitte nicht. Schenken Sie mir lieber noch etwas nach, und lassen Sie mich ausweinen.«

Maria mußte an den Jungen denken, der sie um den Bleistift gebeten hatte, und an den anderen Jungen, den sie mit geschlossenem Mund geküßt hatte, an ihre Woche in Rio de Janeiro, an die Männer, die sie benutzt hatten, ohne ihr etwas dafür zurückzugeben, an die Leidenschaften und Lieben, die sie auf ihrem Weg zurückgelassen hatte. Ihr Leben war, trotz der vermeintlichen Freiheit, ein endloses Warten auf ein Wunder gewesen, auf die wahre Liebe oder wenigstens ein Liebesabenteuer mit Happy-End, wie im Film. Oder wie in den Romanen, die sie gelesen hatte. Ein

Schriftsteller hatte behauptet, daß nicht die Zeit den Menschen verändere und auch nicht die Weisheit – das einzige, was jemanden verändern könne, sei die Liebe. So ein Unsinn! Wer das geschrieben hatte, kannte nur die halbe Wahrheit.

Natürlich konnte die Liebe das Leben eines Menschen von einem Augenblick auf den anderen ganz und gar verändern. Doch nicht nur die Liebe brachte den Menschen dazu, ungewohnte Wege einzuschlagen, sondern auch die Verzweiflung. Ja, vielleicht konnte die Liebe jemanden verändern, aber Verzweiflung schafft es schneller.

Was nun, Maria?

Sollte sie davonlaufen, so schnell wie möglich nach Brasilien zurückkehren, Französischlehrerin werden und den Stoffhändler heiraten? Oder sollte sie eine einzige Nacht etwas weitergehen in einer Stadt, in der sie niemanden kannte und in der niemand sie kannte? Und würden die eine Nacht und das schnell verdiente Geld sie dazu verleiten weiterzumachen, so lange, bis es kein Zurück mehr gab? Stand sie vor einer einmaligen Gelegenheit, oder war dies eine Prüfung der Jungfrau Maria?

Der Blick des Arabers schweifte vom Bild Joan Mirós zu dem Tisch, an dem Fellini immer gespeist hatte, und weiter zur jungen Garderobiere, zu den Gästen, die ein und aus gingen.

»War Ihnen das nicht klar?«

»Noch mehr Wein, bitte«, schluchzte Maria nur.

Sie betete, daß der Kellner nicht ausgerechnet jetzt an ihren Tisch treten und die Rechnung bringen würde. Und der Kellner, der alles von fern aus den Augenwinkeln beobachtete, betete, daß der Mann und das Mädchen endlich zahlten, weil das Restaurant voll war und Gäste darauf warteten, daß ein Tisch frei wurde.

Nach einer Weile, die ihr selbst wie eine Ewigkeit vorkam, sagte Maria: »Hatten Sie ›ein Drink für tausend Franken‹ gesagt?«

Ihre Stimme kam ihr selbst fremd vor.

»Ja«, antwortete der Araber, dem es schon leid tat, den Vorschlag gemacht zu haben. »Aber ich möchte auf gar keinen Fall …«

»Bitte verlangen Sie die Rechnung! Wir werden den Drink in Ihrem Hotel nehmen.«

Wieder kam ihr die eigene Stimme fremd vor. Bis heute war sie ein freundliches, wohlerzogenes, fröhliches Mädchen gewesen und hätte nicht im Traum so mit einem Fremden zu reden gewagt. Aber es schien, als wäre jenes Mädchen für immer gestorben: Vor ihr lag ein anderes Leben, in dem Drinks tausend Franken kosteten.

Und alles verlief genau so, wie sie es erwartet hatte: Sie ging mit dem Araber ins Hotel, schlürfte Champagner, bis sie völlig betrunken war, machte die Beine breit, wartete, bis er einen Orgasmus hatte (sie kam nicht darauf, einen eigenen vorzutäuschen), wusch sich in der Marmorbadewanne, nahm das Geld und genehmigte sich den Luxus eines Taxis bis zu ihrer Wohnung.

Dort warf sie sich aufs Bett und schlief die ganze Nacht traumlos.

Aus Marias Tagebuch, am Tag danach.

Ich erinnere mich an alles, nur nicht an den Augenblick, in dem ich die Entscheidung getroffen habe. Merkwürdigerweise habe ich überhaupt keine Schuldgefühle. Früher hielt ich die Mädchen, die für Geld mit jemandem ins Bett gehen, für Frauen, denen das Leben keine andere Wahl gelassen hat – und jetzt sehe ich, daß das nicht stimmt.

Ich hätte nein sagen können, keiner hat mich gezwungen.

Ich gehe durch die Straßen, schaue die Leute an, um zu sehen, ob sie ein Leben führen, das sie selbst gewählt haben. Oder ob sie das Schicksal gewähren lassen. Eine Hausfrau, die davon träumt, Model zu werden, ein Bankangestellter, der eigentlich Musiker werden wollte, ein Zahnarzt, der heimlich ein Buch geschrieben hat und lieber Schriftsteller wäre, das Mädchen, das davon geträumt hatte, als Fernsehschauspielerin Karriere zu machen, aber nur einen Job als Kassiererin in einem Supermarkt gefunden hat.

Ich tue mir gar nicht leid. Ich bin kein Opfer, denn ich hätte das Restaurant hocherhobenen Hauptes mit unangetasteter Ehre und leerer Brieftasche verlassen können. Ich hätte dem Araber eine Moralpredigt halten oder versuchen können, ihn dazu zu bringen, in mir eine Prinzessin zu sehen, die lieber erobert als bezahlt werden wollte. Ich hatte viele Möglichkeiten, dennoch habe ich das Schicksal für mich entscheiden lassen, welchen Weg ich einschlug.

Ich stehe nicht allein da, obwohl es so aussieht, als sei es mein Schicksal, am Rand der Gesellschaft zu leben. Aber bei der Suche nach dem Glück ergeht es uns allen gleich – dem Angestellten/Musiker ebenso wie dem Zahnarzt/Schriftsteller, der Kassiererin/Schauspielerin, der Hausfrau/Model – keiner von uns ist glücklich.

War's das? War es so einfach?

Sie befand sich mutterseelenallein in einer fremden Stadt, in der sie niemanden kannte, doch was für sie gestern noch eine Qual gewesen war, gab ihr heute ein starkes Gefühl von Freiheit, und sie genoß es, niemandem Rechenschaft schuldig zu sein.

Sie beschloß, den Tag dafür zu nutzen, über sich selbst nachzudenken. Bislang hatte sie sich immer nur um alle anderen gekümmert: um ihre Mutter, die Schulkameraden, den Vater, die Angestellten der Modelagentur, den Französischlehrer, den Kellner, die Bibliothekarin. Sie hatte sogar versucht, die Gedanken der Passanten auf der Straße zu erraten. Aber niemand dachte über irgend etwas nach, noch viel weniger über sie, eine arme Ausländerin, die niemandem fehlen würde, wenn sie morgen verschwände.

Genug! Sie verließ früh das Haus, trank ihren Morgenkaffee im gewohnten Bistro, spazierte hinunter zum See, wo sie in eine Demonstration von Kurden hineinlief, die in der Schweiz im Exil lebten, wie eine Frau sagte, die ihren kleinen Hund ausführte. Maria, die es plötzlich satt hatte, weiter so zu tun, als wüßte sie alles, fragte nach:

»Woher kommen die Kurden?«

Sie war überrascht, als die Frau ihr die Antwort schuldig blieb. So war es nun mal: Alle tun so, als wüßten sie alles, und wenn man genauer nachfragt, wissen sie gar nichts. Sie kam an einem Internetcafé vorbei. Vielleicht konnte sie sich hier erkundigen? Einer der Gäste, die sie ansprach, fand für sie heraus, daß die Kurden aus Kurdistan kamen, einer Region in der südlichen Türkei und dem nördlichen Irak. Mit dieser Information ging sie wieder zurück an den See, wo die Kurden immer noch demonstrierten. Sie versuchte, die Frau mit dem Hündchen in der Menschenmenge zu erspähen, um ihr zu sagen, was sie herausgefunden hatte – aber die war inzwischen gegangen, wahrscheinlich weil der Hund die laute Menschenmenge mit ihren Schärpen, Kopftüchern und der fremdartigen Musik nicht ertragen konnte.

›Diese Frau, das bin ich. Oder besser gesagt, das war ich. Immer habe ich so getan, als wüßte ich alles, habe mich hinter meinem Schweigen versteckt, bis dieser Araber mich dermaßen ärgerte, daß ich den Mut aufbrachte, zu sagen, daß ich Miró nicht kenne und gerade mal eine Coca-Cola von einer Pepsi unterscheiden kann. Und – war er schockiert? Hat er seine Meinung über mich geändert? Keineswegs! Ihm hat meine Spontaneität gefallen. Immer wenn ich klüger erscheinen wollte, als ich war, habe ich verloren. Genug damit!‹

Hatte die Modelagentur gewußt, was der Araber in Wirklichkeit wollte? War Maria nur ein naives Gänschen gewesen? Oder ging auch die Agentur davon aus, er würde ihr eine Arbeit in seiner Heimat besorgen?

Trotzdem fühlte sich Maria an diesem grauen Morgen in Genf weniger allein. Die Temperatur war auf null Grad gefallen, die Kurden demonstrierten weiter, die Straßenbahnen fuhren wie üblich pünktlich nach Fahrplan, die Juweliere legten ihre Schmuckkreationen in die Schaufenster, die Banken öffneten, die Clochards lagen auf den Parkbänken am See, und die Schweizer gingen zur Arbeit. Maria fühlte sich weniger allein, weil sie – für alle anderen unsichtbar – neben sich eine Frau spürte.

Sie glich der Jungfrau Maria, ihrer Namenspatronin. Maria lächelte, und die Frau lächelte zurück. Eine Stimme riet ihr aufzupassen, denn die Dinge seien komplizierter, als sie denke. Maria entgegnete, sie sei ein erwachsener Mensch und könne selbst beurteilen, wie einfach oder kompliziert die Dinge seien. Im übrigen könne sie nicht glauben, daß sich das Schicksal gegen sie verschworen habe und sie daran hindern wolle, ihren Traum zu verwirklichen. Im Gegenteil, denn ein Mann sei bereit gewesen, für einen Abend mit ihr tausend Schweizer Franken zu zahlen. Nur müßte sie in den nächsten Tagen entscheiden, ob sie mit den tausend Franken ein Flugticket kaufen und nach Hause zurückkehren wolle, oder lieber noch hierbleiben, um mehr Geld zu verdienen und sich schöne Kleider und Reisen leisten und ihren Eltern ein Haus kaufen zu können.

Die unsichtbare Frau neben ihr ließ Marias Einwände nicht gelten, doch Maria konterte, gerade weil das Leben so komplex sei, müsse sie jetzt in Ruhe darüber nachdenken – sosehr sie sich auch über die Begleitung freue.

Nüchtern überlegte sie, was sie bei ihrer Rückkehr erwartete. Ihre Schulfreundinnen, die den Ort nie verlassen hatten, würden meinen, daß ihr bei ihrer Arbeit gekündigt worden sei, weil sie nie das Zeug zum internationalen Star gehabt hatte. Ihre Mutter wäre enttäuscht, weil sie die versprochenen Monatszuwendungen nicht bekommen würde. Ihr Vater würde für den Rest seines Lebens mit einem

»Ich hab's ja gleich gesagt«-Gesicht herumlaufen. Und sie selbst würde wieder im Stoffladen arbeiten, den Besitzer heiraten – und das alles, obwohl sie weit herumgekommen war, Französisch gelernt und sogar einmal Schnee erlebt hatte.

Andererseits gab es Drinks für tausend Schweizer Franken. Natürlich würde das nicht ewig so bleiben, denn auch sie würde nicht ewig schön bleiben, aber sie konnte hart arbeiten und in kürzester Zeit genug Geld verdienen, um alles aufzuholen und in die Welt zurückzukehren, diesmal aber, um selbst die Regeln festzusetzen. Ihr unmittelbares Problem war einzig, daß sie nicht wußte, wo und wie sie anfangen sollte.

Da fiel ihr die Rue de Berne ein, von der im ›Gilbert Club‹ öfter die Rede gewesen war.

Sie ging zu einer der großen Tafeln, mit denen das touristenfreundliche Genf dafür sorgt, daß die Fremden sich auch ja nicht verlaufen können, und fragte einen Mann, der davor stand, nach dem Weg.

Dieser blickte sie erstaunt an und meinte dann, es sei wohl ein Mißverständnis und sie wolle nach Bern, in die Schweizer Hauptstadt. Als Maria verneinte, musterte er sie von Kopf bis Fuß und entfernte sich wortlos, wahrscheinlich weil er eine versteckte Kamera vermutete und sich nicht blamieren wollte. Doch Maria fand die Rue de Berne auch ohne seine Hilfe – so groß war die Stadt nun auch wieder nicht.

Ihre unsichtbare Begleiterin, die geschwiegen hatte, solange sie sich auf die Karte konzentrierte, versuchte sie davon abzubringen. Es sei keine Frage der Moral, sondern sie wolle verhindern, daß Maria einen Weg ohne Umkehr einschlage.

Maria sagte, wenn sie imstande sei, genug Geld für ein Rückflugticket nach Brasilien zu verdienen, würde sie mit allem fertig werden. Im übrigen habe kein einziger Mensch, der ihr auf ihrem Spaziergang begegnet sei, das Leben, das er führe, frei gewählt. So sah die Wirklichkeit aus.

»Wir leben in einem Jammertal«, sagte sie zu ihrer unsichtbaren Begleiterin. »Wir können noch soviel träumen – das wirkliche Leben ist hart, unerbittlich, traurig. Was wollen Sie mir denn sagen: daß die anderen mich deswegen verdammen werden? Niemand wird es erfahren – dies ist nur eine Phase in meinem Leben.«

Mit einem sanften, aber wehmütigen Lächeln entschwand die unsichtbare Freundin.

Maria ging wieder zum Vergnügungspark. Sie kaufte sich eine Karte für die Achterbahn, kreischte und schrie mit den anderen vor Vergnügen, denn sie wußte nun, daß es nicht gefährlich war, sondern nur ein Spiel. Sie aß in einem teuren japanischen Restaurant, einfach aus dem Bedürfnis heraus, sich etwas zu gönnen. Sie war fröhlich, brauchte nicht mehr auf einen Anruf zu warten oder jeden Rappen zweimal umzudrehen, bevor sie ihn ausgab.

Gegen Abend rief sie von unterwegs die Modelagentur an, meldete, daß das Treffen sehr angenehm verlaufen sei, und bedankte sich. Wenn die Agentur Models vermittelte, würde sie die Fotos des Shootings sehen wollen. Wenn sie dagegen Frauen vermittelte, würde sie ihr neue Dates antragen. Man würde ja sehen.

Sie überquerte die Brücke und kehrte in ihr kleines Zimmer zurück. Einen Fernseher würde sie sich nicht kaufen, obwohl sie sich ihn jetzt leisten konnte. Sie durfte sich jetzt nicht ablenken lassen, mußte nachdenken.

Aus Marias Tagebuch am selben Abend (mit der Randbemerkung ›ganz überzeugt bin ich nicht‹).

Ich habe herausgefunden, warum ein Mann für eine Frau bezahlt: Er will glücklich sein.

Er wird nicht tausend Franken zahlen, nur um einen Orgasmus zu haben. Er will glücklich sein. Ich will auch glücklich sein, alle wollen wir glücklich sein, aber keiner ist es. Was habe ich zu verlieren, wenn ich beschließe, eine Zeitlang… Es fällt schwer, es auch nur zu denken, geschweige denn zu schreiben… Also, noch mal: Was kann ich verlieren, wenn ich beschließe, eine Zeitlang zu einer Prostituierten zu werden?

Meine Ehre würde ich verlieren. Meine Würde. Meine Selbstachtung. Wenn ich es mir recht überlege, dann habe ich nie auch nur eines dieser drei Dinge besessen. Ich habe nicht darum gebeten, geboren zu werden, mir ist es nicht gelungen, den Richtigen in mich verliebt zu machen, immer habe ich die falschen Entscheidungen getroffen – jetzt lasse ich einmal das Leben für mich entscheiden.

Die Agentur rief am nächsten Tag an, erkundigte sich nach den Fotos und wann die Modenschau stattfinden würde, da sie für jedes Shooting eine Vermittlungsgebühr einbehalte. Maria, die sie an den Araber weiterverwies, schloß daraus, daß die Agentur so ahnungslos gewesen war wie sie selbst.

Sie ging in die Stadtbücherei und wollte sich mit Büchern über Sex eindecken. Es galt, sich in einem ihr völlig unbekannten Bereich zu bewähren – höchstens ein Jahr, hatte sie sich vorgenommen –, und dazu gehörte, daß sie lernte, wie sie sich verhalten mußte, wie sie Lust geben und als Gegenleistung Geld dafür bekommen konnte.

Zu ihrer Enttäuschung sagte die Bibliothekarin, sie habe keine Bücher über Sex, nur ein paar Aufklärungsbücher. Maria überflog das Inhaltsverzeichnis und gab die Bände gleich wieder zurück: da ging's nicht um Glücklichsein, sondern nur um Erektion, Penetration, Impotenz, Verhütungsmethoden, langweilige Dinge. Sie erwog kurz, einen Band über die ›Hintergründe der Frigidität bei Frauen‹ mitzunehmen: sie selbst konnte nur durch Selbstbefriedigung zum Orgasmus kommen, obwohl sie es schön fand, von einem Mann genommen zu werden und zu spüren, wie er in sie eindrang.

Aber sie war ja nicht auf der Suche nach Lust, sondern nach Arbeit. Sie dankte der Bibliothekarin, ging in ein Dessousgeschäft und tätigte eine erste Investition in die

Karriere, die sich möglicherweise am Horizont abzeichnete – Wäsche, die sie aufreizend fand. Anschließend begab sie sich in die Rue de Berne. Diese begann bei einer Kirche (und zufällig ganz in der Nähe des japanischen Restaurants, in dem sie am Tag zuvor zu Abend gegessen hatte), wurde dann zu einer Straße mit Schaufenstern, in denen billige Uhren zum Verkauf angeboten wurden, und an ihrem Ende lagen alle Nachtclubs, von denen sie gehört hatte. Zu dieser Tageszeit waren sie allerdings geschlossen. Sie ging wieder an den See und kaufte dort, als wäre es das Selbstverständlichste der Welt, fünf Pornozeitschriften, die sie dann eingehend im Hinblick auf mögliche Wünsche ihrer künftigen Kunden studierte. So brachte sie die Zeit herum, bis es Abend wurde, und ging dann wieder in die Rue de Berne. Dort suchte sie sich eine Bar mit dem suggestiven Namen ›Copacabana‹ aus.

Noch hatte sie nichts entschieden, sagte sie zu sich selbst. Es war nur ein Versuch. Sie hatte sich in der ganzen Zeit, seit sie in der Schweiz war, nie besser und freier gefühlt.

»Suchen Sie Arbeit?« fragte der Besitzer, der hinter einem Tresen Gläser wusch. Das Lokal bestand aus ein paar Tischen, einer Ecke mit einer Art Tanzfläche und ein paar an die Wand gestellten Sofas. »Daraus wird nichts. Es sei denn, Sie haben eine Arbeitsbewilligung. Denn hier wird das Gesetz eingehalten.«

Maria zeigte ihren Ausweis, und der Mann schien gleich bessere Laune zu bekommen.

»Haben Sie Erfahrung?«

Sie wußte nicht, was sie antworten sollte: würde sie ja sagen, so würde er fragen, wo sie vorher gearbeitet hatte. Würde sie nein sagen, so würde er sie möglicherweise ablehnen.

»Ich schreibe an einem Buch.«

Der Gedanke war aus dem Nichts gekommen, wie von einer fremden Stimme eingeflüstert. Sie merkte, daß der Mann wußte, daß sie log, auch wenn er so tat, als glaube er ihr.

»Bevor Sie sich entscheiden, sollten Sie mit einem der Mädchen sprechen. Wir haben hier jede Nacht mindestens sechs Brasilianerinnen. Die können Ihnen sagen, was Sie hier erwartet.«

Maria wollte noch sagen, daß sie keine Ratschläge brauche, daß sie sich noch nicht entschieden habe, aber der Mann hatte sie stehenlassen und war zur anderen Seite der Bar gegangen, ohne ihr auch nur ein Glas Wasser anzubieten.

Die anderen Mädchen stellten sich ein, und der Besitzer machte Maria mit ein paar Brasilianerinnen bekannt. Keine von ihnen schien große Lust zu haben, mit der Neuen zu sprechen. Vielleicht haben sie Angst vor der Konkurrenz, dachte Maria. Dann erklang Musik, ein paar brasilianische Lieder (das Lokal hieß nicht umsonst ›Copacabana‹), und es kamen noch mehr Mädchen, einige mit asiatischen Gesichtszügen und andere, die aussahen, als seien sie direkt von den beschneiten, romantischen Bergen rund um Genf heruntergestiegen. Doch sie alle, wie auch der Besitzer, behandelten Maria wie Luft. Allmählich beschlich sie das Gefühl, daß selbst dieser Versuch schon eine falsche Entscheidung war. Endlich, nach zwei Stunden –

sie war inzwischen fast am Verdursten und hatte nur eine Zigarette nach der anderen geraucht –, kam eine der Brasilianerinnen zu ihr.

»Warum hast du dieses Lokal ausgesucht?«

Maria konnte wieder auf die Geschichte mit dem Buch zurückgreifen oder das tun, was sie getan hatte, als es um die Kurden und Joan Miró ging: die Wahrheit sagen.

»Wegen des Namens. Ich weiß nicht, wo ich anfangen soll, und ich weiß auch nicht, ob ich anfangen will.«

Das Mädchen war von dieser ehrlichen, geraden Antwort sichtlich überrascht. Sie trank einen Schluck von einem Getränk, das wie Whisky aussah. Sie habe Heimweh nach Brasilien, sagte sie. Heute abend würde wenig los sein, weil gerade ein großer Kongreß, der in der Umgebung von Genf stattfinden sollte, abgesagt worden sei. Als sie merkte, daß Maria gehen wollte, hielt sie sie zurück:

»Es ist ganz einfach, du mußt nur drei Regeln einhalten. Die erste lautet: Verliebe dich in niemanden, mit dem du zusammenarbeitest oder mit dem du für Geld ins Bett gehst. Die zweite: Glaube nicht an Versprechen und bestehe auf Vorauszahlung. Die dritte: Keine Drogen.«

Und nachdem sie kurz innegehalten hatte:

»Und fang gleich an. Wenn du heute nach Hause gehst, ohne zuvor mit einem Freier weggegangen zu sein, wirst du es dir morgen zweimal überlegen und nicht den Mut aufbringen wiederzukommen.«

Maria war nur auf ein Informationsgespräch vorbereitet gewesen, fühlte sich in die Enge getrieben und entschied blitzschnell, wie in Panik, daß sie die Herausforderung annehmen wollte.

»In Ordnung. Ich fange heute an.«

Daß sie erst gestern zum ersten Mal mit einem Freier zusammengewesen war, verschwieg sie. Die Frau ging zum Besitzer, den sie Milan nannte, und er kam, um sich mit Maria zu unterhalten.

»Tragen Sie hübsche Unterwäsche?«

Das hatte sie noch keiner gefragt. Nicht einmal ihre Liebhaber, auch der Araber und ihre Freundinnen nicht, noch viel weniger ein Fremder. Aber hier kam man direkt zur Sache.

»Ich trage einen hellblauen Slip. – Und keinen Büstenhalter«, fügte sie provozierend hinzu. Aber sie wurde nur getadelt:

»Morgen tragen Sie bitte einen schwarzen Slip, einen passenden BH, Strumpfhalter und Strümpfe. Es gehört zum Ritual, soviel Wäsche wie möglich auszuziehen.«

Und da er sicher war, eine Anfängerin vor sich zu haben, brachte ihr Milan gleich noch den Rest des Rituals bei. Dazu gehörte, daß die Männer, die hierherkamen, im Glauben belassen wurden, das ›Copacabana‹ sei ein gewöhnlicher Nachtclub, kein Bordell. Die Männer kamen in der Absicht, dort eine Frau anzutreffen, die zufällig ohne Begleitung war. Wenn jemand zu Maria an den Tisch trat und daran nicht gehindert wurde, weil er als »exklusiver Freier« eines bestimmten Mädchens galt, würde er sie als erstes zu einem Drink einladen.

Darauf könne Maria mit Ja oder Nein antworten. Es stand ihr frei, ihre Begleitung auszuwählen, obwohl es nicht ratsam war, pro Abend mehr als einmal Nein zu sagen. Wenn die Antwort Ja war, müsse sie einen Fruchtcocktail wählen, das rein zufällig teuerste Getränk auf der Karte. Kein Alkohol, und der Freier dürfe nie für sie aussuchen.

Als nächstes wollten die Männer normalerweise tanzen. Die meisten waren Stammkunden und harmlos. Auf die »exklusiven Freier« ging Milan nicht näher ein. Die Polizei und das Gesundheitsministerium würden monatliche Blutuntersuchungen verlangen, um sicherzustellen, daß sie keine ansteckenden Geschlechtskrankheiten hatte. Der Gebrauch eines Präservativs sei Pflicht, obwohl er, Milan, das natürlich nicht überprüfen könne. Sie dürften niemals einen Skandal heraufbeschwören – Milan war verheiratet, ein Familienvater, der um seinen guten Ruf und den guten Namen des Nachtclubs besorgt war.

Er fuhr mit der Beschreibung des Rituals fort: Nach dem Tanzen bringe der Freier sie an den Tisch zurück und tue dann so, als wäre ihm völlig überraschend die Idee gekommen, sie einzuladen, mit ihm in ein Hotel zu gehen. Der normale Tarif sei dreihundertfünfzig Franken, von denen Milan fünfzig als Tischmiete bekam (ein legaler Trick, mit dem er sich mögliche Klagen vom Hals hielt).

Maria versuchte zu verhandeln: »Aber ich habe doch eintausend Franken für …«

Doch Milan ignorierte ihren Einwand und wollte schon weggehen, da schaltete sich die Brasilianerin, die das Gespräch mitgehört hatte, ein.

»Sie macht nur Spaß«, sagte sie beschwichtigend. Und zu Maria sagte sie in schönem, wohlklingendem Portugiesisch:

»Sag das nicht noch einmal. Dies ist das teuerste Lokal von Genf. Er kennt die Preise und weiß, daß keiner tausend Franken bezahlt, um mit jemandem ins Bett zu gehen, ausgenommen – wenn du Glück hast und gut bist – ›spezielle Freier‹.«

Milan (Maria würde später feststellen, daß er Jugoslawe war und seit zwanzig Jahren in der Schweiz lebte) warf ihr einen Blick zu, der besagte: Dreihundertfünfzig Franken und keinen Rappen mehr.

»Richtig, das ist der Preis«, sagte Maria beschämt. Zuerst entschied er über die Farbe ihrer Unterwäsche, jetzt über den Preis ihres Körpers.

Aber er ließ ihr keine Zeit, weiter darüber nachzudenken, und fuhr mit seinen Instruktionen fort: Keine Einladungen in Häuser oder Hotels, die nicht der Fünfsternekategorie angehörten. Im Zweifelsfall müsse sie ihren Freier in ein Hotel bringen, das ein paar Häuserblocks entfernt lag. Und immer im Taxi, angeblich um zu verhindern, daß die Frauen der anderen Clubs in der Rue de Berne sich das Gesicht des Freiers merkten. Maria dagegen glaubte, der wahre Grund sei vielmehr, daß dieser Freier es sich auf dem Weg sonst anders überlegen könnte. Aber diesmal behielt sie ihre Gedanken für sich – die Diskussion über den Preis hatte ihr gereicht.

»Und wie gesagt: Kein Alkohol im Dienst – wie die Polizisten im Film. Ich lasse Sie jetzt allein, bald geht der Betrieb los.«

»Sag danke«, sagte die Brasilianerin auf portugiesisch.

Maria bedankte sich. Milan lächelte, aber dann kam ihm noch eine letzte Verhaltensregel in den Sinn:

»Ehe ich's vergesse: Die Zeit zwischen dem Bestellen eines Getränks und dem Verlassen des Lokals darf nicht mehr als fünfundvierzig Minuten betragen, maximal fünfundvierzig Minuten – in der Schweiz, wo überall Uhren hängen, lernen sogar Jugoslawen und Brasilianer, pünktlich zu sein. Vergessen Sie nicht, daß ich mit den Kommissionen meine Kinder ernähre.«

Das würde sie bestimmt nicht vergessen.

Damit drückte er ihr ein Glas Mineralwasser mit Kohlensäure und Zitrone in die Hand, das man leicht für einen Gin Tonic halten konnte, und bat sie zu warten. Der Nachtclub belebte sich allmählich; Männer kamen herein, schauten sich um. Kaum hatten sie sich gesetzt, gesellte sich ein Mädchen wie selbstverständlich zu ihnen, als wären sie alte Bekannte und wollten sich jetzt nach einem langen Arbeitstag gemeinsam etwas amüsieren. Bei jedem Mann, der eine Begleiterin fand, atmete Maria erleichtert auf. Sie fühlte sich allerdings schon sehr viel besser. Vielleicht, weil sie in der Schweiz und nicht zu Hause war, vielleicht, weil sie früher oder später das Abenteuer, Geld oder einen Mann finden würde, wie sie es sich immer erträumt hatte. Vielleicht auch, weil sie seit Wochen zum ersten Mal abends ausging und in einem Lokal gelandet war, wo brasilianische Musik spielte und wo jemand sie auf portugiesisch angesprochen hatte. Sie scherzte und lachte mit den anderen Mädchen, die um sie herum saßen, trank Fruchtcocktails, unterhielt sich fröhlich.

Keine von ihnen hatte sie begrüßt oder in ihrem neuen Beruf willkommen geheißen, aber sie hatte nichts anderes erwartet, schließlich war sie eine Konkurrentin, die um dieselben Trophäen stritt. Sie fühlte sich nicht deprimiert, sondern stolz – denn sie kämpfte und war nicht hilflos. Sie konnte jederzeit durch die Tür hinaustreten und gehen, aber sie würde sich immer daran erinnern, daß sie den Mut gehabt hatte, bis hierher zu kommen, Dinge auszuhandeln und zu besprechen, an die sie bisher nie auch nur zu denken gewagt hatte. Sie war kein Opfer des Schicksals, sagte sie sich immer wieder: Sie riskierte etwas, übertrat Grenzen, erlebte Dinge, auf die sie später in der Stille ihres Herzens, im Alter, sehnsüchtig zurückblicken würde.

Niemand würde kommen und sie ansprechen, ganz bestimmt nicht. Keiner würde morgen behaupten, daß alles nur ein verrückter Traum gewesen sei, den sie nie mehr zu träumen wagen würde. Denn sie hatte begriffen, daß tausend Franken für eine Nacht ihr wahrscheinlich nicht noch einmal angeboten werden würden und daß es sicherer war, einen Rückflug nach Brasilien zu buchen. Zum Zeitvertreib rechnete sie nach, wieviel jedes dieser Mädchen verdiente: Wenn sie dreimal pro Abend mit einem Freier weggingen, verdienten sie in fünf Arbeitsstunden soviel wie Maria vorher in zwei Monaten im Stoffladen.

So viel? Nun ja, sie selbst hatte in einer Nacht tausend Franken verdient, aber vielleicht war das nur Anfängerglück. Auf jeden Fall aber war ihr Verdienst als normale Prostituierte sehr viel höher als das Gehalt einer Französischlehrerin in ihrem Heimatstädtchen. Dabei mußte sie dafür nur eine Zeitlang in einer Bar sitzen, tanzen, die Beine breitmachen – Schluß, aus. Sie brauchte nicht einmal zu reden.

Geld konnte ein Grund sein, dachte sie weiter. Aber war das alles? Hatten die Beteiligten – Freier und Frauen – dabei ihren Spaß? Würde es sehr viel anders sein, als in der Schule getuschelt worden war? Mit Präservativ war es ungefährlich. Und sie riskierte auch nicht, daß jemand aus ihrem Ort sie wiedererkannte; denn nach Genf kamen laut den Mitstudenten in ihrem Französischkurs nur Leute, die irgendwelche Bankgeschäfte tätigen wollten. Die meisten Brasilianer, die es sich leisten konnten, gingen am liebsten shoppen, vorzugsweise in Miami oder Paris.

Neunhundert Schweizerfranken pro Nacht, fünf Tage pro Woche. Ein Vermögen! Was machten diese Mädchen noch hier, wenn sie in einem Monat genügend verdienten, um heimzufliegen und ihren Eltern ein Haus zu kaufen? Arbeiteten sie erst seit kurzem hier?

Oder – und Maria hatte Angst, sich diese Frage zu stellen – war es womöglich sogar schön?

Wieder hätte sie gern etwas getrunken – der Champagner hatte vergangene Nacht sehr geholfen.

»Darf ich Sie zu einem Drink einladen?«

Vor ihr stand ein etwa dreißigjähriger Mann in der Uniform einer Luftfahrtgesellschaft.

Plötzlich stand die Zeit still, und Maria hatte das Gefühl, aus ihrem Körper herauszutreten, neben sich zu stehen, vor Scham zu vergehen. Sie merkte, wie sie rot wurde, nickte lächelnd und spürte, daß sich in dieser Minute ihr Leben für immer veränderte.

Fruchtcocktail, Unterhaltung, was machen Sie hier, es ist kalt, nicht wahr? Mögen Sie diese Musik, also ich mag Abba lieber, die Schweizer sind kalt, sind Sie aus Brasilien? Erzählen Sie mir etwas von Ihrem Land. Vom Karneval. Wie hübsch ihr Brasilianerinnen doch seid!

Lächeln, sich schüchtern für die Komplimente bedanken. Tanzen, aber auf den Blick Milans achten, der sich manchmal am Kopf kratzt und auf seine Armbanduhr zeigt. Rasierwasserduft des Mannes. Sie begreift schnell, daß sie sich an Gerüche gewöhnen muß. Dieser Mann zumindest benutzt ein blumiges After-shave. Sie tanzen eng. Noch ein Fruchtcocktail, die Zeit vergeht, hatte Milan nicht gesagt, maximal fünfundvierzig Minuten? Sie schaut auf die Uhr, der Freier fragt, ob sie jemanden erwarte, sie sagt, in einer Stunde kämen ein paar Freunde, er lädt sie ein, mit ihm ins Hotel zu kommen. Dreihundertfünfzig Franken, Dusche nach dem Sex (der Mann meinte verwundert, das habe er noch nie erlebt). Sie ist nicht Maria, jemand anderes ist in ihrem Körper, der nichts fühlt, nur mechanisch eine Art Ritual durchführt. Milan hatte ihr alles beigebracht, nur nicht, wie man sich von einem Freier verabschiedet, sie dankt, er weiß auch nicht recht, was er tun soll, ist müde.

Sie kämpft mit sich, möchte nach Hause, aber sie muß in den Nachtclub zurück und die fünfzig Franken abgeben. Noch ein Mann, noch ein Cocktail, noch mehr Fragen zu Brasilien, noch eine Dusche (diesmal ohne Kommentare dazu). Wieder kehrt sie in die Bar zurück, Milan nimmt seine Kommission in Empfang, sagt, daß sie gehen kann, heute sei wenig los. Sie nimmt kein Taxi, geht die Rue de Berne entlang, an den anderen Nachtclubs vorbei, blickt in die Schaufenster mit den Uhren, geht bis zur Kirche an der Ecke vor (die auch heute wieder geschlossen ist, immer geschlossen...). Niemand erwidert ihren Blick – wie immer.

Sie geht wie in einer Art Trance durch die Kälte. Fühlt

die Temperatur nicht, weint nicht, denkt nicht an das Geld, das sie verdient hat. Gewisse Menschen sind dazu geboren, das Leben allein zu bewältigen, das ist weder gut noch schlecht, *c'est la vie*. Maria ist einer dieser Menschen.

Sie zwingt sich, über diese erste Nacht nachzudenken. Heute hat sie angefangen, fühlt sich aber bereits als Professionelle, die das ihr Leben lang gemacht hat. Sie empfindet eine gewisse Zärtlichkeit sich selbst gegenüber, ist zufrieden, weil sie nicht weggelaufen ist. Jetzt muß sie entscheiden, ob sie weitermachen will. Wenn sie weitermacht, wird sie die Beste sein – bisher war sie nirgendwo die Beste.

Sie lernt sehr schnell: Nur die Stärksten überleben. Um stark zu sein, muß man die Beste sein, daran gibt es nichts zu deuteln.

Aus Marias Tagebuch eine Woche später:
Ich bin kein Körper mit einer Seele, ich bin eine Seele, die einen sichtbaren Teil besitzt, der Körper heißt. In all diesen Tagen war die Seele, anders als ich es mir vorgestellt hatte, immer ganz da. Sie sprach nicht mit mir, kritisierte mich nicht, hatte kein Mitleid mit mir: sie hat mich nur beobachtet.

Inzwischen weiß ich auch, warum: Es liegt daran, daß ich schon so lange die Liebe aus meinen Gedanken verbannt hatte. Nun entzieht sie sich mir, beleidigt, als würde sie von mir nicht genügend gewürdigt, als fühle sie sich nicht willkommen. Aber wenn ich nicht an die Liebe denke, bin ich nichts.

Als ich nach dieser ersten Nacht ins ›Copacabana‹ zurückkam, wurde ich schon viel respektvoller behandelt – offenbar probieren es viele Mädchen einmal und bringen es dann nicht fertig, weiterzumachen. Wer weitermacht, wird zu einer Art Verbündeten, Mitstreiterin, weil sie versteht, welche Gründe – oder vielmehr, welche nicht vorhandenen Gründe – einen dazu bewogen haben, diese Art Leben zu wählen.

Alle träumen davon, daß jemand kommt und sie als die wahre Frau entdeckt, als sinnliche Gefährtin und Freundin. Und alle gehen bei jeder neuen Begegnung von vornherein davon aus, daß der Traum nicht in Erfüllung gehen wird.

Ich muß über die Liebe schreiben. Ich muß nachdenken und noch mal nachdenken, schreiben, über die Liebe schreiben – sonst erträgt meine Seele das nicht.

Obwohl die Liebe für sie so wichtig war, vergaß Maria den Rat nie, den man ihr in der ersten Nacht gegeben hatte, und lebte die Liebe nur auf den Seiten ihres Tagebuches aus. Ansonsten setzte sie alles daran, die Beste zu sein, in kurzer Zeit viel Geld zu verdienen, nicht allzuviel nachzudenken und einen guten Grund für das zu finden, was sie tat.

Das war am schwierigsten: Was war der wahre Grund?

Sie tat es, weil sie mußte. Aber das stimmte nicht ganz – schließlich mußten alle Geld verdienen, und nicht alle entschieden sich dafür, am Rand der Gesellschaft zu leben. Sie tat es, weil sie eine neue Erfahrung machen wollte. Auch das stimmte nicht ganz; die Welt war voller neuer Erfahrungen – wie beispielsweise Skilaufen oder mit einem Schiff auf dem Genfer See spazierenfahren; diese Erfahrungen hatten sie bislang nur nicht interessiert. Sie tat es, weil sie nichts zu verlieren hatte, weil ihr Leben eine tägliche, ständige Frustration war.

Nein, keine dieser Antworten stimmte, besser nicht weiter darüber nachdenken und im Leben das mitnehmen, was kommt. Sie hatte viel mit den anderen Prostituierten gemein und auch mit allen anderen Frauen, die sie in ihrem Leben bisher kennengelernt hatte: Heiraten, ein sicheres Leben haben – das war der größte Traum. Diejenigen, die nicht davon träumten, hatten entweder einen Mann (fast ein Drittel ihrer Kolleginnen war verheiratet) oder gerade eine Scheidung hinter sich. Um sich selbst zu verstehen, versuchte Maria vorsichtig zu ergründen, warum die anderen diesen Beruf ergriffen hatten.

Sie erfuhr nichts Neues. Maria listete die Antworten auf. Die Kolleginnen erzählten, daß sie

a) ihren Mann finanziell unterstützen mußten. Und was, wenn der Mann eifersüchtig wurde? Wenn einer seiner Freunde im ›Copacabana‹ auftauchte? wollte Maria weiterfragen, traute sich aber nicht.

b) der Mutter ein Haus kaufen wollten, ein Grund, der sich edel anhörte, aber eher eine Ausrede war;

c) Geld zusammensparen mußten, um das Rückflugtikket zu kaufen (eine unter den Kolumbianerinnen, Thailänderinnen, Peruanerinnen, Philippininnen und Brasilianerinnen weitverbreitete Begründung, wenngleich sie meist ein Vielfaches des nötigen Betrages verdient und wieder ausgegeben hatten, aus Angst, sich ihren Traum zu erfüllen);

d) es zu ihrem eigenen Vergnügen taten (das paßte nicht gut ins Bild);

e) sonst nichts geschafft hatten (eine äußerst fadenscheinige Begründung, denn in der Schweiz gab es viele andere Jobs, wie Putzfrau, Köchin, Au-pair).

Am Ende fand sie keinen guten Grund und ließ davon ab, die Welt um sich herum erklären zu wollen.

Milan hatte recht gehabt: Kein Freier zahlte eintausend Schweizer Franken für ein paar Stunden mit ihr.

Andererseits zahlten alle anstandslos die dreihundertfünfzig Franken, die sie verlangte, als kennten sie den Tarif im voraus und fragten nur nach, um sie zu erniedrigen – oder um unangenehme Überraschungen zu vermeiden.

Eines der Mädchen meinte:

»Die Prostitution ist ein Gewerbe, bei dem es genau umgekehrt zugeht wie bei allen anderen Gewerben: Wer anfängt, verdient mehr, wer Erfahrung hat, verdient weniger. Tu immer so, als wärst du noch Anfängerin.«

Sie wußte immer noch nicht, was es mit den ›speziellen Freiern‹ auf sich hatte. Nur in der ersten Nacht war kurz davon die Rede gewesen, und weder Milan noch die Frauen kamen je darauf zurück. Nach und nach lernte sie die wichtigsten Tricks ihres Gewerbes, wie zum Beispiel daß man nie nach dem Privatleben des Freiers fragen, immer lächeln und überhaupt möglichst wenig reden sollte und keinerlei Treffen außerhalb des Nachtclubs vereinbaren. Der wichtigste Ratschlag kam von einer Philippinin namens Nyah:

»Du mußt auch stöhnen, wenn er einen Orgasmus hat. Dann wird dir der Freier treu bleiben.«

»Aber wozu? Sie bezahlen doch dafür, daß sie befriedigt werden.«

»Da irrst du dich. Ein Mann beweist nicht durch eine Erektion, daß er ein Mann ist. Er ist ein Mann, wenn er einer Frau Lust verschaffen kann. Wenn er einer Prostituierten Lust verschaffen kann, dann wird er sich für den Besten von allen halten.«

So vergingen sechs Monate: Maria lernte, wie das ›Copacabana‹ funktionierte. Da es der teuerste Nachtclub der Rue de Berne war, bestand die Kundschaft zum größten Teil aus Managern, die spät nach Hause kommen konnten, da sie »mit Klienten essen gingen«. Doch die zeitliche Grenze für diese »Abendessen«, die nicht überschritten werden durfte, war dreiundzwanzig Uhr.

Die meisten der Prostituierten, die dort arbeiteten, waren zwischen achtzehn und zweiundzwanzig Jahre alt, blieben im Durchschnitt zwei Jahre im Haus und wurden dann von Neuankömmlingen abgelöst. Sie gingen danach zuerst ins ›Néon‹, später ins ›Xénium‹, und mit zunehmendem Alter nahm der Preis ab, und es gab keine festen Arbeitsstunden mehr. Fast alle endeten im ›Tropical Ecstacy‹, das auch Frauen über dreißig akzeptierte. Aber waren sie erst einmal dort angekommen, konnten sie gerade noch Kost und Logis bezahlen, indem sie ein oder zwei Studenten pro Tag bedienten.

Maria ging mit vielen Männern ins Bett. Alter und Kleidung spielten für sie keine Rolle. Entscheidend für ihr ›Ja‹ oder ›Nein‹ war, wie sie rochen. Sie hatte nichts gegen Zigaretten einzuwenden, aber sie haßte billiges Rasierwasser oder Freier, die nicht regelmäßig duschten oder deren Kleidung nach Alkohol stank. Das ›Copacabana‹ war ein ruhiges Lokal und die Schweiz womöglich das beste Land, um dort als Prostituierte zu arbeiten – vorausgesetzt, man hatte Arbeit und eine Aufenthaltsbewilligung und die Papiere waren in Ordnung und man bezahlte regelmäßig die Sozialversicherung. Milan wiederholte ständig, er wolle nicht, daß seine Kinder seinen Namen in der Sensationspresse sahen. Er konnte strenger sein als die Polizei, wenn es darum ging, die rechtliche Situation der Frauen, die er unter Vertrag hatte, zu prüfen.

Wenn man erst einmal das Hindernis der ersten oder der zweiten Nacht überwunden hatte, war es ein Beruf wie jeder andere auch. Ein Beruf, in dem man hart arbeitete, gegen die Konkurrenz ankämpfte, sich bemühte, einen Qualitätsstandard zu halten. Man »riß seine Stunden ab«, war etwas gestreßt, beklagte sich über den Arbeitsanfall und ruhte sich am Sonntag aus. Die meisten Prostituierten waren sehr gläubig, sie gingen zur Messe oder zu ihren Gebeten, ihren Treffen mit Gott.

Maria hingegen kämpfte auf den Seiten ihres Tagebuches, um ihre Seele nicht zu verlieren. Sie machte die überraschende Entdeckung, daß es jedem fünften Freier nicht darum ging, Liebe zu machen, sondern darum, zu reden. Sie zahlten anstandslos den Tabellenpreis, das Hotel, und wenn es an der Zeit war, sich auszuziehen, meinten sie, es sei nicht notwendig. Diese Freier wollten lieber über den Arbeitsstreß reden, die untreue Ehefrau, die Einsamkeit, weil sie niemanden hatten, mit dem sie reden konnten (und was einsam sein hieß, wußte Maria nur zu gut).

Anfangs fand sie das sehr merkwürdig. Bis sie eines Tages einen französischen Headhunter ins Hotel begleitete. Er schilderte seine Tätigkeit (die darin bestand, Kandidaten für hohe Managerposten zu finden), als sei es die allerinteressanteste Sache der Welt. Und doch sprach er voller Mitleid von den Menschen, die er vermittelte:

»Wissen Sie, wer der einsamste Mensch der Welt ist?« fragte er Maria. »Es ist der Manager mit einer erfolgreichen Karriere, der ein Riesengehalt verdient, das Vertrauen seiner Vorgesetzten und seiner Untergebenen genießt, eine Familie, Kinder hat, denen er bei den Schularbeiten hilft, und dem eines Tages jemand wie ich mit folgendem Vorschlag kommt: ›Wollen Sie den Job wechseln und das Doppelte verdienen?‹

Dieser Mann, der alles hat, um sich begehrt und glücklich zu fühlen, wird zum armseligsten Menschen der Welt. Warum? Weil er niemanden hat, mit dem er reden kann. Er überlegt, ob er meinen Vorschlag annehmen soll, kann aber weder mit seinen Arbeitskollegen darüber reden, denn die würden alles tun, um ihn zum Bleiben zu bewegen, noch mit seiner Frau, weil sie nur jahrelang seine erfolgreiche Karriere begleitet hat und viel von Sicherheit, aber nichts von Risiken versteht. Er kann mit niemandem reden und steht vor der großen Entscheidung seines Lebens. Können Sie sich vorstellen, was dieser Mann fühlt?«

Nein, nicht er war der einsamste Mensch auf der Welt, denn den einsamsten Menschen der Welt kannte Maria bestens: Das war sie selbst. Dennoch stimmte sie ihrem Freier in der Hoffnung auf ein gutes Trinkgeld zu – das dann auch kam. Und von da an merkte sie, daß sie herausfinden mußte, wie sie ihren Freiern etwas von dem enormen Druck abnehmen konnte, der auf ihnen zu lasten schien; und wie sie ihre Dienstleistungen und gleichzeitig ihre Verdienstmöglichkeiten verbessern konnte.

Als Maria begriffen hatte, daß es ebenso lukrativ, wenn nicht noch lukrativer sein konnte, seelische Bedürfnisse zu befriedigen, als körperliche, ging sie wieder in die Bibliothek, wälzte Bücher über Eheprobleme, Psychologie, Politik. Die Bibliothekarin war begeistert – weil das Mädchen, für das sie so große Sympathie hegte, es aufgegeben hatte, an Sex zu denken, und sich jetzt ernsthafteren Themen widmete. Sie las regelmäßig die Zeitung, besonders den Wirtschaftsteil – da der größte Teil ihrer Freier Manager war. Sie lieh Ratgeber aus – denn fast alle baten sie um Rat. Sie studierte Abhandlungen über den Menschen und seine Gefühle – denn alle litten aus irgendwelchen Gründen. Maria war eine respektable Hure, sie war anders als ihre Kolleginnen, und nach sechs Monaten in ihrem Beruf hatte sie eine hochkarätige, große und treue Kundschaft, was den Neid, die Eifersucht, aber auch die Bewunderung ihrer Kolleginnen weckte.

Was den Sex betraf, hatte er ihr selbst bisher keine Befriedigung verschafft. Für sie bedeutete Sex nur, die Beine breitzumachen, zu verlangen, daß der Freier ein Präservativ benutzte, etwas zu stöhnen, um das Trinkgeld zu erhöhen (bis zu fünfzig Franken, wie sie dank der Philippinin Nyah herausgefunden hatte), und nach dem Verkehr zu duschen, um mit dem Wasser ein wenig ihre Seele zu reinigen. Keine Varianten. Keine Küsse – der Kuß war für eine Prostituierte heiliger als alles andere. Nyah hatte ihr beigebracht, daß sie den Kuß für die Liebe ihres Lebens aufbewahren sollte, so wie im Märchen vom Dornröschen; den Kuß, der sie aus dem Schlaf wecken und in die Welt der Märchen zurückbringen würde, in eine Schweiz, die nur noch das Land der Schokolade, der Kühe und der Uhren war.

Auch kein Orgasmus, keine Lust, keine Erregung. In ihrem Bemühen, die Beste von allen zu werden, hatte sich Maria einige pornographische Filme angesehen in der Hoffnung, etwas davon für ihre Arbeit verwenden zu können. Sie hatte viele interessante Dinge gesehen, aber sie konnte sich nicht dazu durchringen, sie bei ihren Freiern anzuwenden – sie dauerten zu lange, und Milan hatte es gern, wenn die Frauen mindestens drei Freier pro Nacht bedienten.

Am Ende dieses ersten halben Jahres hatte Maria sechzigtausend Schweizer Franken auf ihr Bankkonto einbezahlt, konnte sich teurere Restaurants und auch einen Farbfernseher leisten (den sie allerdings nie benutzte), und sie überlegte sogar, in eine bessere Wohnung umzuziehen. Sie hätte jetzt Bücher kaufen können, ging aber weiter in die Bibliothek, die ihre Brücke zu einer realen, solideren und dauerhafteren Welt war. Sie unterhielt sich gern mit der Bibliothekarin, die sich freute, weil Maria offenbar eine Arbeit gefunden hatte und vielleicht auch eine Liebe, obwohl sie nie nachfragte, weil sie schüchtern und diskret war, wie es sich für eine Schweizerin gehörte (auch wenn ihre Landsleute im ›Copacabana‹ und im Bett genauso unverkrampft, fröhlich oder voller Komplexe waren wie jedes andere Volk der Welt).

Aus Marias Tagebuch, an einem lauen Sonntagnachmittag:

Alle Männer, die kleinen wie die großen, die arroganten oder schüchternen, die sympathischen oder abweisenden, haben eins gemeinsam: Sie haben Angst, wenn sie in den Nachtclub kommen. Die Erfahrenen verbergen ihre Angst, indem sie laut reden, während die Schüchternen sie nicht überspielen können und sich zuerst Mut antrinken müssen. Was aber nichts daran ändert, daß sie alle Angst haben – vielleicht mit Ausnahme der ›speziellen Freier‹, die mir Milan noch immer nicht vorgestellt hat.

Wovor haben sie Angst? Eigentlich müßte ich diejenige sein, die Angst hat. Ich gehe mit ihnen in ein Hotel, bin ihnen körperlich unterlegen, trage keine Waffen bei mir. Die Männer sind wirklich merkwürdig, und ich meine nicht nur die, die ins ›Copacabana‹ kommen, sondern alle, die ich bislang kennengelernt habe. Sie schlagen, schreien, drohen – aber kommen um vor Angst vor einer Frau. Vielleicht nicht vor der, die sie geheiratet haben, aber es gibt immer eine, die sie fürchten und nach deren Pfeife sie tanzen. Und sei es die eigene Mutter.

Die Männer, die sie in Genf kennengelernt hatte, taten alles, um selbstsicher zu wirken, als hätten sie die ganze Welt im Griff und ihr eigenes Leben auch; aber dahinter verbarg sich die Angst vor der Ehefrau, die Panik, keine Erektion zustande zu bringen, nicht einmal bei einer einfachen Prostituierten, die sie bezahlten, Manns genug zu sein. Wenn sie in einen Laden gingen, sich Schuhe kauften, die sie dann doch drückten, würden sie mit der Quittung in der Hand wiederkommen und ihr Geld zurückverlangen. Doch wenn sie bei einer Prostituierten aus dem ›Copacabana‹, die sie bezahlt hatten, keine Erektion hatten, kamen sie nicht wieder, aus Angst, ihr Versagen habe sich unter den anderen Prostituierten schon herumgesprochen, und das wäre eine Schande.

›Eigentlich sollte *ich* mich schämen‹, notierte Maria. ›Tatsächlich aber tun sie es.‹

Maria versuchte peinliche Situationen immer zu vermeiden, und wenn einer angetrunken oder müde wirkte, konzentrierte sie sich auf Liebkosungen und Masturbation – was den Männern gefiel.

Man mußte vermeiden, daß sie sich schämten. Diese Männer, die bei ihrer Arbeit so mächtig und arrogant waren, die sich tagsüber mit Angestellten, Kunden, Lieferanten herumschlugen und mit Vorurteilen, Geheimnissen, Verstellung, Heuchelei, Angst, Unterdrückung umgehen konnten, ließen den Tag in einem Nachtclub ausklingen, und sie gaben gern dreihundertfünfzig Franken dafür aus, einmal eine Nacht lang nicht sie selbst sein zu müssen.

›Eine Nacht lang? Da übertreibst du aber, Maria! Tatsächlich sind es fünfundvierzig Minuten, minus die Zeit, die zum Ausziehen, ein paar Zärtlichkeiten, etwas Small talk und wieder Anziehen draufgeht, macht elf Minuten für den eigentlichen Sex.‹

Elf Minuten. Die Welt drehte sich um etwas, was nur elf Minuten dauerte!

Und wegen dieser elf Minuten von den vierundzwanzig Stunden eines Tages (einmal angenommen, daß alle mit ihren Ehepartnern täglich Sex hatten, was unwahrscheinlich war und nicht stimmte) heirateten sie, ernährten sie eine Familie, ertrugen das Kindergequengel, erfanden die wildesten Ausreden, wenn sie zu spät nach Hause kamen. Wegen dieser elf Minuten schauten sie zig, Hunderte anderer Frauen an, mit denen sie gern am Genfersee entlangspaziert wären. Wegen dieser elf Minuten kauften sie teure Kleidung für sich und noch viel teurere für die Frauen, bezahlten sie Prostituierte, um das zu kompensieren, was ihnen fehlte, erhielten sie eine riesige Industrie für Kosmetik, Diäten, Gymnastik, Pornographie, Macht aufrecht – und wenn sie mit anderen Männern zusammen waren, sprachen sie überraschenderweise nie über Frauen, sondern nur über die Arbeit, über Geld oder Sport.

Da lief etwas ganz verkehrt in dieser Zivilisation – und nicht nur in bezug auf die Abholzung des Amazonaswaldes, die Ozonschicht, das Pandasterben, die Zigarette, krebserregende Nahrungsmittel, die Situation in den Gefängnissen, wie die Zeitungen behaupteten.

Es war genau in dem Bereich, in dem Maria tätig war: beim Sex.

Aber Maria war nicht hier, um die Menschheit zu retten; sondern um ihr Bankkonto wachsen zu lassen, weitere sechs Monate Einsamkeit zu ertragen, weil sie sich entschlossen hatte zu bleiben, um monatlich einen Betrag an ihre Mutter überweisen und sich alles leisten zu können, wovon sie immer geträumt hatte. Sie zog in eine sehr viel bessere Wohnung mit Zentralheizung um, und von ihrem Fenster aus sah sie auf eine Kirche, ein japanisches Restaurant, einen Supermarkt und ein sympathisches Café, in das sie immer ging, um Zeitung zu lesen. Nur noch ein halbes Jahr, das hatte sie sich geschworen, würde sie das ›Copacabana‹ ertragen: Darf ich Sie zu einem Drink einladen, tanzen, wie finden Sie Brasilien, Hotel, im voraus abkassieren, reden und die richtigen Stellen berühren – am Körper wie auch in der Seele (vor allem in der Seele), bei den intimsten Problemen helfen, eine Freundin sein. Und dies alles für eine halbe Stunde, in der elf Minuten für Beine auf, Beine zu, lustvolles Stöhnen draufgingen. Danke, hoffentlich sehen wir uns nächste Woche wieder, Sie sind wirklich ein toller Mann, ich werde mir den Rest der Geschichte bei unseren nächsten Treffen anhören, großzügiges Trinkgeld, das war doch nicht nötig, es war mir ein Vergnügen.

Und sich vor allem – oberstes Gebot – nie verlieben. Das war der vernünftigste Rat, den Vivian ihr gegeben hatte, bevor sie verschwand – möglicherweise, weil sie sich verliebt hatte.

Auch Maria waren erstaunlicherweise in nur zwei Monaten schon mehrfach Heiratsanträge gemacht worden, darunter drei wirklich ernstgemeinte: vom Direktor einer Buchhaltungsfirma, von dem Flugkapitän, mit dem sie in der ersten Nacht ins Hotel gegangen war, und vom Besitzer eines Spezialgeschäfts für Taschenmesser und Stichwaffen. Alle drei hatten ihr versprochen, »sie da herauszuholen« und ihr eine ordentliche Wohnung, eine Zukunft mit Kindern und Enkeln zu geben.

Und das alles nur für elf Minuten am Tag? Das konnte nicht sein! Jetzt, nach ihrer Erfahrung im ›Copacabana‹, wußte sie, daß sie nicht die einzige war, die sich einsam fühlte. Der Mensch kann eine Woche lang ohne Trinken auskommen, zwei Wochen, ohne zu essen, viele Jahre ohne ein Dach über dem Kopf – aber die Einsamkeit kann er nicht ertragen. Das war für alle die schlimmste Qual. Die Männer im ›Copacabana‹ und die vielen anderen, die ihre Begleitung suchten, litten wie sie selbst unter diesem zerstörerischen Gefühl – dem Gefühl, niemandem auf der Welt wichtig zu sein.

Um den Versuchungen der Liebe zu entgehen, ließ sie ihr Herz nur im Tagebuch sprechen. Ins ›Copacabana‹ traten nur ihr Körper und ihr Verstand, der immer aufnahmefähiger, immer schärfer wurde. Es gelang ihr, sich einzureden, daß eine höhere Instanz sie nach Genf und in die Rue de Berne geschickt habe, und jedes weitere Buch, das sie in der Bibliothek auslieh, bestätigte ihr aufs neue: Niemand hatte vernünftig über diese elf wichtigsten Minuten des Lebens geschrieben. Vielleicht war dies ihr Schicksal, so schwierig es ihr jetzt erscheinen mochte: ein Buch zu schreiben, ihre Geschichte, ihr Abenteuer zu erzählen.

Genau, Abenteuer. Obwohl es ein verbotenes Wort war,

das niemand auszusprechen wagte, etwas, was die meisten lieber im Fernsehen sahen, in Filmen, die zu den unterschiedlichsten Stunden des Tages wieder und wieder gezeigt wurden, war es genau das, was sie suchte. Es paßte zu Wüsten, zu Reisen an unbekannte Orte, zu geheimnisvollen Männern, die auf einem Schiff mitten im Fluß ein Gespräch anfingen, zu Flugzeugen, Filmstudios, Indiostämmen, Gletschern, Afrika.

Ihr gefiel die Vorstellung, ein Buch zu schreiben, und sie überlegte sich sogar einen Titel: *Elf Minuten.*

Sie begann die Freier in drei Typen aufzuteilen: die ›Terminators‹ (nach einem Film, den sie sehr gern mochte), die schon mit einer Alkoholfahne hereinkamen, niemanden sahen und von allen gesehen werden wollten, die kaum tanzten und gleich ins Hotel gingen. Die ›Pretty Woman‹-Typen (auch wegen eines Films), die versuchten, elegant, höflich, zärtlich zu sein, als würde es von dieser Art Güte abhängen, daß die Welt wieder in die rechte Bahn kam, und die so taten, als wären sie rein zufällig hier vorbeigekommen; später im Hotel waren sie anfangs sanft und unsicher, aber am Ende fordernder als die Terminators. Schließlich die Männer Typ ›Der Pate‹ (nochmals wegen eines Films), die den Körper einer Frau wie eine Ware behandelten; sie waren die ehrlichsten, tanzten, unterhielten sich, gaben kein Trinkgeld, wußten, was sie kauften und was es wert war, ließen sich niemals vom Gerede der Frau einwickeln, die sie ausgesucht hatten; sie waren die einzigen, die, auf sehr subtile Weise, die Bedeutung des Wortes Abenteuer kannten.

Aus Marias Tagebuch, an einem Abend, an dem sie nicht arbeiten konnte, weil sie ihre Tage hatte:

Wenn ich heute jemandem mein Leben erzählen sollte, könnte ich es so drehen, daß man meinen könnte, ich sei eine unabhängige, mutige und glückliche Frau. Nichts davon ist wahr: Ich darf das einzige Wort nicht erwähnen, das viel wichtiger ist als die elf Minuten – Liebe.

Mein ganzes Leben lang habe ich unter Liebe eine Art selbstgewählter Sklaverei verstanden. Ich habe mich getäuscht: Freiheit gibt es nur dort, wo Liebe ist. Wer sich vollkommen hingibt, wer sich frei fühlt, liebt am meisten.

Und wer am meisten liebt, der fühlt sich frei.

Was auch immer ich erleben, tun, herausfinden kann, nichts hat einen Sinn ohne Liebe. Ich hoffe, daß diese Zeit schnell vorbeigeht, damit ich die Suche nach mir selbst wiederaufnehmen kann – die sich in einem Mann widerspiegelt, der mich versteht, der mir nicht weh tut.

Aber was sage ich da? In der Liebe kann keiner dem anderen weh tun; für seine Gefühle ist jeder selbst verantwortlich, und wir können nicht die anderen dafür verantwortlich machen.

Ich habe gelitten, als ich die Männer verlor, in die ich mich verliebt hatte. Heute bin ich überzeugt, daß man niemanden verlieren kann, ganz einfach weil man niemanden besitzt. Das ist die wahre Erfahrung von Freiheit: das Wichtigste auf der Welt zu haben, ohne es zu besitzen.

Weitere drei Monate vergingen, der Herbst kam und schließlich das im Kalender markierte Datum: neunzig Tage bis zur Rückreise. Es war alles so schnell und gleichzeitig so langsam gegangen, fand sie, und ihr wurde klar, daß die Zeit in zwei unterschiedlichen Dimensionen ablief, die von ihrer jeweiligen Stimmung abhingen. Doch wie auch immer, ihr Abenteuer war bald zu Ende. Sie könnte natürlich weitermachen, aber sie hatte das traurige Lächeln der unsichtbaren Frau nicht vergessen, die sie bei dem Spaziergang am See begleitet und gesagt hatte, daß die Dinge nicht so einfach waren, wie Maria dachte. Maria hatte versucht, einfach weiterzumachen, sich der Herausforderung von dieser Art Leben zu stellen. Allmählich hatte sie sich jedoch eingestehen müssen, daß irgendwann der Moment kommt, an dem man aufhören muß. In neunzig Tagen würde sie nach Brasilien zurückkehren, von dem verdienten Geld (viel mehr, als sie sich erhofft hatte) eine kleine Farm und ein paar Kühe kaufen (brasilianische, keine Schweizer); sie würde ihre Eltern einladen, bei ihr zu wohnen, sie würde zwei Angestellte einstellen und das Unternehmen zum Laufen bringen.

Obwohl sie fand, daß man nur in der Liebe wahre Freiheit erfahren und keiner einen anderen besitzen kann, lechzte sie insgeheim nach Rache – und dazu gehörte eine triumphale Rückkehr nach Brasilien. Nachdem sie ihre Farm eingerichtet hätte, wollte sie in die Stadt fahren, bei der Bank vorbeigehen, wo der Junge arbeitete, der sie wegen ihrer besten Freundin hatte sitzenlassen, und eine große Einzahlung – in Schweizer Franken – machen. Sie malte sich aus, wie er reagieren würde: »Hallo, wie geht's, erkennst du mich nicht?« Und sie würde gespielt angestrengt in ihrem Gedächtnis kramen und sich dann entschuldigen, es sei zu lange her, sie habe inzwischen auch ein ganzes Jahr in EU-RO-PA (langsam aussprechen, damit seine Kollegen es hörten) verbracht. Besser gesagt, in der Schweiz (das klang exotischer und abenteuerlicher als Frankreich), wo die besten Banken der Welt angesiedelt sind. Wer er sei?

Sollte er doch sagen, sie seien zusammen zur Schule gegangen. Dann konnte sie immer noch die freundliche Dame spielen, die höflicherweise so tut, als könnte sie sich erinnern. Damit würde sie es ihm heimzahlen. Dann mußte sie ihre Farm in Schuß bringen. Und wenn alles so lief, wie sie es sich vorstellte, könnte sie sich dann auch dem widmen, was ihr im Leben am wichtigsten war: Sie würde ihre wahre Liebe finden, den Mann, der, ohne es zu wissen, all diese Jahre auf Maria gewartet hatte und dem sie nur noch nicht begegnet war.

Maria beschloß, sich das mit dem Buch *Elf Minuten* aus dem Kopf zu schlagen. Sie mußte sich jetzt auf die Farm konzentrieren, Pläne für die Zukunft machen, sonst bestünde die Gefahr, daß sie ihren Abreisetermin erneut hinausschob.

An jenem Nachmittag zog sie los, um sich mit ihrer besten – einzigen – Freundin zu treffen, der Bibliothekarin. Sie erzählte ihr, daß sie sich für Landwirtschaft und Viehzucht interessiere, und wollte Fachliteratur ausleihen. Darauf gestand ihr die Bibliothekarin:

»Wissen Sie, vor ein paar Monaten, als Sie immer herkamen, um Bücher über Sex auszuleihen, habe ich mir schon Sorgen um Sie gemacht. Schließlich lassen sich viele hübsche Mädchen vom schnellen Geld verführen und vergessen, daß sie eines Tages alt sein und keine Gelegenheit mehr haben werden, den Mann ihres Lebens zu treffen.«

»Meinen Sie Prostitution?«

»Das ist ein starkes Wort.«

»Wie gesagt, ich arbeite in einem Unternehmen für Fleischim- und -export. Aber angenommen, ich wollte mich prostituieren, wäre das denn so schlimm? Vorausgesetzt, ich höre rechtzeitig damit auf? Schließlich heißt jung sein doch auch Fehler machen.«

»Das sagen alle Süchtigen: Man muß nur wissen, wann man aufhören muß. Und keiner hört auf.«

»Sie müssen einmal sehr schön gewesen sein, sind in einem Land geboren, in dem sich gut leben läßt, das seine Einwohner achtet. Reicht das aus, um sich glücklich zu fühlen?«

»Ich bin stolz darauf, mein Leben soweit gemeistert zu haben.«

Sollte sie weiter von sich erzählen? Das Mädchen sollte doch etwas lernen vom Leben!

»Ich habe eine glückliche Kindheit verlebt und in Bern die besten Schulen besucht. Dann bin ich zum Arbeiten nach Genf gekommen. Ich habe einen Mann kennengelernt, mich in ihn verliebt, ihn geheiratet. Ich habe alles für ihn getan, und er hat alles für mich getan. Die Zeit verging, und dann kam die Rente. Als er endlich Zeit hatte, um das zu machen, was er wollte, wurden seine Augen traurig – vielleicht weil er sein ganzes Leben nie an sich selbst gedacht hatte. Wir haben nie ernsthaft gestritten, wir hatten keine großen Gefühle, er hat mich nie betrogen, und er hat mich nie schlecht behandelt. Wir haben ein normales Leben geführt, so normal, daß er sich ohne Arbeit nutzlos, bedeutungslos gefühlt hat und ein Jahr darauf an Krebs gestorben ist.«

So war es gewesen, aber die junge Frau könnte davon negativ beeinflußt werden.

»Wie auch immer, ein Leben ohne Überraschungen ist allemal besser«, schloß sie. »Vielleicht wäre mein Mann sonst noch früher gestorben.«

Mit den Büchern unter dem Arm verließ Maria die Bibliothek, entschlossen, alles über die Führung landwirtschaftlicher Betriebe zu lernen. Da sie den Nachmittag frei hatte, beschloß sie, einen Spaziergang zu machen, und entdeckte in der Altstadt neben einem normalen blauen Straßenschild eine kleine Plakette mit einer Sonne und der Inschrift ›Chemin de Saint-Jacques‹ – Jakobsweg. Was war das bloß? Da es auf der anderen Straßenseite ein Café gab und sie gelernt hatte zu fragen, wenn sie etwas nicht wußte, ging sie hinein und erkundigte sich.

»Keine Ahnung«, sagte das Mädchen hinter dem Tresen. Es war ein elegantes Lokal, und der Kaffee kostete dreimal soviel wie sonstwo. Aber da sie jetzt Geld und nichts weiter zu tun hatte, bestellte Maria einen Kaffee und vertiefte sich in ihre Fachbücher. Voller Begeisterung öffnete sie eines der Bücher, konnte sich aber nicht auf ihre Lektüre konzentrieren – sie war so langweilig. Wieviel interessanter wäre es doch, mit einem ihrer Freier über das Thema zu sprechen – sie wußten am besten, wie man Geld nutzbringend einsetzte. Sie zahlte den Kaffee, dankte der Bedienung und hinterließ ein gutes Trinkgeld (sie hatte, was das betraf, einen Aberglauben entwickelt: wer viel gibt, bekommt auch viel zurück). Sie stand auf, ging zur Tür und hörte, ohne sich der Bedeutung des Augenblicks bewußt zu sein, die Worte, die ihre Zukunft, ihre Farm, ihre Vorstellung vom Glück, ihre weibliche Seele, ihre Einstellung als Mensch, ihren Platz in der Welt verändern sollten.

»Moment mal!«

Sie schaute überrascht zur Seite. Dies hier war ein respektables Café, nicht das ›Copacabana‹, wo Männer Frauen anbaggern, die Frauen sich aber nichts gefallen lassen müssen.

Sie wollte so tun, als hätte sie nichts gehört, doch dann war ihre Neugier stärker, und sie blickte sich um und sah eine merkwürdige Szene. Auf dem Boden kniete ein etwa dreißigjähriger, langhaariger Mann (oder sollte sie besser sagen »ein junger Mann um die Dreißig«? Warum fühlte sie sich oft schon so alt?). Um sich herum hatte er Stifte ausgebreitet, und er zeichnete einen Herrn, der an einem Tisch saß, vor sich ein Glas Pastis. Beim Eintreten hatte sie die beiden nicht bemerkt.

»Geh noch nicht! Ich zeichne nur schnell dieses Porträt. Und dann würde ich gern dich porträtieren.«

Maria antwortete – und dadurch, daß sie antwortete, stellte sie die Verbindung zum Universum her, die ihr bislang gefehlt hatte:

»Ich habe kein Interesse.«

»Du strahlst ein Licht aus. Laß mich wenigstens eine Skizze machen.«

Was hieß da Skizze? ›Licht‹? Andererseits war sie geschmeichelt: ein seriöser Maler wollte *sie* porträtieren! Sie begann zu spekulieren: Was, wenn er wirklich berühmt ist und das Bild mit mir in Paris oder Salvador de Bahia ausgestellt wird? Märchenhaft!

Was machte dieser Mann mit all dem Kram um sich herum in diesem teuren, vornehmen Café?

Als hätte die Bedienung ihre Gedanken erraten, sagte sie leise: »Er ist ein sehr bekannter Maler.«

Ihr Instinkt hatte sie also nicht getäuscht. Maria versuchte einen kühlen Kopf zu bewahren.

»Er kommt öfter her, immer in Begleitung von wichtigen Leuten. Er sagt, ihm gefällt das Ambiente hier, es inspiriert ihn; er macht ein großes Bild mit wichtigen Genfer Persönlichkeiten, im Auftrag der Stadtverwaltung.«

Maria blickte den Mann an, der gerade gemalt wurde. Wieder las die Kellnerin ihre Gedanken.

»Er ist Chemiker und hat eine revolutionäre Entdekkung gemacht. Er hat dafür den Nobelpreis bekommen.«

»Geh nicht«, wiederholte der Maler. »Ich bin in fünf Minuten fertig. Bestell, was du magst, es geht auf meine Rechnung.«

Wie hypnotisiert, setzte sich Maria an die Bar; da sie normalerweise nichts trank, bestellte sie einfach dasselbe wie der Nobelpreisträger, einen Pastis. Sie sah dem Mann bei der Arbeit zu. ›Ich bin keine stadtbekannte Persönlichkeit, deshalb wird er an etwas anderem interessiert sein‹, dachte Maria, die innerlich sofort abblockte: ›Er ist nicht mein Typ!‹ Das war immer ihre Rettung, wenn sie in Gefahr stand, sich zu verlieben. Innerlich gefestigt, konnte sie nun gefahrlos noch ein paar Minuten bleiben – wer weiß, vielleicht hatte die Kellnerin ja recht und dieser Mann konnte ihr die Tore zu einer unbekannten Welt öffnen. Hatte sie nicht von einer Karriere als Model geträumt?

Sie beobachtete, wie flink er seine Arbeit beendete – offenbar handelte es sich um ein sehr großes Bild, doch es war nach einem komplizierten System zusammengefaltet, und so konnte sie die anderen darauf abgebildeten Gesichter nicht sehen. Und wenn dies nun eine ganz besondere Gelegenheit wäre? Der Mann (sie beschloß, ihn für sich »Mann« und nicht »Junger Mann« zu nennen, weil sie sich sonst älter fühlen müßte) schien nicht der Typ Mann zu sein, der auf diese Tour eine Nacht mit ihr herausschinden wollte. Maria schwor sich, sich auf keine neuen Bekanntschaften einzulassen, die ihre schönen Zukunftspläne beeinträchtigen könnten.

»Danke, Sie können sich jetzt wieder bewegen«, sagte der Maler kurz darauf zu dem Chemiker, der aus einem Traum zu erwachen schien.

Und zu Maria knapp und energisch:

»Und du, setz dich dort hinten in die Ecke! Das Licht ist großartig.«

Und dann war es, als wäre alles bereits vom Schicksal in die Wege geleitet, als wäre es die natürlichste Sache der Welt, als hätte sie diesen Mann schon ein Leben lang gekannt oder diesen Augenblick im Traum erlebt und wüßte, was zu tun sei: Maria nahm ihr Glas Pastis, ihre Tasche, ihre Bücher über Landwirtschaft und ging zu dem ihr zugewiesenen Platz am Fenster. Der Maler brachte die Stifte, Farbtiegelchen, eine Packung Zigaretten und kniete vor ihr nieder.

»Bleib genau so sitzen und beweg dich nicht!«

»Das ist zuviel verlangt. Mein Leben ist immer in Bewegung.«

Sie versuchte, natürlich zu bleiben, obwohl der Blick dieses Mannes sie verunsicherte. Sie zeigte durch die Fensterscheibe hinaus auf die Straße und auf das Schild.

»Was ist der Jakobsweg?«

»Eine Pilgerstraße. Im Mittelalter kamen Menschen von überall her durch diese kleine Gasse; sie waren auf dem Weg nach Spanien, zu einer Stadt namens Santiago de Compostela.«

Er entfaltete einen Teil der Leinwand, legte sich die Stifte zurecht. Maria wußte immer noch nicht, was sie tun sollte.

»Das heißt, wenn ich diesem Weg immer weiter folge, gelange ich nach Spanien?«

»Nach zwei oder drei Monaten. Darf ich dich um einen Gefallen bitten? Sag einfach mal einen Moment lang gar nichts! Es wird nicht länger als zehn Minuten dauern. Und nimm das Paket vom Tisch!«

»Es sind Bücher!« entgegnete sie leicht irritiert wegen seines resoluten Tons. Er sollte merken, daß er eine gebildete Frau vor sich hatte, die ihre Zeit in Bibliotheken verbrachte, nicht in Boutiquen. Aber er nahm selbst das Paket und stellte es einfach auf den Boden.

Sie hatte ihn nicht beeindrucken können, hatte es auch nicht ernsthaft versucht, sie war schließlich »außerdienstlich« hier und sparte sich ihre Verführungskünste für später und für Männer auf, die für ihre Dienste gut zahlten. Warum sollte sie mit diesem Maler anbandeln, der womöglich nicht einmal genug Geld hatte, sie zu einem Kaffee einzuladen? Ein Mann in seinem Alter sollte das Haar nicht lang tragen, das wirkt lächerlich, fand sie. Wie kam sie bloß darauf, daß er kein Geld hatte? Das Mädchen an der Bar hatte gesagt, er sei bekannt – oder war es der Chemiker, der berühmt war? Sie musterte ihn eingehend. Nach ihrer Erfahrung hatten Männer, die sich wie er nachlässig kleideten, oft mehr Geld als Herren in Anzug und Krawatte. Die Kleidung des Malers ließ jedoch keine Rückschlüsse zu.

›Wieso denke ich über diesen Mann nach? Was interessiert mich das Bild?‹

Zehn Minuten waren kein zu hoher Preis für die Chance, durch ein Bild unsterblich zu werden. Sie sah, daß er sie neben den preisgekrönten Chemiker malte, und fragte sich, ob er am Ende doch eine Form von Bezahlung fordern würde.

»Dreh den Kopf zum Fenster!«

Wieder gehorchte sie widerspruchslos – was absolut nicht

ihre Art war. Sie sah den Leuten nach, die draußen vorbeigingen, blickte zur Plakette mit der Sonne hoch, überlegte, daß diese Gasse nicht nur die Jahrhunderte, sondern all den Fortschritt, die großen Veränderungen in der Welt und in den Menschen überdauert hatte. Vielleicht war das ja ein gutes Omen, und das Bild würde auch in fünfhundert Jahren noch in einem Museum hängen...

Der Mann begann zu zeichnen, und je länger er zeichnete, desto mehr verlor Maria ihre anfängliche Begeisterung, desto kleiner und unbedeutender fühlte sie sich. Als sie das Café betreten hatte, war sie eine selbstbewußte Frau gewesen, fähig, eine schwierige Entscheidung zu treffen – eine Arbeit aufzugeben, die Geld einbrachte –, um sich einer noch schwierigeren Herausforderung zu stellen: in ihrem Heimatland eine Farm zu führen. Jetzt fühlte sie sich völlig verunsichert, und das war ein Gefühl, das sie sich als Prostituierte nicht leisten konnte.

Sie entdeckte schließlich den Grund für ihr Unbehagen: Zum ersten Mal seit vielen Monaten betrachtete sie jemand nicht wie ein Objekt und auch nicht als Frau, sondern als eine Herausforderung – etwas, was er nicht verstehen konnte. Dabei war sie sicher leicht zu durchschauen: ›Sieht er wohl meine Seele, meine Ängste, meine Zerbrechlichkeit, meine Unfähigkeit, mit einer Welt klarzukommen, die ich im Griff zu haben vorgebe, über die ich aber nichts weiß?‹

Lächerlich. Sie machte sich etwas vor.

»Ich würde gern...«

»Schscht«, sagte der Mann. »Ich sehe dein Licht.«

Das hatte noch niemand zu ihr gesagt. »Ich sehe deine

harten Brüste«, »ich sehe deine wohlgeformten Schenkel«, »ich sehe diese exotische Schönheit aus den Tropen« oder allerhöchstens »ich sehe, daß du aus diesem Leben herauswillst, warum erlaubst du mir nicht, dir ein Apartment einzurichten« – ja, diese Art von Bemerkungen war sie gewohnt, aber »dein Licht«? Meinte er vielleicht das Abendlicht?

»Dein inneres Licht«, sagte er, als hätte er gemerkt, daß sie nichts verstanden hatte.

Inneres Licht. Na, da lag er aber gründlich daneben, dieser naive Maler, der trotz seiner dreißig Jahre noch nichts vom Leben wußte. Es war eben doch so: Frauen reiften schneller als Männer, und Maria – die zwar viel über das Leben nachdachte, dabei aber unbeschwert und nüchtern blieb, sagte sich, daß sie bestimmt kein besonderes ›Licht‹ besaß, wie der Maler behauptete. Vielleicht meinte er ihre besondere Ausstrahlung. Sie war ein Mensch wie viele andere, die unter ihrer Einsamkeit litten und ihr Leben vor sich zu rechtfertigen suchten. Sie gab vor, stark zu sein, wenn sie schwach war, gab vor schwach zu sein, wenn sie sich stark fühlte; sie hatte jegliche Form von Leidenschaft von sich ferngehalten – und all das nur, um ihre Arbeit einigermaßen unbeschadet zu überstehen. Aber jetzt, kurz vor dem Ziel, hatte sie Pläne für die Zukunft und Gewissensbisse wegen der Vergangenheit – so jemand hat kein ›besonderes Leuchten‹. Vielleicht wollte der Maler sie damit nur zum Schweigen und Stillsitzen bringen und dazu, sich vor ihm zum Narren zu machen.

›Inneres Licht‹. Er hätte etwas anderes sagen können, wie zum Beispiel, ›du hast ein schönes Profil‹.

Wie gelangt Licht in ein Haus? Wenn die Fenster geöffnet sind. Wie gelangt Licht in einen Menschen? Wenn das Tor der Liebe geöffnet ist. Und ihres war definitiv nicht geöffnet. Er mußte ein schlechter Maler sein, er verstand überhaupt nichts.

»Das war's, ich bin fertig«, sagte er und begann sein Material einzusammeln.

Maria rührte sich nicht. Sie hätte sich gern das Bild angesehen, wollte aber nicht aufdringlich sein. Die Neugier siegte. Er hatte nur ihr Gesicht gezeichnet; er hatte sie gut getroffen. Doch hätte sie nicht gewußt, daß sie Modell gesessen hatte, hätte sie es für das Porträt einer sehr starken Persönlichkeit gehalten, die von einem ›Licht‹ erfüllt war, wie sie es an sich nie gesehen hatte.

»Ich heiße Ralf, Ralf Hart. Wenn du willst, spendiere ich dir noch einen Drink.«

»Nein, danke.«

Offenbar verlief die Begegnung genauso traurig, wie sie es vorhergesehen hatte: Ein Mann versucht, eine Frau zu verführen.

»Bitte noch zwei Pastis«, bestellte er trotzdem.

Hatte sie etwas Besseres vor? Etwa ein langweiliges Buch über Landwirtschaft zu lesen? Zum x-ten Mal am See spazierenzugehen? Oder mit jemandem zu reden, der in ihr ein Licht sah, von dem sie nichts wußte, und zwar genau an dem Tag, den sie in ihrem Kalender als Beginn der Endphase ihrer ›Erfahrung‹ angekreuzt hatte.

»Was machst du?«

Das war die Frage, die sie jedesmal, wenn sie mit jemandem ins Gespräch kam (was mit Schweizern aufgrund ihrer sprichwörtlichen Diskretion selten passierte), am liebsten überhörte. Was sollte sie darauf erwidern?

»Ich arbeite in einem Nachtclub.«

Jetzt war's heraus. Ein Zentnergewicht fiel von ihr ab – und sie war zufrieden mit sich, weil sie gelernt hatte, zu fragen (›wer sind die Kurden?‹, ›was ist der Jakobsweg?‹) und zu antworten (›ich arbeite in einem Nachtclub!‹), ohne sich darum zu scheren, was die anderen von ihr denken mochten.

Maria spürte, daß er weiterfragen wollte, und genoß ihren kleinen Sieg; der Maler, der ihr ein paar Minuten zuvor noch Befehle erteilt hatte und genau zu wissen schien, was er wollte, war nun ein Mann wie jeder andere, voller Fragen angesichts einer Frau, die er nicht kannte.

»Und diese Bücher?«

Sie zeigte sie ihm. Landwirtschaft. Der Mann blickte noch fragender.

»Bist du Sexarbeiterin?«

Er hatte es gewagt. Etwa, weil sie sich wie eine Prostituierte kleidete? Sie mußte unbedingt Zeit gewinnen. Das, was jetzt begann, schien ein interessantes Spiel zu werden, ein Spiel, bei dem sie nichts zu verlieren hatte.

»Warum denken Männer nur an das eine?«

Er legte die Bücher auf den Tisch zurück.

»Sex und Landwirtschaft. Beides langweilig.«

Wie bitte? Plötzlich fühlte sie sich herausgefordert. Wie konnte er so schlecht über ihren Beruf reden? Er wußte wohl nicht, was genau sie machte, hatte nur eine vage Ahnung, aber sie durfte ihm keine Antwort schuldig bleiben.

»Und ich glaube, es gibt nichts Langweiligeres als die

Malerei; etwas Statisches, eine unterbrochene Bewegung, ein Foto, das dem Original nie genau entspricht. Ein toter Gegenstand, für den sich niemand mehr interessiert außer den Malern selbst – gebildeten Wichtigtuern, die nicht mit der Zeit gegangen sind. Hast du schon einmal von Joan Miró gehört? Ich nicht, oder vielmehr erst vor kurzem, in einem Restaurant, und ich kann nicht sagen, daß dies mein Leben entscheidend verändert hätte.«

Sie wußte nicht, ob sie zu weit gegangen war – denn die Drinks kamen, und das Gespräch wurde unterbrochen. Beide schwiegen minutenlang. Maria dachte, daß es Zeit war zu gehen, und vielleicht hatte Ralf Hart dasselbe gedacht. Aber die zwei vollen Gläser mit diesem gräßlichen Getränk lieferten einen Vorwand, weiter zusammenzubleiben.

»Warum das Buch über Landwirtschaft?«

»Was willst du damit sagen?«

»Ich war schon in der Rue de Berne. Als du gesagt hast, was du machst, habe ich mich erinnert, daß ich dich schon einmal gesehen habe: in diesem teuren Nachtclub. Dennoch ist es mir beim Zeichnen vorhin nicht eingefallen: Dein Licht war zu stark.«

Maria hatte das Gefühl, daß der Boden unter ihren Füßen sich auftat. Zum ersten Mal schämte sie sich für ihre Tätigkeit, obwohl sie nicht den geringsten Grund dafür hatte. Sie arbeitete, um sich und ihre Familie zu ernähren. Aber er sollte sich dafür schämen, daß er in die Rue de Berne ging! Von einem Augenblick auf den anderen war der ganze Zauber verflogen.

»Hör mir gut zu, Ralf Hart! Ich wohne nun schon neun

Monate in der Schweiz. Ich weiß, wie diskret die Schweizer sind, weil sie in einem kleinen Land leben, in dem jeder jeden kennt. Darum kümmert sich auch keiner um das, was der andere macht. Deine Bemerkung war unangebracht und sehr unhöflich, aber falls es deine Absicht war, mich zu erniedrigen, um dich besser zu fühlen, dann verlierst du nur deine Zeit. Vielen Dank für den Pastis, er schmeckt grauenhaft. Trotzdem werde ich ihn austrinken und danach noch eine Zigarette rauchen. Du aber kannst sofort gehen, denn für berühmte Maler schickt es sich nicht, mit einer Hure am selben Tisch zu sitzen. Denn genau das bin ich, weißt du? Eine Hure. Ohne das geringste Schuldgefühl, von Kopf bis Fuß eine Hure. Und darin liegt meine Tugend: daß ich weder mir noch dir etwas vormache. Denn es lohnt sich nicht, und du hast es auch nicht verdient, daß ich dich belüge. Glaubst du, der berühmte Chemiker am anderen Ende des Cafés hat nicht gesehen, was ich bin?« Ihre Stimme wurde lauter. »Eine Hure! Und weißt du, was? Das gibt mir ein Gefühl von Freiheit – zu wissen, daß ich dieses verdammte Land in genau neunzig Tagen verlassen werde, mit vollem Portemonnaie, sehr viel weltgewandter als bei meiner Ankunft und durchaus in der Lage, einen guten Wein auszuwählen, mit einem Koffer voller Fotos von mir im Schnee und als jemand, der die Männer kennt.«

Das Mädchen am Tresen spitzte erschrocken die Ohren. Der Chemiker verzog keine Miene. Aber vielleicht lag es auch am Alkohol, oder daran, daß sie bald schon wieder in ihrer brasilianischen Kleinstadt sein würde. Vielleicht genoß sie es auch einfach, sagen zu können, wie sie ihr Geld verdiente, und über die schockierten Reaktionen, die kritischen Blicke, das empörte Kopfschütteln zu lachen.

»Du hast richtig gehört? Eine Hure, nichts anderes – und das ist *meine* Tugend!«

Er sagte nichts. Rührte sich nicht. Und Maria redete selbstbewußt weiter:

»Du bist ein Maler, der nichts von seinen Modellen versteht. Vielleicht ist der Chemiker, der da verschlafen in der Ecke sitzt, ja in Wahrheit ein Eisenbahner. Und alle anderen Personen auf deinem Bild sind auch nicht, was sie zu sein vorgeben. Sonst hättest du nie sagen können, daß du in mir ein ›besonderes, inneres Licht‹ siehst – ausgerechnet in mir, einer HU-RE!«

Die letzten Worte hatte sie laut und sehr langsam ausgesprochen. Der Chemiker fuhr zusammen, die Kellnerin brachte die Rechnung.

»Das hat überhaupt nichts damit zu tun, daß du eine Prostituierte bist, sondern mit der Frau, die du bist.« Ralf übersah die Rechnung und sagte ebenfalls langsam, aber mit leiser Stimme: »Du hast ein Leuchten. Es kommt von deinem starken Willen, deiner Kraft, wie sie nur Menschen haben, die bereit sind, zur Verwirklichung ihrer Ziele große Opfer zu bringen. Deine Augen – dieses Licht zeigt sich in deinen Augen.«

Maria fühlte sich entwaffnet; er hatte sich nicht provozieren lassen. Sie wollte glauben, daß er sie verführen wollte, nichts weiter. Sie durfte nicht denken – zumindest nicht in den nächsten neunzig Tagen –, daß es interessante Männer auf der Welt gab.

»Siehst du diesen Pastis da vor dir?« fuhr er fort. »Du

siehst nur einen Pastis. Ich hingegen, der ich in das hineinschauen muß, was ich male, sehe die Pflanze, aus der er gemacht ist, die Stürme, denen die Pflanze getrotzt hat, die Hand, die die Aniskörner geerntet hat, deren Reise bis hierher, rieche den Duft des Anises und sehe seine Farbe, ehe er dem Alkohol hinzugefügt wurde. Wenn ich eines Tages diese Szene male, ist das alles auch in dem Bild enthalten, obwohl du dann meinst, nur ein gewöhnliches Glas Pastis vor dir zu haben.

Ebenso wie ich vorhin, als du auf die Gasse hinausgesehen und an den Jakobsweg gedacht hast – denn ich weiß, woran du dachtest –, auch deine Kindheit, Jugend, deine zerronnenen Träume, deine Pläne gemalt habe und deine Kraft – die hat mich am meisten verwirrt. Als du das Bild gesehen hast…«

Maria schwieg. Innerlich öffnete sie einen Spaltbreit ihr Visier, obwohl sie wußte, wie schwierig es werden würde, es später wieder zu schließen.

»Ich habe dieses Licht gesehen… auch wenn dort nur eine Frau war, die dir ähnlich sah.«

Wieder dieses peinliche Schweigen. Maria schaute auf die Uhr.

»Ich muß bald gehen. Warum hast du gesagt, daß Sex langweilig ist?«

»Das solltest du besser wissen als ich.«

»Ich weiß es, weil es mein Arbeitsgebiet ist. Und weil ich jeden Tag das gleiche mache. Aber du mit deinen dreißig Jahren…«

»Neunundzwanzig…«

»…jung, gutaussehend, berühmt, der noch an diesen

Dingen interessiert sein und es nicht nötig haben sollte, in die Rue de Berne zu gehen.«

»Ich hatte es aber nötig. Ich bin mit einigen deiner Kolleginnen ins Bett gegangen. Allerdings nicht, weil ich Probleme habe, eine Frau zu finden. Das Problem liegt woanders.«

Maria spürte ein Quentchen Eifersucht und war entsetzt. Sie merkte, daß sie jetzt wirklich gehen mußte.

»Es war mein letzter Versuch. Jetzt habe ich aufgegeben«, sagte Ralf, während er das auf dem Boden verstreute Material zusammensammelte.

»Hast du ein körperliches Problem?«

»Überhaupt nicht. Nur Desinteresse.«

Unmöglich.

»Dann zahl die Rechnung und laß uns dann spazierengehen! Ich glaube, es geht vielen so, und niemand spricht es aus. Es tut gut, mit jemandem zu reden, der so ehrlich ist wie du.«

Sie gingen den ›Jakobsweg‹ entlang, hinunter zum See – einen Weg, der quer durch die Berge führte und an einem fernen Ort in Spanien endete. Sie begegneten Leuten, die vom Mittagessen kamen, Müttern mit ihren Kinderwagen, Touristen, die Fotos von der schönen Fontäne im See machten, muslimischen Frauen mit Kopftuch, joggenden Jungen und Mädchen – sie alle Pilger auf dem Weg zu der legendären Stadt Santiago de Compostela, die es vielleicht nicht einmal gab und an welche die Menschen glaubten, damit ihr Leben ein Ziel und einen Sinn hatte. Diesen von so vielen Menschen ausgetretenen Weg gingen nun dieser Mann mit den langen Haaren und dem schweren Beutel voller Farben, Leinwände, Stifte und die etwas jüngere Frau mit einem Beutel voller Bücher über Landwirtschaft. Keinem der beiden fiel ein, sich zu fragen, warum sie gemeinsam diese Wallfahrt machten. Es kam ihnen ganz natürlich vor. Er wußte alles über sie, und sie wußte nichts über ihn.

Und deshalb beschloß sie zu fragen. Anfangs tat er etwas bescheiden, aber sie wußte, wie man einen Mann zum Reden bringt, und da erzählte er ihr, daß er (ein Rekord bei neunundzwanzig Jahren) zweimal verheiratet gewesen, viel gereist war, berühmte Schauspieler und gekrönte Häupter kennengelernt und unvergeßliche Feste gefeiert hatte. Er war in Genf geboren, hatte in Madrid, Amsterdam, New York und in Südfrankreich in einer Stadt namens Tarbes gelebt, die in den wenigsten Touristenführern vorkam, die er aber wegen ihrer Nähe zu den Bergen und der Gastfreundschaft ihrer Einwohner liebte. Sein künstlerisches Talent war entdeckt worden, als er zwanzig Jahre alt war. Ein großer Kunsthändler hatte zufällig in einem japanischen Restaurant in Genf gegessen, dessen Inneneinrichtung von ihm gestaltet worden war. Er hatte viel Geld verdient, war jung und gesund, konnte tun, was er wollte, fahren, wohin er wollte, treffen, wen er wollte. Er hatte schon alle weltlichen Genüsse erlebt, die ein Mann erleben kann, ging in seinem Beruf auf; und dennoch, trotz alledem, trotz Ruhm, Geld, Frauen, Reisen, war er unglücklich, hatte er nur eine Freude im Leben: seine Malerei.

»Haben die Frauen dir so weh getan?« fragte sie und merkte sofort, wie töricht die Frage war, wie aus einem Handbuch mit dem Titel *Wie erobere ich einen Mann?*.

»Nein, sie haben mir nie weh getan. Ich war in beiden

Ehen glücklich. Ich wurde betrogen und habe betrogen, wie es in jeder normalen Ehe vorkommt. Dennoch hat mich der Sex nach einer Weile nicht mehr interessiert. Ich liebte meine Frauen immer noch, sie fehlten mir, wenn sie nicht da waren, aber Sex – warum reden wir überhaupt über Sex?«

»Weil ich, wie du selbst gesagt hast, eine Prostituierte bin.«

»Mein Leben ist nicht besonders interessant. Ein Künstler, der schon früh Erfolg hatte, was schon an sich sehr selten vorkommt und in der Malerei noch seltener. Der heute jede Art von Bildern malen und damit viel Geld verdienen kann – auch wenn sich die Kritiker noch so sehr darüber entrüsten, weil sie glauben, nur sie wüßten, was Kunst ist. Jemand, von dem alle glauben, er habe für alles eine Antwort parat! Je weniger ich sage, für um so weiser hält man mich.«

Jede Woche, erzählte er weiter, war er irgendwo auf der Welt eingeladen. Er hatte eine Agentin in Barcelona (ob Maria wisse, wo das liege? Ja, in Spanien). Sie kümmerte sich um alles Finanzielle, um Einladungen, Ausstellungen, drängte ihn aber nie zu etwas, wozu er keine Lust hatte, denn nach so vielen Jahren der Zusammenarbeit hatten sie eine gewisse Stabilität auf dem Markt erreicht.

»Langweile ich dich auch nicht mit meiner Geschichte?« Seine Stimme klang etwas verunsichert.

»Ich würde sagen, es ist eine recht ungewöhnliche Geschichte. Viele Menschen würden gern in deiner Haut stecken.«

Ralf wollte mehr über Maria erfahren.

»Ich bin drei, je nachdem, wer mich besucht. Das naive

Mädchen, das bewundernd zu den Männern hochblickt und andächtig ihren Geschichten über Macht und Ruhm lauscht. Die Femme fatale, die sich sofort die Schüchternen und Unsicheren greift und das Heft in die Hand nimmt, die diesen Männern ein Gefühl von Ungezwungenheit gibt, weil sie sich um nichts mehr kümmern müssen. Und schließlich die liebevolle Mutter, die alles versteht und sich geduldig allerlei Geschichten anhört, die sie sofort wieder vergißt. Welche der drei möchtest du kennenlernen?«

»Dich.«

Maria erzählte und erzählte, zum ersten Mal, seit sie ihre Heimat verlassen hatte. Es war ihr ein Bedürfnis. Dabei merkte sie plötzlich, daß außer der Woche in Rio und dem ersten Monat in der Schweiz trotz ihres nicht gerade konventionellen Berufs nichts wirklich Aufregendes in ihrem Leben passiert war. Nichts als Wohnung, Arbeit, Wohnung, Arbeit.

Als sie fertig erzählt hatte, saßen sie wieder in einem Café – auf der anderen Seeseite, fern vom Jakobsweg, und jeder dachte über das Schicksal des anderen nach.

»Fehlt dir etwas?« fragte sie.

»Das Wort für ›auf Wiedersehen‹.«

Ja. Denn es war kein gewöhnlicher Nachmittag gewesen. Sie fühlte sich bang, angespannt, weil sie eine Tür aufgestoßen hatte und jetzt nicht wußte, wie sie sie wieder schließen konnte.

»Wann kann ich das Bild sehen?«

Ralf reichte ihr die Visitenkarte seiner Agentin in Barcelona.

»Ruf sie in einem halben Jahr an, wenn du dann noch in

Europa bist. ›Die Gesichter Genfs‹, berühmte und anonyme Menschen, wird zuerst in einer Galerie in Berlin ausgestellt werden. Danach soll das Bild in ganz Europa gezeigt werden.«

Maria mußte an ihren Kalender denken, an die verbleibenden neunzig Tage, in denen jede Beziehung, jede Bindung eine Gefahr darstellen konnte.

›Was ist wichtiger im Leben?‹ überlegte sie. ›Richtig leben oder so tun als ob? Es jetzt wagen und sagen, daß dies der schönste Nachmittag war, den ich hier verbracht habe, weil jemand mir vorbehaltlos zugehört hat? Oder wieder die Rüstung der Frau mit der Willenskraft und dem ‚besonderen Licht' anlegen und einfach weggehen?‹

Vorhin auf dem Jakobsweg, als sie sich aus ihrem Leben erzählen hörte, war sie eine glückliche Frau gewesen. Sie konnte zufrieden sein – das allein war schon ein großes Geschenk.

»Ich werde dich besuchen«, sagte Ralf Hart.

»Tu das nicht. Ich reise bald wieder nach Brasilien zurück. Es ist doch schon alles gesagt.«

»Ich werde dich als Freier aufsuchen.«

»Das wird demütigend für mich sein.«

»Ich werde kommen, damit du mich rettest.«

Er hatte ihr gesagt, daß er sich für Sex nicht mehr interessiere. Sie wollte ihm sagen, daß es ihr genauso ging, hielt sich aber zurück – sie war in ihren negativen Äußerungen schon zu weit gegangen und zog es vor zu schweigen.

Wie rührend! Da stand sie wieder vor einem Jungen, nur daß er diesmal keinen Bleistift wollte, sondern etwas Gesellschaft. Sie sah auf ihr Leben zurück und konnte sich zum ersten Mal verzeihen. Es war nicht ihre Schuld gewesen, sondern die des unsicheren Jungen, der nach dem ersten Versuch aufgegeben hatte. Sie waren Kinder gewesen, und Kinder verhalten sich eben so. Weder sie noch der Junge hatte etwas falsch gemacht, und darüber war sie sehr erleichtert, sie fühlte sich besser, sie hatte die erste große Chance ihres Lebens nicht mutwillig vertan. Solche Dinge passierten eben, gehörten mit zur Initiation des Menschen auf der Suche nach seinem anderen Teil.

Allerdings war die Situation jetzt anders. So gut ihre Gründe auch sein mochten – ich gehe nach Brasilien, ich arbeite in einem Nachtclub, wir hatten keine Zeit, uns besser kennenzulernen, ich bin nicht an Sex interessiert, will von Liebe nichts wissen, muß eine Farm führen lernen, ich verstehe nichts von Malerei, wir leben in zu verschiedenen Welten –, das Leben stellte sie vor eine Herausforderung. Sie war kein Kind mehr, sie mußte eine Wahl treffen.

Sie zog es vor, ihm die Antwort schuldig zu bleiben. Sie verabschiedete sich mit einem Händedruck, wie es in diesem Land üblich war, und ging in die Richtung ihrer Wohnung. Wenn er wirklich der Mann war, wie sie ihn sich wünschte, würde er sich von ihrem Schweigen nicht einschüchtern lassen.

Auszug aus Marias Tagebuch, am selben Tag geschrieben. *Als wir heute auf diesem seltsamen Jakobsweg am See entlanggegangen sind, hat der Mann – ein Maler, der ein so anderes Leben führt als ich – ein Steinchen ins Wasser geworfen. An der Stelle, an welcher der Stein hineinfiel, bildeten sich kleine Kreise, die sich immer mehr ausweiteten, bis sie eine Ente erreichten, die zufällig vorbeischwamm. Sie erschrak aber nicht, sondern spielte einfach mit den Wellen.*

Wenige Stunden zuvor war ich in ein Café gegangen, hatte eine Stimme gehört, und es war so, als habe Gott einen Stein ins Wasser geworfen. Die Wellen der Energie berührten mich und einen Mann, der in einer Ecke ein Bild malte. Er hat die Energie des Steins gespürt und ich auch. Und nun?

Ein Maler weiß, wann er sein Modell gefunden hat. Ein Musiker weiß, wann sein Instrument gestimmt ist. Wenn ich mein Tagebuch lese, kommt es mir so vor, als ob bestimmte Sätze nicht von mir stammten, sondern von einer Frau voller ›Licht‹, die ich bin und die zu sein ich mich weigere.

Ich kann so weitermachen wie bisher. Aber ich kann mich auch wie die Ente im See vergnügen und mich über den Wellengang freuen, der plötzlich aufgekommen ist und das Wasser aufgewühlt hat.

Dieser Stein hat einen Namen: Leidenschaft – wenn zwei Menschen einander begegnen, kann er wie ein Blitz einschlagen. Die Leidenschaft liegt in der Erregung, die das Unerwartete hervorruft, in dem Wunsch, etwas mit Hingabe zu tun, in der Gewißheit, daß es einem gelingen wird, einen Traum zu verwirklichen. Die Leidenschaft gibt uns Zeichen, die uns im Leben leiten – und es bleibt mir überlassen, diese Zeichen zu deuten.

Ich würde gern glauben, daß ich verliebt bin. In jemanden, den ich nicht kenne und der in meinen Plänen nicht vorgesehen war. All diese Monate der Selbstkontrolle, diese Weigerung, mich zu verlieben, haben genau das Gegenteil bewirkt: Ich bin auf den ersten Menschen geflogen, der mir eine andere Art von Aufmerksamkeit geschenkt hat.

Wie gut, daß ich mir seine Telefonnummer nicht geben ließ, daß ich nicht weiß, wo er wohnt, daß ich nicht versucht habe, ihn zu halten!

Aber selbst wenn ich ihn bereits verloren hätte, so habe ich wenigstens einen glücklichen Tag in meinem Leben dazugewonnen. Und so, wie es um die Welt bestellt ist, grenzt ein glücklicher Tag schon an ein Wunder.

Als sie an jenem Abend ins ›Copacabana‹ trat, war er da und wartete auf sie. Er war der einzige Freier. Milan, der das Leben dieser Brasilianerin mit einer gewissen Neugier verfolgte, sah, daß das Mädchen die Schlacht verloren hatte.

»Darf ich dich zu einem Drink einladen?«

»Ich muß arbeiten. Ich darf meinen Job nicht verlieren.«

»Ich bin als Freier hier.«

Dieser Mann, der am Nachmittag im Café so selbstsicher gewirkt, der den Stift so sicher geführt hatte, der wichtige Persönlichkeiten traf, eine Agentin in Barcelona hatte und bestimmt viel Geld verdiente – jetzt zeigte er seine Verletzlichkeit. Er war in einen Bereich eingedrungen, in den er nicht hätte eindringen dürfen, er hatte ein anderes Schlachtfeld gewählt als das romantische Café am Jakobsweg. Der Zauber des Nachmittags war verflogen.

»Nun, nimmst du meine Einladung an?«

»Ein andermal. Ich hab heute noch Kundschaft.«

Milan hörte das Ende des Satzes; er hatte sich geirrt, das Mädchen war doch nicht der Liebe in die Falle gegangen. Allerdings fragte er sich am Ende dieser Nacht, in der wenig los war, wieso Maria die Begleitung eines Alten, eines Buchhalters und eines Versicherungsvertreters vorgezogen hatte... Nun, es ging ihn nichts an, mit wem sie ins Bett ging, und solange Maria brav ihre Kommission zahlte, sollte es ihm recht sein.

Marias Tagebuch nach der Nacht mit dem Alten, dem Buchhalter und dem Versicherungsvertreter:

Was will dieser Maler von mir? Wir sind so unterschiedlich von unserer Herkunft und unserer Bildung her. Glaubt er, daß ich ihm in puncto Sex etwas beibringen kann?

Warum hat er nichts weiter gesagt als ›Ich bin als Freier hier‹? Es wäre so einfach gewesen, zu sagen ›Du hast mir gefehlt‹ oder ›Ich fand den Nachmittag mit dir wunderbar‹. Meine Antwort wäre nicht anders ausgefallen (›Ich bin eine Professionelle‹). Aber er sollte gefälligst Rücksicht nehmen auf meine Unsicherheit, denn ich bin eine verletzliche Frau, und außerdem bin ich hier eine andere.

Er ist ein Künstler: Er sollte wissen, daß der Mensch die Liebe in ihrer Ganzheit begreifen muß. Die Liebe ist nicht im anderen, sie ist in uns selbst; wir erwecken sie. Aber für dieses Erwecken brauchen wir den anderen. Das Universum ergibt nur einen Sinn, wenn wir jemanden haben, mit dem wir unsere Gefühle teilen können.

Er hat genug vom Sex? Gut, ich auch – und dennoch, weder er noch ich weiß, was das ist. Wir sind dabei, eines der wichtigsten Dinge im Leben in uns abzutöten. Er sollte mich retten, ich sollte ihn retten, aber er ließ mir keine Wahl.

Maria hatte Angst, denn sie begann zu begreifen, daß durch die lange Selbstkontrolle der Druck zu groß geworden war: Wenn der Vulkan ihrer Seele erst einmal ausgebrochen war, würde sie ihre Gefühle nicht mehr kontrollieren können. Was bildete sich dieser blöde Künstler eigentlich ein, ihr einen Nachmittag lang etwas vorzusäuseln? Woher sollte sie wissen, ob nicht alles gelogen war, obwohl er sie weder berührt noch versucht hatte, sie zu verführen? Konnte es etwas Schlimmeres geben?

Warum schlug ihr Herz Alarm? Warum glaubte sie, daß er das gleiche fühlte? Sie irrte sich bestimmt. Ralf Hart wollte sich mit einer Frau treffen, die fähig war, in ihm das Feuer wieder zu entfachen, das fast erloschen war; er wollte sie (und darin war er ehrlich gewesen) zu seiner Sexgöttin mit diesem ganz besonderen ›Licht‹ machen, die bereit war, seine Hand zu nehmen und ihm den Weg zurück ins Leben zu zeigen. Ihm war wahrscheinlich nicht klar, daß Maria ebenso desinteressiert war, daß sie selbst auch Probleme hatte (sie konnte noch immer nicht zum Orgasmus kommen, wenn sie mit einem Mann zusammen war). Zudem hatte sie noch am selben Morgen Pläne für eine triumphale Rückkehr nach Hause geschmiedet.

Warum dachte sie an ihn? Warum dachte sie an jemanden, der vielleicht jetzt gerade eine andere Frau malte und auch ihr sagte, sie habe ein ›besonderes Licht‹, sie könne seine Sexgöttin sein?

›Ich denke an ihn, weil ich mit ihm reden konnte.‹

Lächerlich! Dachte sie auch an die Bibliothekarin? Nein. Dachte sie an Nyah, die Philippinin, die einzige ihrer Kolleginnen im ›Copacabana‹, mit der sie sich ein wenig austauschen konnte? Nein, sie dachte nicht an sie. Und doch war Nyah jemand, in deren Gesellschaft sie sich wohl fühlte.

Sie versuchte, ihre Aufmerksamkeit auf die spätsommerliche Hitze zu lenken, die gerade herrschte, und auf den Supermarkt, zu dem sie es tags zuvor nicht mehr geschafft hatte. Sie schrieb ihrem Vater einen langen Brief und beschrieb ihm genauestens das Stück Land, das sie gern kaufen wollte und das ihren Eltern bestimmt gefallen würde. Sie nannte kein Datum für ihre Rückkehr, ließ aber durchblicken, daß sie bald kommen wollte. Sie schlief ein, wachte auf, schlief wieder ein, wachte wieder auf. Fand heraus, daß die Bücher über Landwirtschaft für die Schweiz taugen mochten, sich aber auf brasilianische Verhältnisse nicht übertragen ließen.

Am Nachmittag ließ der Druck im Vulkan etwas nach, das Erdbeben verebbte ein wenig. Sie entspannte sich. Die Leidenschaft war schon ein paarmal so über sie hereingebrochen und immer am nächsten Tag wieder abgeklungen. Ihre Welt war nicht aus den Fugen geraten. Sie hatte Eltern, die sie liebten; da war ein Mann, der auf sie wartete und ihr jetzt häufig schrieb und von dem Stoffladen berichtete, der hervorragend lief. Selbst wenn sie heute die Abendmaschine zurück nach Brasilien nähme, hätte sie genug Geld, um zumindest eine kleine Farm zu kaufen. Sie hatte das Schlimmste hinter sich, die Sprachbarriere, die Einsamkeit, den Tag, als sie mit dem Araber im Restaurant gesessen und ihre Seele dazu gebracht hatte, nicht gegen das aufzubegehren, was ihr Körper tat. Sie wußte sehr genau, was ihr Traum war, und wollte alles dafür geben, und in diesem Traum waren Männer nicht vorgesehen. Zumindest keine, die nicht ihre Muttersprache sprachen und nicht in ihrer Heimat lebten.

Maria mußte sich eingestehen, daß sie das Erdbeben zum Teil selbst verursacht hatte. Warum hatte sie nicht gesagt: ›Ich bin allein, fühle mich genauso elend wie du, gestern hast du mein ‚Licht' gesehen, und seit meiner Ankunft hier war das das erste Schöne und Ernsthafte, was ein Mann zu mir gesagt hat‹?

Das Radio spielte ein altes Chanson: ›Meine Liebe stirbt, ehe sie beginnt‹. Ja, genau das war bei ihr der Fall, das war ihr Schicksal.

Aus Marias Tagebuch, zwei Tage nachdem wieder Normalität eingekehrt war.

Die Leidenschaft bewirkt, daß man nicht mehr essen, nicht mehr schlafen, nicht mehr normal arbeiten kann, sie raubt einem den Seelenfrieden. Sie reißt alles mit, was sich ihr in den Weg stellt, und das macht vielen angst.

Niemand möchte seine Welt in Unordnung bringen. Deshalb schaffen es viele, diese Bedrohung unter Kontrolle zu halten. Deshalb versuchen viele, ihre Welt wie ein Haus von allen Seiten abzustützen, obwohl dessen Balken längst morsch sind. Das sind die Ingenieure des Überfälligen.

Andere wieder handeln genau umgekehrt: Sie geben sich blind hin, ohne nachzudenken, und hoffen, in der Leidenschaft die Lösung all ihrer Probleme zu finden. Sie übertragen dem anderen die alleinige Verantwortung für ihr Glück und die alleinige Schuld an ihrem Unglück. Entweder sind sie permanent euphorisch, weil etwas Wunderbares mit ihnen passiert ist, oder permanent deprimiert, weil etwas Unerwartetes alles zerstört hat.

Was ist weniger zerstörerisch: sich von der Leidenschaft fernzuhalten oder sich ihr blind hinzugeben? Ich weiß es nicht.

Drei Tage später kam Ralf Hart wieder ins ›Copacabana‹, und er kam fast zu spät, weil Maria sich bereits mit einem anderen Freier unterhielt. Als sie ihn sah, verabschiedete sie sich sofort höflich von dem anderen mit der Begründung, sie könne jetzt nicht tanzen, da sie jemanden erwarte.

Erst da gestand sie sich ein, daß sie all diese Tage auf ihn gewartet hatte. Und in diesem Augenblick akzeptierte sie alles, was das Schicksal ihr beschert hatte.

Sie machte sich keine Vorwürfe; im Gegenteil, sie freute sich, weil sie sich diesen Luxus leisten konnte, da sie Genf bald verlassen würde; sie wußte, daß diese Liebe unerfüllbar war, und gerade weil sie nichts erwartete, würde sie alles bekommen, was dieser Lebensabschnitt ihr noch geben konnte.

Ralf fragte, ob sie einen Drink wolle, und Maria bestellte einen Fruchtcocktail. Milan, der so tat, als würde er Gläser spülen, sah zu Maria herüber und verstand überhaupt nichts mehr. Was hatte sie veranlaßt, ihre Meinung zu ändern? Er hoffte, sie würde nicht nur vor dem Getränk sitzen bleiben – und war erleichtert, als der Freier sie zum Tanzen aufforderte. Sie hielten sich an das Ritual. Es gab keinen Grund zur Sorge.

Maria spürte Ralfs Hand an ihrer Taille, seine Wange an ihrer Wange, sie hörte die laute Musik, die gottlob jede Unterhaltung verhinderte. Mit einem Fruchtcocktail konnte man sich keinen Mut antrinken, und die wenigen Worte, die sie gewechselt hatten, waren förmlich gewesen. Jetzt war es eine Frage der Zeit: Würden sie in ein Hotel gehen? Würden sie Liebe machen? Kein Problem, zumal er ja angeblich nicht an Sex interessiert war. Die Arbeit würde nur darin bestehen, ein Ritual einzuhalten und dadurch den letzten Rest Leidenschaft in ihr abzutöten. Warum hatte sie sich von ihrer ersten Begegnung bloß so verunsichern lassen?

In dieser Nacht würde sie die Verständnisvolle Mutter sein. Ralf Hart war nur ein verzweifelter Mann wie Millionen andere auch. Wenn sie ihre Rolle gut spielte, wenn sie sich an den Weg hielt, den sie für ihre Arbeit im ›Copacabana‹ entworfen hatte, dann brauchte sie sich keine Sorgen zu machen. Aber es war sehr gefährlich, diesen Mann in ihrer Nähe zu haben: jetzt, da sie seinen Duft wahrnahm (und er gefiel ihr) und seine Berührung spürte (und sie gefiel ihr), wurde ihr klar, daß sie auf ihn wartete (und das gefiel ihr nicht).

Fünfundvierzig Minuten lang hatten sie alle Regeln eingehalten. Danach wandte sich Ralf an Milan:

»Ich nehme sie für den Rest der Nacht mit. Ich zahle soviel wie drei Freier.«

Milan dachte achselzuckend, nun würde die Brasilianerin der Liebe doch noch in die Falle gehen. Maria war überrascht: sie hatte nicht geahnt, daß Ralf die Regeln so genau kannte.

»Gehen wir zu mir nach Hause!«

Vielleicht war das wirklich die beste Entscheidung, dachte sie. Obwohl es gegen alle Empfehlungen Milans verstieß, beschloß sie, eine Ausnahme zu machen. So konnte sie einerseits feststellen, ob er verheiratet war, und andererseits sehen, wie berühmte Maler wohnten, und eines Tages würde sie darüber einen kleinen Artikel für das Lokalblättchen zu Hause schreiben – damit alle wüßten, daß sie während ihres Europaaufenthaltes in Künstler- und Intellektuellenkreisen verkehrt hatte.

›Was für eine absurde Ausrede!‹ schalt sie sich innerlich.

Eine halbe Stunde später erreichten sie Cologny, einen Vorort von Genf: ein Dorfplatz mit einer Kirche, einer Bäckerei, dem Rathaus, alles wie im Bilderbuch. Und er wohnte tatsächlich in einem zweistöckigen Haus, nicht in einem Apartment! Erste Einschätzung: Er mußte tatsächlich Geld haben, Häuser waren sehr teure Immobilien. Zweite Einschätzung: Wäre er verheiratet, hätte er sie schon wegen der Nachbarn nicht zu sich eingeladen.

Also war er reich und ledig.

Sie betraten eine Eingangshalle, von der eine Treppe in den ersten Stock führte. Ralf geleitete sie aber geradeaus in die zwei Zimmer im hinteren Teil des Hauses, die auf einen Garten hinausgingen. Ein Eßzimmer mit einem Eßtisch und vielen Bildern an den Wänden. Im Salon nebenan: ein paar Sofas, Stühle, vollgestopfte Bücherschränke, überquellende Aschenbecher und schmutzige Gläser.

»Soll ich Kaffee machen?«

Maria schüttelte den Kopf. Nein, noch soll er mich nicht anders behandeln. Ich fordere meine Dämonen geradezu heraus, indem ich genau das Gegenteil dessen tue, was ich mir vorgenommen habe. Bloß keine Panik: Heute werde ich die Rolle der Prostituierten spielen oder der Freundin oder die der Verständnisvollen Mutter, obwohl ich in meiner Seele ein junges Mädchen bin, das Zärtlichkeit braucht. ›Erst zum Schluß, wenn alles vorbei ist, dann kannst du mir einen Kaffee kochen!‹

»Hinten im Garten liegt mein Studio, meine Seele. Hier, zwischen diesen Bildern und Büchern, ist mein Verstand, das, was ich denke.«

Zu Marias Wohnung gehörte kein Garten. Und es gab auch keine Bücher, außer denen aus der Stadtbücherei – denn es lohnte sich ja nicht, Geld für etwas auszugeben, was man gratis bekommen konnte. Bei ihr gab es auch keine Bilder – nur ein Poster vom Chinesischen Staatszirkus aus Shanghai, den sie unbedingt einmal live erleben wollte.

Ralf nahm eine Flasche Whisky und streckte sie ihr hin.

»Nein, danke.«

Er goß sich ein Glas ein, ohne Eis, ohne alles, und kippte es herunter. Er begann über das Leben zu philosophieren – durchaus interessante Gedanken –, und doch konnte er Maria nicht täuschen. Sie wußte nur allzu gut, daß dieser Mann Angst vor dem hatte, was jetzt geschehen könnte, da sie allein waren. Maria übernahm wieder die Kontrolle.

Ralf schenkte sich noch einmal ein und sagte beiläufig:

»Ich brauche dich.«

Eine Pause. Langes Schweigen. ›Hilf ihm nicht über dieses Schweigen hinweg, mal sehen, wie er fortfährt.‹

»Ich brauche dich, Maria. Du hast Licht, obwohl ich spüre, daß du mir nicht glaubst und meinst, ich wolle dich mit meinen Worten verführen. Frag nicht ›Warum ich? Was ist Besonderes an mir?‹ An dir ist nichts Besonderes, nichts, wofür ich eine Erklärung hätte. Dennoch – und darin liegt das Geheimnis des Lebens – kann ich an nichts anderes mehr denken.«

»Ich hätte nicht gefragt«, log sie.

»Wenn ich nach einer Erklärung suchen würde, könnte ich sagen: Die Frau, die ich vor mir habe, hat es geschafft, das Leiden zu überwinden und es in etwas Positives, Kreatives zu verwandeln. Aber das reicht als Erklärung nicht aus.«

Die Situation wird allmählich brenzlig, dachte Maria. Ralf fuhr fort.

»Und ich? Ich bin kreativ, meine Bilder sind in Galerien auf der ganzen Welt gesucht, ich habe mir einen Traum erfüllt, ich bin ein geachteter Bürger meines Dorfes, meine Frauen haben mich nie um Alimente gebeten, ich bin gesund, sehe gut aus, kurz, ich habe alles, was ein Mann sich nur erträumen kann... Und doch stehe ich hier und sage zu einer Frau, die ich erst kürzlich in einem Café getroffen und mit der ich gerade mal einen Nachmittag verbracht habe: ›Ich brauche dich!‹ Weißt du, was Einsamkeit ist?«

»Ja, ich weiß es.«

»Aber du weißt nicht, was Einsamsein heißt, wenn du gleichzeitig jede Menge Leute treffen könntest, überall eingeladen bist, zu Partys, Cocktails, Theaterpremieren. Wenn andauernd das Telefon klingelt und Frauen dran sind, die deine Arbeit großartig finden, die mit dir zu Abend essen wollen – schöne, intelligente, gebildete Frauen. Und etwas hält dich ab und sagt: ›Geh nicht! Du wirst dich nicht amüsieren. Du wirst nur eine weitere Nacht damit vertun, Eindruck zu schinden, dir selbst zu beweisen, daß du fähig bist, die ganze Welt zu verführen.‹

Dann bleibe ich zu Hause, gehe in mein Studio, suche das Licht, das ich in dir gesehen habe. Aber ich sehe dieses Licht nur, solange ich arbeite.«

»Was kann ich dir geben, das du nicht schon hast?« entgegnete sie. Die Bemerkung über die anderen Frauen tat weh, aber schließlich hatte er sie, Maria, dafür bezahlt, um sie an seiner Seite zu haben.

Er war bei seinem dritten Whisky angelangt, und Maria stellte sich vor, wie der Alkohol seine Kehle hinunterrann, im Magen brannte, in Ralfs Blutkreislauf gelangte, ihn ermutigte, und sie fühlte sich ebenfalls beschwipst, obwohl sie keinen Tropfen Alkohol getrunken hatte.

»Gut. Ich kann deine Liebe nicht kaufen, aber du hast gesagt, daß du alles über Sex weißt. Bring es mir bei. Oder erzähl mir etwas über Brasilien. Was auch immer, wenn ich nur bei dir sein darf.«

Was jetzt?

»In Brasilien kenne ich nur zwei Städte: die Kleinstadt, in der ich geboren wurde, und Rio de Janeiro. In puncto Sex glaube ich nicht, daß ich dir etwas beibringen kann. Ich bin bald dreiundzwanzig und du nur sechs Jahre älter, aber du hast viel intensiver gelebt als ich. Die Männer, mit denen ich mich sonst treffe, bezahlen dafür, daß ich mache, was *sie* wollen, und nicht umgekehrt.«

»Ich habe bereits alles getan, wovon ein Mann träumen kann, mit zwei, drei Frauen auf einmal. Aber ich weiß nicht, ob ich viel gelernt habe.«

Wieder Schweigen, nur daß diesmal Maria an der Reihe war, etwas zu sagen. Und er half ihr nicht, so wie sie vorher ihm nicht geholfen hatte.

»Willst du mich als Professionelle?«

»Ich will dich so, wie *du* willst.«

Nein, das hätte er nicht antworten dürfen, denn es war genau das, was sie hören wollte. Wieder das Erdbeben, der Vulkan, der Sturm. Sie würde unweigerlich in die eigene Falle gehen, den Mann verlieren, den sie nie wahrhaft gehabt hatte.

»Du kannst es, Maria. Bring es mir bei. Vielleicht rettet es mich und dich und bringt uns beide zurück ins Leben. Du hast recht, ich bin nur sechs Jahre älter als du, und doch habe ich schon mehrere Leben gelebt. Unsere Erfahrungen sind vollkommen unterschiedlich, aber wir sind beide verzweifelt. Das einzige, was uns Frieden schenkt, ist, zusammenzusein.«

Warum sagte er all diese Dinge? Es war unmöglich, und dennoch stimmte es. Sie hatten sich nur einmal gesehen, und schon brauchten sie einander. Was würde nur daraus werden, wenn sie sich häufiger sahen? Maria war eine intelligente Frau, die die Menschen genau beobachtete; sie hatte sich in ihrem Leben einiges vorgenommen, aber sie hatte auch eine Seele, die ihr ›Licht‹ kennenlernen und entdecken mußte.

Sie war es allmählich müde, das zu sein, was sie war, und obwohl die bevorstehende Rückreise nach Brasilien eine interessante Herausforderung war, hatte sie noch nicht alles gelernt, was es hier für sie zu lernen gab. Ralf Hart war ein Mann, der Herausforderungen angenommen hatte, und jetzt bat er ausgerechnet sie – dieses Mädchen, diese Prostituierte, diese Verständnisvolle Mutter –, ihn zu retten. Es war grotesk!

Andere Männer hatten sich ihr gegenüber genauso verhalten. Viele hatten keine Erektion zustande gebracht, andere wollten wie Kinder behandelt werden, wieder andere hätten sie gern zur Ehefrau gehabt, weil es sie erregte, daß sie mit vielen Männern im Bett gewesen war. Obwohl sie noch keinen dieser ›speziellen Freier‹ kennengelernt hatte, wußte sie, wie groß der Vorrat an Phantasien war, die die menschliche Seele bevölkerten. Doch kein anderer Mann hatte sie je gebeten: ›Führe mich hier heraus!‹ Sie wollten im Gegenteil Maria immer mit in ihre Welt nehmen.

Und obwohl sie nach jedem Mal noch ein wenig reicher und innerlich noch ein wenig leerer gewesen war, hatte doch jeder dieser Männer sie etwas gelehrt. Allerdings, wenn einer von ihnen wirklich Liebe suchte und Sex nur ein Teil dieser Suche war, wie wollte sie dann behandelt werden?

Was gehörte für sie zu einer ersten Begegnung?

»Ein Geschenk«, sagte Maria.

Ralf Hart sah sie verständnislos an. Ein Geschenk? Er hatte für diese Nacht im Taxi schon im voraus bezahlt, da er das Ritual kannte. Was hatte sie also gemeint?

Aber Maria hatte plötzlich begriffen, welche Gefühle ein Mann und eine Frau brauchen. Sie nahm ihn an der Hand und führte ihn ins Nebenzimmer.

»Wir werden nicht ins Schlafzimmer hinaufgehen«, sagte sie.

Sie löschte fast alle Lichter, setzte sich auf den Teppich und bat ihn, sich ihr gegenüber hinzusetzen. Sie sah, daß es dort einen Kamin gab.

»Mach den Kamin an!«

»Aber es ist doch Sommer!«

»Mach den Kamin an! Du hast mich gebeten, heute nacht die Führung zu übernehmen, und das gehört dazu.«

Sie sah ihn fest an, hoffte, er würde wieder ihr ›Licht‹ sehen. Er sah es, denn er ging in den Garten und holte ein paar vom Regen naßgewordene Holzscheite, legte ein paar alte Zeitungen dazu. Er ging in die Küche, um eine neue Flasche Whisky zu holen, aber Maria sagte:

»Hast du mich gefragt, was ich will?«

»Nein.«

»Die Person, die bei dir ist, muß spüren, daß sie für dich existiert. Denk an sie! Denk darüber nach, ob sie Whisky oder Gin oder Kaffee möchte. Frag, was sie möchte!«

»Was möchtest du trinken?«

»Wein. Und ich möchte, daß du auch welchen trinkst.«

Er ließ den Whisky stehen und kam mit einer Flasche Wein zurück. Inzwischen hatte das Feuer schon die Holzscheite angebrannt; Maria löschte die restlichen Lichter, so daß der Raum nur noch vom Kaminfeuer erhellt war. Sie verhielt sich so, als hätte sie schon immer gewußt, daß dies der erste Schritt war: den anderen merken zu lassen, daß man ihn wahrnimmt.

Sie kramte in ihrer Handtasche und fand einen Kugelschreiber, den sie in einem Supermarkt gekauft hatte.

»Der ist für dich. Ich habe ihn gekauft, um damit meine Ideen für meine Farm aufzuschreiben. Drci Tage habe ich geschrieben und geschrieben, bis ich nicht mehr konnte. Es klebt ein wenig von meinem Schweiß, meiner Konzentration, meinem Willen daran, und darum schenke ich ihn dir jetzt.«

Sanft legte sie den Kugelschreiber in seine Hand.

»Anstatt dir etwas zu kaufen, was du vielleicht gern hättest, gebe ich dir etwas, was wirklich mir gehört. Ein Geschenk. Als Zeichen meiner Achtung vor dem Menschen, der vor mir sitzt, damit er versteht, wieviel es mir bedeutet, bei ihm zu sein. Jetzt hast du einen kleinen Teil von mir, den ich dir freiwillig und spontan gegeben habe.«

Ralf erhob sich, ging zum Bücherregal und kam mit einem Gegenstand zurück. Er reichte ihn Maria:

»Das ist der Waggon einer elektrischen Eisenbahn, die ich als kleiner Junge hatte. Ich durfte nie allein damit spielen, weil mein Vater sie dafür zu kostbar fand. Also mußte ich immer warten, bis er Lust hatte, die Eisenbahn aufzubauen – hier in diesem Zimmer. Normalerweise verbrachte er seine Sonntage damit, Opern zu hören. Daher hat die Eisenbahn meine Kindheit überlebt, aber sie hat mir keine Freude gebracht. Im ersten Stock habe ich alle Schienen aufbewahrt, die Lokomotive, die kleinen Bahnhöfe, sogar die Gebrauchsanleitung; weil ich eine Eisenbahn hatte, die mir nicht wirklich gehörte, mit der ich nicht spielte. Es wäre besser gewesen, sie wäre kaputtgegangen wie andere Spielsachen, die ich als Kind bekommen habe und an die ich mich nicht mehr erinnern kann, weil ich sie kaputtgemacht habe, weil man als Kind die Welt voller Leidenschaft entdeckt und dabei vieles kaputtmacht. Diese unversehrte Eisenbahn jedoch erinnert mich immer an einen ungelebten Teil meiner Kindheit, weil die Eisenbahn zu wertvoll oder mein Vater anderweitig beschäftigt war. Oder vielleicht weil mein Vater jedesmal, wenn er die Eisenbahn aufbaute, Angst hatte, mich seine Liebe spüren zu lassen.«

Maria starrte ins Feuer. Etwas war geschehen – aber es lag nicht am Wein oder der gemütlichen Atmosphäre. Es hing mit der Übergabe der Geschenke zusammen.

Ralf wandte sich dem Kamin zu. Sie schwiegen und lauschten dem Knistern des Feuers. Sie tranken Wein, als wäre es nicht wichtig, etwas zu sagen, zu reden, zu tun. Einfach nur dasein, einer beim anderen und in dieselbe Richtung schauen.

»Ich habe viele unversehrte Eisenbahnen in meinem Leben«, sagte Maria nach einer Weile. »Eine davon ist mein Herz. Ich habe auch damit gespielt, wenn die anderen die Schienen aufbauten, und es war nicht immer der richtige Moment.«

»Aber du hast geliebt?«

»Ja, ich habe geliebt, ich habe sehr geliebt. Ich habe so sehr geliebt, daß ich, als ich meiner ersten Liebe nicht gegeben habe, was sie wollte – einen Bleistift –, geflohen bin.«

»Das verstehe ich nicht.«

»Das brauchst du auch nicht. Ich bringe dir etwas bei, was auch ich erst lernen mußte: schenken. Das Schenken von etwas, was einem gehört. Einem anderen etwas geben, bevor man ihn um etwas Wichtiges bittet. Du hast meinen Schatz: den Kugelschreiber, mit dem ich einige meiner Träume aufgeschrieben habe. Ich habe deinen Schatz: einen Eisenbahnwagen, einen Teil deiner Kindheit, den du nicht gelebt hast.

Ich habe jetzt einen Teil deiner Vergangenheit und du einen Teil meiner Gegenwart. Und das ist schön.«

Sie sagte das alles wie selbstverständlich, ohne sich über sich selbst zu wundern, als hätte sie schon lange gewußt, daß dies die beste und einzige Art zu handeln war. Langsam erhob sie sich, nahm ihre Jacke vom Bügel und küßte ihn auf die Wange. Ralf, der weiter wie hypnotisiert ins Feuer starrte und vermutlich an seinen Vater dachte, machte keine Anstalten aufzustehen.

»Ich habe nie recht verstanden, warum ich diesen Waggon aufbewahrt habe. Bis heute: um ihn in einer Nacht im Schein des Kaminfeuers zu verschenken. Jetzt wird das Haus leichter.« Er sagte, er werde gleich morgen die restlichen Waggons, die Schienen, Lokomotiven, Rauchkapseln einem Waisenhaus schenken.

»Vielleicht ist diese Eisenbahn inzwischen eine Rarität und ein kleines Vermögen wert«, meinte Maria und hätte sich am liebsten die Zunge abgebissen. Darum ging es doch gar nicht, sondern darum, sich von etwas zu befreien, was unserem Herzen noch viel mehr bedeutet.

Bevor sie noch mehr unpassende Dinge sagen konnte, küßte sie ihn noch einmal auf die Wange und ging zur Tür. Er schaute immer noch ins Feuer, und sie bat ihn höflich, aufzustehen und ihr die Tür zu öffnen.

Ralf erhob sich, und sie erklärte ihm, die Brasilianer hätten einen merkwürdigen Aberglauben: Wenn man jemanden zum ersten Mal besuche, dürfe man die Tür beim Weggehen nie selbst öffnen, denn sonst würde man nie wieder in dieses Haus zurückkehren.

»Ich möchte zurückkommen.«

»Obwohl wir uns nicht ausgezogen haben und ich nicht in dich eingedrungen bin, dich nicht einmal angefaßt habe, haben wir uns geliebt.«

Sie lachte. Er erbot sich, sie nach Hause zu bringen, aber Maria lehnte ab.

»Ich werde dich morgen im ›Copacabana‹ besuchen.«

»Tu's nicht. Warte eine Woche. Ich habe gelernt, daß Warten das Schwierigste ist, und möchte mich auch daran gewöhnen; ich möchte spüren, daß du bei mir bist, selbst wenn ich dich nicht an meiner Seite habe.«

Sie ging zu Fuß durch die dunkle Nacht. Normalerweise waren ihre nächtlichen Gänge durch Genf von Traurigkeit geprägt gewesen, von finanziellen Sorgen und Zeitplänen, von Heimweh, auch nach ihrer Muttersprache, die außer ihren Kolleginnen niemand sprach.

Heute jedoch ging sie, um sich selbst zu finden oder vielmehr die Frau, die vierzig Minuten lang mit einem Mann vor dem Feuer gesessen hatte und voller Licht, Weisheit, Erfahrung, Zauber gewesen war. Sie hatte das Gesicht dieser Frau vor nicht allzu langer Zeit gesehen, als sie am See spazierengegangen war und überlegt hatte, ob sie ein Leben führen sollte, das ihr fremd war – an jenem Nachmittag hatte die Frau traurig gelächelt. Maria hatte ihr Gesicht ein zweites Mal auf einer zusammengefalteten Leinwand gesehen, und nun war es wieder da.

Erst viel später, als die magische Erscheinung verschwunden war, nahm sie ein Taxi.

Sie sollte lieber nicht über den Abend nachdenken, sonst machte sie alles kaputt. Sie durfte nicht zulassen, daß Ungeduld all das Gute zerstörte, das sie gerade erlebt hatte. Wenn es diese andere Maria wirklich gab, würde sie im richtigen Augenblick wieder dasein.

Auszug aus Marias Tagebuch, an dem Abend geschrieben, als sie den Eisenbahnwaggon geschenkt bekam:
Das tiefe Begehren, das realste Begehren ist dann in einem, wenn man zum ersten Mal auf jemanden zugeht. Das löst das Knistern aus. Danach erst kommen Mann und Frau ins Spiel. Aber das, was zuvor geschah – was die gegenseitige Anziehung auslöste –, kann man nicht erklären. Es ist das Begehren in seiner ursprünglichen, reinsten Form.

Wenn das Begehren in diesem ursprünglichen Zustand ist, verlieben sich Mann und Frau in das Leben, kosten sie jeden Augenblick ehrfürchtig und ganz bewußt aus und feiern jeden dieser Augenblicke wie eine Segnung.

Solche Menschen kennen keine Eile, sie überstürzen nichts, tun nichts Unbedachtes. Sie wissen, daß das Unausweichliche geschieht, daß die Wahrheit immer wirksam wird. Sie packen jede Gelegenheit beim Schopf und lassen keinen magischen Augenblick ungenutzt verstreichen, weil sie wissen, wie wichtig jede einzelne Sekunde ist.

In den darauffolgenden Tagen sah Maria, daß sie in die Falle gegangen war, die sie so sehr zu meiden versucht hatte – aber sie war deswegen weder traurig noch besorgt. Im Gegenteil: Da sie nichts zu verlieren hatte, war sie frei.

So romantisch die Situation auch war: Maria mußte sich im klaren sein, daß Ralf früher oder später einsehen würde, daß sie nur eine Hure, er dagegen ein geachteter Künstler war; daß sie aus einem fernen, ewig krisengeschüttelten Land kam, er dagegen in einem Paradies lebte, dessen Bewohner von Geburt an ein geordnetes, geschütztes Leben führen durften. Er hatte eine hervorragende Ausbildung genossen, die allerbesten Schulen und Museen der Welt besucht, während sie nicht studiert hatte. Solche Träume sind nicht von Dauer, und Maria wußte aus eigener Erfahrung, daß die Wirklichkeit selten mit ihren Träumen übereinstimmte. Ihre größte Freude war jetzt, daß sie wunschlos glücklich sein konnte und nicht danach strebte, jemanden zu besitzen.

›Wie romantisch ich bin, mein Gott!‹

Während der Woche versuchte sie herauszufinden, was Ralf glücklich machen könnte; er hatte ihr ihr ›Licht‹ gezeigt und ihr ihre, wie sie glaubte, für immer verlorene Würde zurückgegeben. Sie würde sich bei ihm nur mit Sex revanchieren können. Er hielt es für ihre Spezialität. Da aber Sex im ›Copacabana‹ wenig Abwechslung bot, beschloß sie, sich anderswo inspirieren zu lassen.

Sie lieh sich Pornofilme aus und fand sie erneut uninspirierend – außer einigen Varianten beim Gruppensex. Da die Filme wenig weiterhalfen, beschloß sie zum ersten Mal, seit sie in Genf war, Bücher zu *kaufen* – obwohl sie weiterhin keine Lust hatte, ihre Wohnung mit ausgelesenen Büchern vollzustopfen. In einer Buchhandlung, die sie entdeckt hatte, als sie mit Ralf auf dem Jakobsweg gegangen war, erkundigte sie sich, ob sie etwas zum Thema dahatten.

»Massenhaft«, antwortete die Buchhändlerin. »Tatsächlich scheinen sich die Leute nur mit Sex zu beschäftigen. Es gibt eine Spezialabteilung, aber letztlich enthält jeder dieser Romane hier mindestens eine Sexszene. Ob sie nun in schönen Liebesgeschichten eingebettet ist oder in ernsthaften Traktaten über Verhaltensforschung, Tatsache ist: Die Menschen denken an nichts anderes.«

Maria wußte aus eigener Erfahrung, daß sich die Buchhändlerin irrte: Es war falsch zu glauben, daß alle Welt nur an diesem Thema interessiert war. Natürlich machten alle Diäten, kauften sich Perücken, verbrachten Stunden beim Friseur oder im Fitneßstudio, trugen aufreizende Kleider, versuchten den gewünschten Funken zu entfachen – aber was kam dabei heraus? Wenn's zur Sache ging: elf Minuten, Schluß, aus. Keine Kreativität, nichts, was sie in den siebten Himmel erhob; in Null Komma nichts war der Funke schon zu schwach, um das Feuer am Brennen zu halten.

Es war zwecklos, mit der blonden Buchhändlerin weiterzudiskutieren, die glaubte, die Welt könne mit Büchern erklärt werden. Maria ließ sich die Spezialabteilung zeigen und entdeckte dort verschiedene Bände über homosexuelle und lesbische Sexpraktiken, außerdem Enthüllungsgeschichten über das Sexleben des Klerus sowie reichbebilderte Sexfibeln aus dem Orient. Ein Buchtitel stach ihr ins Auge: *Der heilige Sex*. Das war zumindest mal etwas anderes.

Sie kaufte das Buch, ging nach Hause, stellte das Radio auf einen Sender mit ruhiger Musik ein, die ihr immer beim Nachdenken half. Der Band enthielt zahlreiche Illustrationen von Liebesstellungen, die bestimmt höchstens von Zirkusakrobaten ausgeführt werden konnten; der dazugehörige Text war langweilig.

Maria wußte von Berufs wegen nur zu gut, daß beim Sex nicht allein die Stellung, die man einnimmt, wichtig war und daß Variationen sich wie selbstverständlich ergaben, ähnlich wie Tanzschritte. Dennoch versuchte sie weiterzulesen.

Nach zwei Stunden war ihr klar: Die Autorin des Buches hatte vom Sex keine Ahnung: nichts als viel Theorie, ein bißchen Kamasutra, nutzlose Rituale, idiotische Vorschläge. Aus dem Klappentext ging hervor, daß die Autorin im Himalaja meditiert hatte (wo denn?), Joga-Kurse besucht (davon hatte Maria schon gehört) und selbst viele Bücher gewälzt hatte: Sie zitierte den einen oder andern Autor, aber zum Wesentlichen war sie nicht vorgestoßen. Sex war keine Theorie, hatte nichts mit Räucherstäbchen, Berührungspunkten, Verbeugungen und Salemaleikums zu tun. Was maßte die Frau sich an, ein Buch über ein Thema zu schreiben, in dem nicht einmal Maria, die in dem Bereich arbeitete, sich genau auskannte? Vielleicht war der Himalaja daran schuld oder das Bedürfnis, etwas zu verkomplizieren, dessen Schönheit in der Einfachheit und in der Leidenschaft lag. Wenn diese Frau fähig war, ein so dummes Buch auf den Markt zu bringen, dann sollte sie, Maria, sich schnellstens wieder ihrem Buchprojekt *Elf Minuten* zuwenden. Ihr Buch wäre zumindest nicht zynisch noch verlogen, sondern ihre eigene, authentische Geschichte.

Aber zum Schreiben hatte sie momentan weder Zeit noch Lust; sie mußte ihre ganze Energie darauf verwenden, Ralf glücklich zu machen und zu lernen, wie man einen landwirtschaftlichen Betrieb führt.

Aber erst einmal mußte sie zu Abend essen und später ins ›Copacabana‹ gehen.

Aus Marias Tagebuch, gleich nachdem sie das langweilige Buch zur Seite gelegt hat:

Ich bin einem Mann begegnet und habe mich in ihn verliebt. Ich habe es aus einem einfachen Grund zugelassen: Ich erhoffe mir nichts. Ich weiß, daß ich in drei Monaten über alle Berge sein werde. Ralf wird dann nur noch eine Erinnerung sein. Ich habe es einfach nicht mehr ausgehalten ohne Liebe; ich bin an meine Grenzen gestoßen.

Ich schreibe gerade eine Geschichte für Ralf. Ob er je wieder in den Nachtclub kommen wird, weiß ich nicht, aber zum ersten Mal in meinem Leben ist mir das vollkommen egal. Es reicht, daß ich ihn liebe, in Gedanken bei ihm bin, in dieser schönen Stadt, die er mit seinen Schritten, seinen Worten, seiner Zärtlichkeit lebendiger macht. Wenn ich dieses Land verlasse, wird es ein Gesicht, einen Namen haben und in meiner Erinnerung mit einem Abend am Kaminfeuer verbunden sein. Alles, was ich sonst hier erlebt habe, wird neben dieser Erinnerung verblassen.

Ich würde mich gern für das bei ihm revanchieren, was er für mich getan hat. Ich habe lange nachgedacht und herausgefunden, daß ich nicht zufällig in dieses Café gegangen bin; die wichtigsten Begegnungen sind von den Seelen abgemacht, noch bevor die Körper sich sehen.

Im allgemeinen ereignen sich diese Begegnungen, wenn wir an eine Grenze gelangen, wenn wir emotional sterben und wiedergeboren werden müssen. Die Begegnungen war-

ten auf uns – aber meistens versuchen wir zu verhindern, daß sie sich ereignen. Wenn wir verzweifelt sind und nichts mehr zu verlieren haben oder wenn wir begeistert sind, dann manifestiert sich das Unbekannte, und unser Universum ändert seine Wegrichtung.

Alle können lieben, denn sie wurden mit dieser Gabe geboren. Einige Menschen lieben von Anfang an richtig, aber die meisten müssen es erst wieder lernen, müssen sich daran erinnern, wie man liebt, und ausnahmslos alle müssen auf dem Scheiterhaufen ihrer vergangenen Gefühle brennen und Freuden und Schmerzen, Höhen und Tiefen wiedererleben, bis sie den roten Faden erkennen, der unsere Begegnungen miteinander verknüpft; ja, es gibt diesen roten Faden.

Und dann lernen die Körper die Sprache der Seele: Sex. Damit kann ich mich bei dem Mann revanchieren, der mir meine Seele zurückgegeben hat, obwohl er nicht weiß, wie wichtig er für mein Leben geworden ist. Er hat mich darum gebeten, und ich werde es ihm geben; ich möchte, daß er sehr glücklich wird.

Manchmal ist das Leben geizig: man verbringt Tage, Wochen, Monate und Jahre, ohne etwas Neues zu fühlen. Und dann öffnet sich plötzlich – wie bei Maria mit Ralf – eine Tür, und in den offenen Raum stürzt eine wahre Lawine. In einem Augenblick hat man gar nichts und im nächsten mehr, als man ertragen kann.

Zwei Stunden später ging Maria ins ›Copacabana‹. Milan sprach sie an:

»Du bist also mit dem Maler weggegangen.«

Ralf war im Hause offenbar kein Unbekannter – das hatte sie schon gedacht, als er für drei Freier bezahlt hatte, noch dazu gleich den richtigen Betrag, ohne nach dem Preis zu fragen. Maria nickte vielsagend, aber Milan, der ein alter Hase war, ließ sich von ihr nicht täuschen.

»Vielleicht bist du ja für den nächsten Schritt bereit. Einer der speziellen Freier fragt immer nach dir. Ich habe ihm gesagt, daß du keine Erfahrung hast, und er hat mir geglaubt; aber vielleicht ist ja die Zeit reif für einen Versuch.«

›Spezieller Freier?‹

»Und was hat das mit dem Maler zu tun?«

»Er ist auch ein spezieller Freier.«

Also hatten ihre Kolleginnen alles, was sie mit Ralf Hart gemacht hatte, schon durchexerziert. Sie biß sich auf die Lippe und sagte nichts – sie hatte eine schöne Woche gehabt, konnte nicht vergessen, was sie geschrieben hatte.

»Soll ich dasselbe machen wie mit ihm?«

»Ich weiß nicht, was ihr gemacht habt; aber wenn dich heute abend jemand auf einen Drink einlädt, sag nein. Die speziellen Freier zahlen besser. Du wirst sehen: Du wirst es nicht bereuen.«

Der Abend begann wie immer. Die Thailänderinnen steckten wie üblich die Köpfe zusammen, die Kolumbianerinnen spielten die Welterfahrenen, während Maria und die zwei anderen Brasilianerinnen scheinbar blasiert in einer Ecke lehnten. Es gab noch eine Österreicherin, zwei Deutsche. Der Rest waren Frauen aus dem ehemaligen Ostblock, alle hübsch, großgewachsen und blauäugig – sie wurden immer schneller als die anderen weggeheiratet.

Die Männer kamen – Russen, Schweizer, Deutsche, zumeist vielbeschäftigte Manager, die sich die teuersten Prostituierten einer der teuersten Städte der Welt leisten konnten. Einige wandten sich zu Marias Tisch, aber sie hielt den Blick auf Milan gerichtet, und der schüttelte nur immer wieder den Kopf. Maria war zufrieden: sie wollte in dieser Nacht nicht die Beine breitmachen, schlecht riechende Männer in ihre Hotels begleiten; sie wollte nur einem sexüberdrüssigen Mann beibringen, wie man Liebe macht. Und keine andere Frau als sie hatte die notwendige Phantasie, um die Geschichte der Gegenwart neu zu erfinden.

Gleichzeitig fragte sie sich: ›Warum wollen diese Männer, nach all ihren Erfahrungen, zum Anfang zurückkehren?‹ Nun, das war nicht ihr Problem; solange sie gut zahlten, war sie bereit, sie zu bedienen.

Ein Mann, jünger als Ralf, kam herein; gutaussehend, schwarzhaarig, perfekte Zähne, in einem Anzug mit Stehkragen, der irgendwie chinesisch wirkte – ohne Krawatte, darunter ein makellos weißes Hemd. Er ging an die Bar zu Milan, der zu Maria herübersah. Der Mann kam auf sie zu.

»Darf ich Ihnen einen Drink spendieren?«

Milan nickte, und Maria lud den Mann ein, sich zu ihr an den Tisch zu setzen. Sie bestellte ihren Fruchtcocktail und wartete darauf, daß er sie zum Tanzen aufforderte.

»Ich heiße Terence«, stellte er sich vor. »Ich arbeite bei einer Plattengesellschaft in England. Da ich weiß, daß ich in einem vertrauenswürdigen Lokal bin, kann ich hoffentlich davon ausgehen, daß das unter uns bleibt.«

Maria fing gerade an, von Brasilien zu erzählen, als er sie unterbrach:

»Milan sagt, du würdest verstehen, was ich will.«

»Ich weiß nicht, was *Sie* wollen. Aber ich verstehe etwas von dem, was *ich* mache.«

Das Ritual wurde nicht eingehalten; er bezahlte die Rechnung, nahm sie beim Arm, sie stiegen in ein Taxi, und er reichte ihr tausend Franken. Maria mußte kurz an den Araber denken, mit dem sie in dem Restaurant mit den vielen berühmten Bildern zu Abend gegessen hatte; heute erhielt sie zum ersten Mal wieder diesen Betrag, doch statt sich darüber zu freuen, wurde sie nervös.

Das Taxi hielt vor einem der teuersten Hotels der Stadt. Der Mann grüßte den Portier, zeigte, daß er mit dem Hotel vertraut war. Sie gingen direkt auf sein Zimmer, eine Suite mit Blick auf den Fluß. Er öffnete eine Flasche Wein – bestimmt ein alter Jahrgang – und bot Maria ein Glas an.

Im Trinken beobachtete sie ihn. Wieso holte sich ein so gutaussehender, wohlhabender Mann eine Prostituierte?

Da er fast nichts sagte, schwieg auch sie die meiste Zeit und versuchte sich auszumalen, was einen speziellen Freier zufriedenstellen könnte. Ihr war klar, daß sie nicht die Initiative ergreifen durfte, aber sie würde mitmachen. Schließlich bot sich nicht jede Nacht die Gelegenheit, tausend Franken zu verdienen.

»Wir haben Zeit«, sagte Terence. »Alle Zeit, die wir brauchen. Du kannst hier schlafen, wenn du willst.«

Ihre Unsicherheit kehrte zurück. Der Mann wirkte keineswegs eingeschüchtert und redete mit ruhiger Stimme, er war anders als alle anderen. Er wußte, was er wollte; er legte zum richtigen Zeitpunkt die richtige Musik im richtigen Zimmer mit dem richtigen Ausblick auf. Sein Anzug war gut geschnitten, der Koffer, der in einer Ecke stand, war klein, als brauchte er nicht viel zum Reisen – oder als wäre er nur für die eine Nacht nach Genf gekommen.

»Ich werde zu Hause schlafen«, entgegnete Maria.

Der Mann, der vor ihr stand, veränderte sich vollkommen. Seine Gentlemanaugen funkelten plötzlich kalt.

»Setz dich hin«, sagte er und wies auf einen Stuhl neben dem Schreibtisch.

Das war ein Befehl! Ein regelrechter Befehl. Maria gehorchte, und merkwürdigerweise fand sie das erregend.

»Setz dich gerade hin. Streck den Rücken wie eine Klassefrau. Sonst wirst du gezüchtigt.«

Züchtigen! ›Spezieller Freier‹! Maria schaltete sofort, holte die tausend Franken aus der Handtasche und legte sie auf den Schreibtisch.

»Ich weiß, was Sie wollen.« Sie blickte ihm tief in die kalten, blauen Augen. »Und ich bin nicht bereit dazu.«

Der Mann schien wieder der alte zu werden. Offenbar sah er ihr an, daß sie es ernst meinte.

»Trink deinen Wein«, sagte er. »Ich werde dich zu nichts zwingen. Du kannst noch ein bißchen bleiben oder schon gehen, ganz wie du willst.«

Das beruhigte sie etwas.

»Ich habe eine Arbeit. Ich habe einen Chef, der mich protegiert und an mich glaubt. Bitte, sagen Sie ihm nichts!«

Maria sagte das weder weinerlich noch bittend – es war schlicht ihre Lebenswirklichkeit.

Terence war auch wieder der Mann von vorher geworden – weder weich noch hart, nur jemand, der im Gegensatz zu den anderen Freiern den Eindruck machte, daß er wußte, was er wollte. Jetzt schien er wie aus einer Trance zu erwachen, aus einer Rolle in einem Theaterstück herauszutreten, das noch nicht begonnen hatte.

Lohnte es sich, einfach wegzugehen, ohne die Wahrheit über den ›speziellen Freier‹ zu ergründen?

»Was genau wollen Sie?«

»Du weißt es. Schmerz. Leiden. Und viel Lust.«

›Was haben Schmerz und Leiden mit Lust zu tun?‹ überlegte Maria. Obwohl sie unbedingt glauben wollte, daß es sehr wohl so war, und damit einen großen Teil der negativen Erfahrungen in ihrem Leben ins Positive zu wenden.

Er nahm sie bei der Hand und führte sie zum Fenster: auf der anderen Seite des Sees konnten sie die Türme der Kathedrale sehen – Maria erinnerte sich daran, daß sie dort vorbeigekommen war, als sie mit Ralf Hart den Jakobsweg entlanggegangen war.

»Siehst du diesen Fluß, diesen See, diese Häuser, diese Kirche? Vor fünfhundert Jahren war dies alles schon da.

Nur die Stadt wirkte verlassen; eine unbekannte Krankheit hatte sich über ganz Europa ausgebreitet, und niemand wußte, weshalb so viele Menschen starben. Sie nannten die Krankheit den Schwarzen Tod – eine Strafe, die Gott wegen der Sünden der Menschen auf die Welt geschickt hatte.

Da beschloß eine Gruppe Menschen, sich für die Menschheit zu opfern: Sie brachten dar, was sie am meisten fürchteten: den körperlichen Schmerz. Tag und Nacht gingen sie über diese Brücken, durch diese Straßen, geißelten ihre Körper mit Peitschen oder Ketten. Sie litten im Namen Gottes und lobten Gott mit ihren Schmerzen. Bald schon entdeckten sie, daß sie dabei glücklicher waren, als wenn sie Brot backten, auf dem Feld arbeiteten, ihr Vieh fütterten. Der Schmerz war kein Leiden mehr, sondern die Lust daran, die Menschheit von ihren Sünden zu erlösen. Der Schmerz verwandelte sich in Freude, in Lebensgefühl, in Lust.«

Seine Augen hatten denselben kalten Glanz wie kurz zuvor. Terence griff nach dem Geld, das sie auf den Schreibtisch gelegt hatte, nahm hundertfünfzig Franken davon und steckte sie in ihre Handtasche.

»Mach dir wegen deines Chefs keine Sorgen. Hier ist seine Kommission, und ich verspreche dir, ihm nichts zu sagen. Du kannst gehen.«

Sie nahm das ganze Geld.

»Nein!«

Es war der Wein, der Araber im Restaurant, die Frau mit dem traurigen Lächeln; es war die Vorstellung, nie wieder an jenen verdammten Ort zurückzukehren; es war die Angst vor der Liebe, die in der Gestalt eines Mannes in ihr Leben getreten war; es waren die Briefe an ihre Mutter, die von einem schönen Leben voller Arbeitsmöglichkeiten erzählten; es war der Junge, der sie in ihrer Kindheit um einen Bleistift gebeten hatte; es waren ihre Kämpfe mit sich selbst; es war Schuld, Neugier, Geld; es war ihre Suche nach den eigenen Grenzen, nach den verpaßten Chancen und Gelegenheiten. Eine andere Maria trat an ihre Stelle: Sie machte keine Geschenke, sondern gab sich als Opfer hin.

»Ich habe keine Angst mehr. Machen wir weiter. Wenn nötig, bestrafen Sie mich, weil ich aufsässig war. Ich habe gelogen, verraten und jene mißachtet, die mich beschützt und geliebt haben.«

Sie war in das Spiel eingestiegen. Sie sagte das Richtige.

»Knie nieder!« sagte Terence mit seiner leisen, bedrohlichen Stimme.

Maria gehorchte. Sie war noch nie so behandelt worden, und sie wußte nicht, ob es gut oder schlecht war, nur, daß sie weitermachen wollte, es verdient hatte, erniedrigt zu werden für all das, was sie in ihrem Leben getan hatte. Sie ging in einer Person auf, einer neuen Person, einer Frau, die sie überhaupt nicht kannte.

»Du wirst bestraft werden. Weil du nutzlos bist, die Regeln nicht kennst, nichts über Sex weißt, über das Leben, über die Liebe.«

Während er sprach, wurde Terence zu zwei verschiedenen Männern. Demjenigen, der ruhig die Regeln erklärte, und demjenigen, der sie dazu brachte, sich als der elendste Mensch der Welt zu fühlen.

»Weißt du, warum ich deine Unsicherheit akzeptiere? Weil es keine größere Lust gibt, als jemanden in eine fremde Welt einzuführen. Diesem Menschen die Jungfräulichkeit zu nehmen – nicht seinem Körper, sondern seiner Seele, begreifst du?«

Sie verstand.

»Heute darfst du Fragen stellen. Aber das nächste Mal beginnt das Stück, sobald sich der Vorhang öffnet, und du kannst nicht wieder aufhören. Wenn du aufhörst, dann liegt es daran, daß unsere Seelen nicht zusammenpassen. Vergiß eines nicht: Es ist ein Rollenspiel. Du mußt die Person sein, die zu sein du dich nie getraut hast. Nach und nach wirst du merken, daß du diese Person tatsächlich bist, doch einstweilen tu einfach so als ob, denk dir etwas aus.«

»Und wenn ich den Schmerz nicht ertrage?«

»Es gibt keinen Schmerz, es gibt etwas, das zu Genuß, zu Mysterium wird. Es gehört zum Rollenspiel, zu bitten ›behandle mich nicht so, du tust mir sehr weh!‹ oder: ›Hör auf, ich ertrage es nicht mehr!‹. Deshalb sei vorsichtig, senk den Kopf und sieh mich nicht an!«

Maria, die kniete, senkte den Kopf und starrte zu Boden.

»Um zu vermeiden, daß einer von uns körperlich zu Schaden kommt, gibt es zwei Codes. Wenn einer von uns ›gelb‹ sagt, heißt das, daß die Gewalt etwas zurückgenommen werden muß. Sagt einer ›rot‹, muß sofort aufgehört werden.«

»Sie haben gesagt ›einer von uns‹?«

»Die Rollen werden getauscht. Den einen gibt es nicht

ohne den anderen, und keiner kann den anderen erniedrigen, ohne seinerseits erniedrigt zu werden.«

Das waren schreckliche Worte, die aus einer Welt stammten, die sie nicht kannte, einer Welt voller Schatten, Schlamm, Verderbnis. Dennoch wollte sie weitermachen – ihr Körper zitterte vor Angst und Erregung.

Terence' Hand berührte sie mit unerwarteter Zärtlichkeit am Kopf.

»Schluß!«

Er bat sie aufzustehen. Ohne besondere Zärtlichkeit, aber auch ohne die aggressive Kälte, die er soeben gezeigt hatte. Noch immer zitternd zog sich Maria die Jacke wieder an. Terence sah Maria an.

»Rauch eine Zigarette, bevor du gehst!«

»Es ist nichts passiert.«

»Das war auch nicht notwendig. Es wird in deiner Seele beginnen, und wenn wir uns das nächste Mal treffen, bist du bereit.«

»War diese Nacht tausend Franken wert?«

Er gab keine Antwort. Zündete sich ebenfalls eine Zigarette an. Sie tranken den Wein aus, hörten die schöne Musik zu Ende, genossen gemeinsam die Stille. Bis der Augenblick gekommen war, etwas zu sagen, und Maria war selbst erstaunt, als sie sich sagen hörte:

»Ich verstehe nicht, warum ich Lust habe, diesen Sumpf zu betreten.«

»Tausend Franken.«

»Nein, das ist es nicht.«

Terence schien mit ihrer Antwort zufrieden zu sein.

»Ich habe mich das auch schon gefragt. Der Marquis de

Sade sagte, daß die wichtigsten Erfahrungen des Menschen die seien, die ihn an seine Grenzen führen. Daß wir nur so lernen – weil es unseren ganzen Mut braucht. Wenn ein Chef seinen Angestellten demütigt oder ein Mann seine Frau demütigt, ist er entweder ein Feigling, oder er rächt sich für das, was das Leben ihm vorenthalten hat; er ist ein Mensch, der es nie gewagt hat, in sich hinein und in die Tiefe seiner Seele zu blicken; einer, der niemals wissen wollte, woher dieser Drang kommt, das Tier in sich loszulassen; einer, der nicht begreifen will, daß Sex, Schmerz und Liebe Grenzerfahrungen des Menschen sind.

Und nur wer diese Grenzen kennt, kennt das Leben; der Rest ist nur Zeitvertreib, Routine, Älterwerden und Sterben, wobei man nicht einmal weiß, was man hier auf Erden eigentlich gemacht hat.«

Wieder die Straße, wieder die Kälte, wieder der Wunsch, lange durch die Nacht zu gehen. Der Mann irrte sich, man brauchte seine Dämonen nicht zu kennen, um Gott zu finden. Maria begegnete einer Gruppe junger Leute, die aus einer Bar kamen; sie waren fröhlich, hatten etwas getrunken, waren schön, gesund, standen kurz vor dem Abschlußexamen und dem Beginn dessen, was sie ›das wahre Leben‹ nannten: Arbeit, Hochzeit, Kinder, Fernsehen, Verbitterung, Alter, das Gefühl, viel verpaßt zu haben, Abhängigkeit von andern, Einsamkeit, Tod.

Was lief da ab? Auch Maria suchte Ruhe, um ihr »wahres Leben« zu leben. Die Zeit in der Schweiz und ein Gewerbe, in dem sie sich früher nie gesehen hätte, waren nur eine dieser schwierigen Lebensphasen gewesen, die alle

Menschen früher oder später durchstehen müssen. In dieser schwierigen Phase ging sie ins ›Copacabana‹, ging für Geld mit Männern aus, spielte je nach Freier mal die naive Unschuld, mal die Femme fatale, mal die zärtliche Mutter. Aber das war nur ihre Arbeit, die sie so professionell wie möglich (wegen der Trinkgelder) und (aus Angst, sich daran zu gewöhnen) so desinteressiert wie möglich machte. Neun Monate lang hatte sie alles unter ihrer Kontrolle gehabt, und jetzt, kurz bevor sie in ihre Heimat zurückkehrte, entdeckte sie, daß sie imstande war, bedingungslos zu lieben und grundlos zu leiden. Als hätte das Leben dieses krasse Mittel gewählt, um ihr etwas über ihre eigenen Mysterien, ihre Licht- und Schattenseiten beizubringen.

Aus Marias Tagebuch in derselben Nacht, in der sie Terence das erste Mal getroffen hatte:
Er hat de Sade erwähnt, von dem ich noch keine einzige Zeile gelesen, nur die üblichen Klischees zum Sadismus gehört habe: Wir erkennen uns nur, wenn wir an unsere Grenzen gelangen. Das ist richtig. Aber es ist auch falsch, weil man die Selbsterkenntnis auch nicht zu weit treiben sollte; der Mensch wurde nicht nur dazu geschaffen, seine Erkenntnisse zu mehren, sondern auch dazu, den Boden zu pflügen, auf den Regen zu warten, sein Getreide anzubauen, zu ernten und Brot zu backen.

Ich bin zwei Frauen: Die eine will die Freude, das Abenteuer, die Leidenschaft, welche das Leben ihr bieten kann, voll auskosten; die andere will Sklavin einer Routine, eines Familienlebens sein, all der Dinge, die geplant und erfüllt werden können. Ich bin Hausfrau und Hure zugleich, im selben Körper, und beide befinden sich in einem ständigen Kampf miteinander.

Die Begegnung einer Frau mit sich selbst ist ein Spiel mit ernsten Gefahren. Ein göttlicher Tanz. Wenn wir uns selbst finden, sind wir zwei göttliche Energien, zwei Universen, die aufeinandertreffen. Wenn in diesem Aufeinandertreffen die nötige gegenseitige Achtung fehlt, zerstört ein Universum das andere.

Maria war wieder in Ralf Harts Wohnzimmer, das Feuer brannte im Kamin, beide saßen auf dem Boden, tranken Wein, und die Erinnerung an die vergangene Nacht mit dem englischen Manager war nichts als ein Traum oder Alptraum – je nach Marias Stimmung. Jetzt suchte sie wieder nach dem Grund ihres Seins – oder vielmehr die völlige Hingabe, die keine Gegenleistung erwartet.

Sie war reifer geworden, während sie auf diesen Augenblick gewartet hatte. Sie hatte herausgefunden, daß die wirkliche Liebe, so wie sie sie sich vorgestellt hatte, nichts mit dieser durch die Liebesenergie hervorgerufenen Kettenreaktion von Ereignissen zu tun hatte: Zeit der Werbung, gegenseitige Versprechen, Heirat, Kinder, Warten, Küche, sonntags der Vergnügungspark, noch mehr Warten, gemeinsam alt werden, Ende der Warterei und statt dessen die Pensionierung des Ehemannes, Krankheiten, das Gefühl, daß man die Chance verpaßt hat, um gemeinsam seine Träume zu verwirklichen.

Sie schaute den Mann an, dem sich hinzugeben sie beschlossen hatte. Und dem sie niemals sagen wollte, was sie fühlte, weil es für ihre Gefühle noch keine Ausdrucksform gab, nicht einmal eine körperliche. Er wirkte entspannter, als hätte eine vielversprechende Phase seines Lebens begonnen. Er lächelte, erzählte von seiner kürzlichen Reise nach München, wo er sich mit einem wichtigen Museumsdirektor getroffen hatte.

»Er hat gefragt, ob das Bild der Gesichter Genfs fertig sei. Ich habe ihm gesagt, daß ich einer der Hauptfiguren begegnet sei und sie gern malen würde. Einer Frau voller Licht. Aber ich will nicht von mir reden. Ich möchte dich umarmen. Ich begehre dich.«

Begehren. Begehren? Begehren! Das war der Ausgangspunkt für diese Nacht, denn mit dem Begehren kannte sie sich aus.

Man konnte beispielsweise das Begehren wecken, indem man den Gegenstand der Begierde zurückhielt.

»Nun, dann begehre mich. Du sitzt in einem Meter Entfernung von mir, bist in einen Nachtclub gegangen, hast für meine Dienste bezahlt, weißt, daß du das Recht hast, mich zu berühren. Aber wage es nicht! Sieh mich an. Sieh mich an, und stell dir vor, daß ich vielleicht nicht will, daß du mich ansiehst. Stell dir vor, was meine Kleidung verhüllt.«

Sie trug zur Arbeit immer schwarze Kleidung und verstand nicht, warum die anderen Mädchen im ›Copacabana‹ aufreizende Dekolletés und schreiende Farben bevorzugten. Ihrer Meinung nach war für einen Mann eine Frau begehrenswert, der er ebensogut im Büro, im Zug oder im Haus der Freundin der Ehefrau hätte begegnen können.

Ralf sah sie an. Maria spürte, daß er sie mit den Blicken auszog, und ihr gefiel es, auf diese Weise begehrt zu werden – ohne daß es einen Kontakt gab, wie in einem Restaurant oder in einer Warteschlange vor dem Kino.

»Wir befinden uns in einem Bahnhof«, fuhr Maria fort. »Ich warte mit dir auf den Zug. Du kennst mich nicht. Aber deine Blicke kreuzen sich zufällig mit meinen, und ich weiche ihnen nicht aus. Du kannst meinen Blick nicht deuten, denn obwohl du intelligent bist und fähig, das ›Licht‹ der Menschen zu sehen, bist du zuwenig sensibel, um zu sehen, was dieses Licht beleuchtet.«

Sie schlüpfte in eine Rolle. Das Gesicht des englischen Managers, das sie am liebsten schnell wieder vergessen hätte, drängte sich ihr auf; er war da, leitete ihre Phantasie.

»Ich blicke dich fest an, und ich frage mich vielleicht: ›Kenne ich ihn von irgendwoher?‹ Oder ich bin zerstreut. Oder ich habe Angst, du könntest mich unsympathisch finden. Vielleicht kennst du mich, und ich lasse dich kurz im Zweifel, ob ich dich auch kenne oder dich mit jemandem verwechselt habe.

Aber ich könnte auch einfach einen Mann treffen wollen. Oder ich bin auf der Flucht vor einer Liebe, die mich hat leiden lassen. Ich könnte mich an jemandem rächen wollen, der mich betrogen hat, und beschließen, mir am Bahnhof einen Wildfremden anzulachen. Oder ich könnte mir wünschen, nur für diese Nacht deine Hure zu sein, nur um Abwechslung in mein ödes Leben zu bringen. Und ich könnte sogar tatsächlich eine Frau sein, die auf den Strich geht.«

Maria schwieg. Ihre Gedanken wanderten zurück in das Hotel am Fluß, zu der Demütigung – ›gelb‹, ›rot‹, ›Schmerz und viel Lust‹. Das hatte ihre Seele in einer Art und Weise durcheinandergebracht, die ihr nicht gefiel.

Ralf bemerkte es und versuchte, sie wieder in den Bahnhof zurückzuholen.

»Begehrst du mich bei dieser Begegnung auch?«

»Ich weiß es nicht. Wir reden nicht miteinander. Du weißt es auch nicht.«

Sie war erneut abgelenkt. Die Idee mit dem ›Rollenspiel‹ war jedenfalls sehr hilfreich; es ließ die wahre Person zutage treten, verscheuchte die vielen falschen Personen, die in ihr wohnten.

»Tatsache aber ist, daß ich meinen Blick nicht abwende, und du weißt nicht, was du machen sollst. Sollst du näher treten? Wirst du abgelehnt? Werde ich einen Aufsichtsbeamten rufen? Oder werde ich dich zu einer Tasse Kaffee einladen?«

»Ich komme gerade aus München zurück«, sagte Ralf Hart, und seine Stimme klang anders, fremd. »Ich habe vor, eine Reihe von Bildern über die verschiedenen Gesichter des Sex zu malen. Die vielen Masken, die die Menschen aufsetzen, um niemals die wahre Begegnung zu erleben.«

Er kannte sich mit Rollenspielen aus. Milan hatte gesagt, auch Ralf sei ein spezieller Freier. Die Alarmglocken schrillten, aber Maria brauchte Zeit, um nachzudenken.

»Der Museumsdirektor hat mich gefragt, was die Grundidee für mein Bild sei. Ich habe ihm geantwortet: ›Frauen, die sich frei fühlen und ihr Geld mit Sex verdienen.‹ Er meinte: ›Das geht nicht. Wir nennen solche Frauen Huren.‹ Ich entgegnete: ›Richtig, es sind Prostituierte, ich werde die Geschichte der Prostitution studieren und sie intellektuell aufbereiten, aber so, daß es dem Bildungsstand der Museumsbesucher entspricht. Kunst kann das, wissen Sie. Schwerverdauliches ansprechend darbieten.‹

Der Direktor beharrte: ›Aber Sex ist doch kein Tabu mehr. Das Thema ist schon so häufig abgehandelt worden, daß es schwierig ist, etwas Neues zu machen.‹ Ich habe darauf geantwortet: ›Wissen Sie überhaupt, woher das sexuelle Begehren kommt?‹ – ›Vom Instinkt her‹, sagte der Direktor. – ›Ja, vom Instinkt, das weiß jeder. Aber ich will keine wissenschaftliche Ausstellung machen. Ich möchte thematisieren, wie sich die Menschen diese Anziehungskraft erklären: ein Philosoph beispielsweise.‹ Der Direktor bat mich, ihm ein Beispiel zu nennen. Ich habe ihm gesagt: ›Wenn mich im Zug nach Hause eine Frau ansieht, werde ich mit ihr reden; ich werde zu ihr sagen, daß wir, da wir uns nicht kennen, die Freiheit haben, alles zu tun, wovon wir geträumt haben, unsere Phantasien auszuleben, und daß wir anschließend in unsere Wohnungen, zu unseren Ehepartnern zurückkehren und uns nie wieder sehen würden.‹ Und dann, am Bahnhof, sehe ich dich.«

»Deine Geschichte ist so spannend, daß das Begehren dabei verfliegt.«

Ralf lachte zustimmend. Der Wein war ausgetrunken, und der Maler ging in die Küche, um eine zweite Flasche zu holen. Maria blieb sitzen, blickte ins Feuer. Sie wußte, wie es weitergehen würde, genoß aber einstweilen die gemütliche Atmosphäre und vergaß den englischen Manager.

Ralf schenkte beide Gläser voll.

»Sag mal, wie würde diese Geschichte mit dem Direktor eigentlich ausgehen?«

»Da ich es mit einem Intellektuellen zu tun habe, würde ich Plato zitieren. Plato zufolge waren Männer und Frauen zu Beginn der Schöpfung nicht, was sie heute sind; es gab nur ein Wesen – klein, ein Körper, ein Hals und ein Kopf mit zwei Gesichtern, von denen jedes in eine andere Richtung blickte. So, als wären zwei Geschöpfe mit dem Rükken aneinandergeklebt, mit zwei verschiedenen Geschlechtern und mit vier Beinen und vier Armen.

Die Götter der alten Griechen aber waren eifersüchtig und erkannten, daß ein Geschöpf mit vier Armen mehr arbeiten konnte. Zudem hielten die beiden Gesichter ständig Wache, und daher konnte das Wesen nicht aus dem Hinterhalt angegriffen werden. Es verbrauchte weniger Energie, konnte mit vier Beinen länger laufen oder stehen. Und noch gefährlicher: Dieses Wesen war zweigeschlechtlich, es konnte sich also eigenständig fortpflanzen.

Da sagte Zeus, der oberste Gott im Olymp: ›Ich habe einen Plan, um diesen Sterblichen die Kraft zu nehmen.‹

Und mit einem Blitz spaltete er das Wesen in zwei Teile und schuf so Mann und Frau. Die Erdenbewohner verdoppelten sich dadurch auf einen Schlag, wurden aber gleichzeitig orientierungslos und schwach: nun mußten alle nach ihrem verlorenen anderen Teil suchen, ihn umarmen und in dieser Umarmung die alte Kraft wiedererlangen, die Fähigkeit zur Eintracht, die Zähigkeit, die es braucht, um lange Wege zurückzulegen und ermüdende Arbeit zu ertragen. Diese Umarmung, in der die beiden Körper wieder miteinander verschmelzen, nennen wir Sex.«

»Ist diese Geschichte wahr?«

»Nach Plato, ja.«

Maria sah ihn fasziniert an, und die Erlebnisse der vergangenen Nacht waren wie weggewischt.

Während er begeistert diese merkwürdige Geschichte erzählte, sah sie, wie der Mann, der vor ihr saß, von demselben Licht erfüllt war, das er in ihr gesehen hatte. Seine Augen glänzten nicht vor Begehren, sondern aus Freude.

»Darf ich dich um einen Gefallen bitten?«

Ralf antwortete, sie dürfe ihn um alles bitten.

»Kannst du herausfinden, warum einige Menschen, nachdem die Götter jenes vierbeinige Wesen geteilt hatten, diese Umarmung, diese Verschmelzung als eine Sache, ein beliebiges Gewerbe ansahen – das ihnen keine Energie gab, sondern sie ihnen nahm?«

»Redest du von der Prostitution?«

»Genau. Kannst du herausfinden, ob der Sex anfangs etwas Heiliges war?«

»Wann immer du möchtest«, antwortete Ralf.

Maria hielt dem Druck nicht mehr stand.

»Ist dir schon einmal der Gedanke gekommen, daß Frauen, und vor allem auch Huren, fähig sind zu lieben?«

»Ja, der ist mir an dem Tag gekommen, als wir in dem Café in der Altstadt am Tisch saßen und ich dein Licht sah. Als ich dir einen Pastis spendierte, traf ich die Wahl, an alles zu glauben, auch an die Möglichkeit, daß du mich der Welt wiedergibst, die ich vor langer Zeit verlassen habe.«

Jetzt gab es kein Zurück mehr. Maria, die Meisterin, mußte ihr sofort zur Hilfe kommen, sonst würde sie ihn küssen, ihn umarmen, ihn anflehen, sie nie zu verlassen.

»Kehren wir zum Bahnhof zurück«, sagte sie. »Oder besser gesagt, zu dem Tag, an dem wir zum ersten Mal hier bei dir waren und du erkannt hast, daß ich existiere, und mir ein Geschenk gemacht hast. Es war ein erster Versuch, um dir Zutritt zu meiner Seele zu verschaffen, obwohl du nicht wußtest, ob ich dich hereinlassen würde. Aber darum geht es ja auch in deiner Geschichte: Die Menschen wurden getrennt und sind nun auf der Suche nach dieser

Umarmung, die sie wieder vereint. Das ist unser Instinkt. Aber auch der Ansporn dafür, alle Hindernisse zu überwinden, die sich bei dieser Suche einstellen.

Ich möchte, daß du mich anschaust, aber so, daß ich es nicht merke. Das erste Begehren ist wichtig, weil es ein verstecktes, unerlaubtes Begehren ist. Du weißt nicht, ob du deinen verlorenen Teil vor dir hast. Er weiß es auch nicht, aber die gegenseitige Anziehungskraft besteht – man muß nur daran glauben.«

›Woher nehme ich das bloß?‹ fragte sie sich. ›Ich hole das alles aus den Tiefen meines Herzens, weil ich wollte, es wäre immer so gewesen. Diese Träume gehören zu meinem eigenen Traum als Frau.‹

Sie zog einen Träger ihres Kleides etwas herunter, so daß ihr Brustansatz sichtbar wurde.

»Du begehrst nicht, was du siehst, sondern, was du dir vorstellst.«

Ralf Hart sah eine Frau mit schwarzem Haar und ebenso schwarzen Kleidern, die auf dem Boden seines Salons saß und verrückte Wünsche hatte wie den, mitten im Sommer den Kamin anzuzünden. Ja, er wollte sich vorstellen, was diese Kleider verhüllten, er konnte die Größe ihrer Brüste sehen, wußte, daß sie den Büstenhalter, den sie trug und der wahrscheinlich in ihrem Beruf vorgeschrieben war, nicht brauchte. Ihre Brüste waren weder groß noch klein, sie waren jung. Ihr Blick verriet nichts. Was machte sie da? Warum gab er dieser gefährlichen, unmöglichen Beziehung Nahrung? Er hatte kein Problem, eine Frau zu bekommen. Er war reich, jung, berühmt, sah gut aus. Er liebte seine Arbeit, hatte die Frauen, die er geheiratet hatte, geliebt und war wiedergeliebt worden. Er war ein Mensch, der eigentlich hätte sagen müssen: ›Ich bin glücklich.‹

Aber er war es nicht. Während die meisten Menschen um ein Stück Brot kämpften, ein Dach über dem Kopf, eine Arbeit, die ihnen erlaubte, in Würde zu leben, hatte Ralf Hart all das im Überfluß und fühlte sich deswegen nur um so kläglicher. Rückblickend könnte er in den letzten Jahren vielleicht zwei oder drei Tage nennen, an denen er aufgewacht, die Sonne oder den Regen gesehen und glücklich gewesen war, am Leben zu sein – wunschlos glücklich, planlos glücklich. Von diesen wenigen Tagen abgesehen, war der Rest seines Lebens mit Träumen, Frustrationen und Erfolgen und dem Wunsch dahingegangen, sich selbst zu übertreffen, Reisen über die eigenen Grenzen hinaus zu machen. Er hatte das ganze Leben damit verbracht, etwas zu beweisen, nur wußte er nicht genau, wem.

Er sah die schöne Frau an, die in diskretes Schwarz gekleidet war und die er zufällig getroffen hatte, obwohl er sie schon zuvor in einem Nachtclub gesehen und festgestellt hatte, daß sie nicht dorthin paßte. Sie wollte, daß er sie begehrte, und er begehrte sie sehr, viel mehr, als sie sich vorstellen konnte – aber es waren nicht ihre Brüste oder ihr Körper; er begehrte ihre Gesellschaft. Er wollte sie im Arm halten, dabei schweigend ins Feuer blicken, Wein trinken, die eine oder andere Zigarette rauchen – mehr nicht. Das Leben bestand aus einfachen Dingen, er war es leid, all diese Jahre etwas gesucht zu haben, von dem er nicht wußte, was es war.

Allerdings, wenn er das tat, wenn er sie berührte, wäre

alles verloren. Denn trotz des ›Lichtes‹, das er in Maria sehen konnte, wußte er, wie sehr er sie vermissen würde, wie gut es an ihrer Seite war. Zahlte er? Ja. Und er würde für die Zeit bezahlen, die nötig war, um sie zu erobern, sich mit ihr an den See zu setzen, ihr von Liebe zu sprechen – und von ihr das gleiche zu hören. Es war besser, nichts zu riskieren, die Dinge nicht zu überstürzen, nichts zu sagen.

Ralf Hart hörte auf, sich zu quälen, und konzentrierte sich wieder auf das Spiel, das sie beide soeben erfunden hatten. Die Frau, die vor ihm saß, hatte recht: Der Wein, die Zigarette, ihre Gegenwart allein genügte nicht; es bedurfte einer anderen Art von Trunkenheit, einer anderen Art von Feuer.

Sie trug ein Trägerkleid, er konnte ihre Haut sehen, ihre halb entblößte Brust, die eher bräunlich als weiß schimmerte. Er begehrte sie. Er begehrte sie sehr.

Maria sah die Veränderung in Ralfs Augen. Sich begehrt zu fühlen erregte sie mehr als alles andere. Es hatte nichts mit dem Standardablauf zu tun – ich möchte mit dir Liebe machen, will heiraten, will, daß du einen Orgasmus hast, will ein Kind haben, will Verbindlichkeit. Nein, das Begehren war ein freies Gefühl, ein im Raum schwebender Wunsch, der das Leben erfüllte – und das reichte; dieser Wunsch trieb alles voran, brachte Berge zum Einstürzen … und ließ ihr Geschlecht feucht werden.

Der Wunsch hatte am Anfang von allem gestanden – ihr Land zu verlassen, eine neue Welt zu entdecken, Französisch zu lernen, ihre Vorurteile zu überwinden, von einer

Farm zu träumen, bedingungslos zu lieben, sich allein wegen des Blickes eines Mannes als Frau zu fühlen. Mit kalkulierter Langsamkeit streifte sie den anderen Träger herab, und das Kleid glitt an ihrem Körper herunter. Dann hakte sie den Büstenhalter auf. Sie blieb so, mit nacktem Oberkörper sitzen, fragte sich, ob er sich auf sie stürzen, sie berühren, Liebesschwüre stammeln würde – oder ob er sensibel genug war, um das eigene Begehren als die wahre sexuelle Lust zu empfinden.

Alles um sie herum versank, es gab keine Geräusche mehr, der Kamin, die Bilder, die Bücher verschwammen. An ihre Stelle trat eine Art Trance, in der nur das obskure Objekt der Begierde existierte und nichts sonst von Bedeutung war.

Der Mann rührte sich nicht. Anfangs spürte sie eine gewisse Schüchternheit in seinen Augen, aber die hielt nicht an. Er betrachtete sie, und in Gedanken liebkoste er sie mit der Zunge, machten sie Liebe, schwitzten sie, umarmten sie sich, vermischten Zärtlichkeit mit Heftigkeit, schrien sie und stöhnten sie gemeinsam.

In Wirklichkeit dagegen sagten sie nichts, keiner von beiden rührte sich, und das erregte Maria noch mehr, weil auch sie frei war zu denken, was sie wollte. Sie stellte sich vor, wie sie ihn bat, sie sanft zu berühren, spreizte die Beine, masturbierte vor ihm, stieß liebevolle und vulgäre Worte hervor, als seien sie ein und dasselbe, hatte mehrere Orgasmen, weckte die Nachbarn auf, weckte die ganze Welt auf mit ihren Schreien. Da war ihr Mann, der ihr Lust und Freude schenkte, mit dem sie sie selbst sein konnte, mit dem sie über ihre sexuellen Probleme reden und dem sie auch sagen konnte, wie gern sie für den Rest der Nacht, der Woche, den Rest ihres Lebens bei ihm bleiben würde.

Ihre Gesichter waren schweißnaß. Es war der Kamin, sagte einer im Geiste dem andern. Aber Mann wie Frau waren an ihre Grenzen gelangt, indem sie ihre ganze Vorstellungskraft ausgeschöpft und miteinander eine Ewigkeit schöner Augenblicke erlebt hatten. Sie mußten aufhören; ein Schritt weiter, und die Magie des Augenblicks würde von der Wirklichkeit zerstört werden.

Ganz langsam – denn das Ende ist immer schwieriger als der Anfang – hakte sie den Büstenhalter wieder zu, verhüllte ihre Brüste. Sie waren zurück in der Wirklichkeit. Die Dinge ringsum tauchten wieder auf, sie zog das Kleid hoch, das ihr bis zur Taille heruntergerutscht war, lächelte und berührte sanft sein Gesicht. Er nahm ihre Hand und drückte sie an seine Wange, wußte auch nicht, wie lange er sie dort halten und wie kräftig er sie packen durfte.

Sie hätte ihm gern gesagt, daß sie ihn liebte. Aber das würde alles zerstören, es könnte ihn erschrecken oder – noch schlimmer – dazu führen, daß er ihr antwortete, daß er sie auch liebe. Maria wollte das nicht: Die Freiheit ihrer Liebe bestand darin, nichts zu erbitten und nichts zu erhoffen.

»Wer zu fühlen imstande ist, weiß, daß man Lust empfinden kann, noch bevor man den anderen berührt. Die Worte, die Blicke, alles enthält das Mysterium des Tanzes. Aber der Zug ist angekommen, jeder geht in seine Richtung. Ich hoffe, dich auf dieser Reise zu begleiten – wohin ging sie noch mal?«

»Zurück nach Genf«, war Ralfs Antwort.

»Wer genau hinschaut und den Menschen entdeckt, von dem er immer geträumt hat, der weiß, daß die sexuelle Energie noch vor der körperlichen Vereinigung da ist. Die größte Lust ist nicht der Sex, es ist die Leidenschaft, mit der dieser praktiziert wird. Wenn diese Leidenschaft von hoher Qualität ist, vollendet der Sex den Tanz, aber er ist niemals das Wichtigste.«

»Du redest über die Liebe wie eine Lehrerin.«

Maria fuhr fort, denn das war ihre Verteidigung, ihre Art, alles zu sagen, ohne sich selbst einzubringen:

»Liebende machen die ganze Zeit Liebe, selbst wenn sie gerade nicht miteinander schlafen. Wenn die Körper sich finden, ist das nur wie ein überlaufendes Glas. Liebende können stundenlang, tagelang beieinander sein. Sie können den Tanz an einem Tag beginnen und am nächsten beenden oder aus übergroßer Lust sogar überhaupt nicht wieder aufhören. Das hat nichts mit den elf Minuten zu tun.«

»Wie bitte?«

»Ich liebe dich.«

»Ich liebe dich auch.«

»Verzeih. Ich weiß nicht, was ich sage.«

»Ich auch nicht.«

Sie stand auf, gab ihm einen Kuß und ging hinaus.

Aus Marias Tagebuch am nächsten Morgen:

Gestern nacht, als Ralf Hart mich ansah, hat er verstohlen eine Tür aufgestoßen wie ein Dieb; doch er hat mir nichts gestohlen; im Gegenteil, es blieb ein Duft nach Rosen zurück – als hätte mich mein Liebster besucht und nicht ein Dieb.

Jeder Mensch hat seine eigenen Wünsche, sein eigenes Begehren. Sie sind Teil seines Schatzes. Sie können jemanden fernhalten, aber gemeinhin ziehen sie denjenigen, der wichtig ist, an. Meine Seele hat dieses Gefühl gewählt, und es ist so intensiv, daß es sich auf alle und alles um mich herum übertragen kann.

Jeden Tag wähle ich aufs neue die Wahrheit, mit der ich leben will. Ich versuche, praktisch zu sein, effizient, professionell. Aber wenn ich könnte, würde ich immer meine Wünsche und mein Begehren zu Gefährten wählen. Nicht aus Notwendigkeit und auch nicht, um nicht so einsam zu sein, sondern einfach nur, weil es mir guttut, weil es gut ist.

Im Durchschnitt waren sie achtunddreißig Frauen, die regelmäßig ins ›Copacabana‹ kamen, aber Maria konnte nur eine, die Philippinin Nyah, annähernd als Freundin bezeichnen. Im allgemeinen blieben die Frauen zwischen sechs Monaten und drei Jahren da. Entweder wurden sie sofort weggeheiratet oder als feste Geliebte abgeworben, oder aber sie hatten keine Anziehungskraft mehr auf die Freier und wurden von Milan höflich gebeten, sich nach einem anderen Arbeitsplatz umzusehen.

Alle wußten, wie wichtig es war, die Kundschaft der anderen zu respektieren. Sich gegenseitig die Freier auszuspannen galt nicht nur als unehrenhaft, sondern konnte auch sehr gefährlich werden. Ein paar Tage zuvor hatte eine Kolumbianerin eine Rasierklinge aus der Tasche gezogen, sie auf das Glas einer Jugoslawin gelegt und seelenruhig gedroht, die Kollegin zu entstellen, wenn diese sich noch einmal unterstand, sich von einem ihrer Stammkunden, einem Bankdirektor, einladen zu lassen. Die Jugoslawin konterte, der Bankdirektor sei ein freier Mensch, sie könne nichts dafür, wenn er sie gewählt habe.

Am selben Abend kam der Mann herein, begrüßte die Kolumbianerin und ging dann zum Tisch der Jugoslawin. Er spendierte ihr einen Drink, und während er mit ihr tanzte, zwinkerte die Jugoslawin ihrer Rivalin zu – allzu provozierend, wie Maria fand –, als wollte sie sagen: ›Siehst du? Er hat mich gewählt.‹

Ein vielsagendes Zwinkern, das auch hieß: Er hat mich ausgesucht, weil ich hübscher bin, weil ich beim letzten Mal mit ihm mitgegangen bin und es ihm gefallen hat. Die Kolumbianerin sagte nichts. Als die Jugoslawin zwei Stunden später zurückkam, setzte die andere sich neben sie, holte seelenruhig die Rasierklinge aus der Tasche und fuhr der Rivalin mit der Klinge neben dem Ohr entlang. Der Schnitt war nicht tief, nicht gefährlich, aber doch so, daß eine kleine Narbe zurückblieb, die die andere immer an diese Nacht erinnern würde. Die beiden wurden handgreiflich, Blut spritzte, die Kunden verließen erschrocken das Lokal.

Als die Polizei kam und wissen wollte, was passiert war, sagte die Jugoslawin, sie habe sich an einem Glas geschnitten, das vom Regal heruntergefallen sei (im ›Copacabana‹ gab es keine Regale). Das war das Gesetz des Schweigens oder die *omertà*, wie die italienischen Prostituierten sagten: Alles, was man in der Rue de Berne unter sich erledigen konnte, von der Liebe bis hin zum Tod, erledigte man unter sich, ohne die Hüter des Gesetzes. Man machte selbst das Gesetz.

Die Polizei wußte von der *omertà*, wußte, daß die Frau log, und ließ die Sache trotzdem auf sich beruhen. Milan dankte den Beamten für ihr schnelles Eingreifen, entschuldigte sich für das Mißverständnis und murmelte etwas von einer Intrige eines Konkurrenten.

Sobald sie draußen waren, zitierte Milan die beiden Mädchen zu sich und setzte sie vor die Tür. Das ›Copacabana‹ sei ein anständiges Lokal (eine Behauptung, die Maria nicht ganz nachvollziehen konnte), das seinen guten

Ruf wahren müsse (was Maria amüsierte) und in dem Handgreiflichkeiten schon aus Respekt vor der Kundschaft tabu seien. Das sei oberstes Gebot.

Zweites Gebot war das der totalen Diskretion, »wie bei einer Schweizer Bank«, sagte Milan, zumal die Kunden genauso handverlesen waren wie die Privatklientel einer Bank – sie verfügten über einen guten Leumund und ein ausgeglichenes Konto. Manchmal erschienen Kunden, die nicht hierherpaßten, und es war auch schon vorgekommen, daß Mädchen nicht bezahlt, angegriffen oder bedroht worden waren. Aber über die Jahre hatte Milan einen Blick dafür entwickelt, wen er hereinlassen durfte und wen nicht. Keine der Frauen wußte genau, wonach sich sein Maßstab richtete, aber es war mehrmals vorgekommen, daß er gutangezogene Herren aus einem halbleeren Lokal hinauskomplimentiert hatte mit der Begründung, alle Tische seien besetzt, was soviel hieß wie: Lassen Sie sich hier nicht mehr blicken! Andererseits hatte Milan auch unrasierte Leute in Sportkleidung spontan zu einem Glas Champagner eingeladen. Der Besitzer des ›Copacabana‹ beurteilte die Menschen eben nicht nach dem Aussehen, und er täuschte sich selten.

Bei einer guten Geschäftsbeziehung müssen alle Beteiligten zufrieden sein. Die meisten Freier waren verheiratet, gutsituiert, erfolgreich. Auch einige Prostituierte waren verheiratet, hatten Kinder und gingen zu Elternabenden in die Schule. Nur wenn der Vater eines Mitschülers ihrer Kinder im ›Copacabana‹ auftauchte, wurde es peinlich – wenn auch nicht riskant, denn da die Situation für beide Seiten unangenehm war, schwiegen auch beide.

Unter den Kolleginnen gab es Kameradschaft, aber keine Freundschaft; niemand erzählte viel von sich, und wenn die eine oder andere doch einmal mehr aus sich herausging, konnte Maria ihren Äußerungen weder Bitterkeit noch Schuldgefühle oder Traurigkeit entnehmen – höchstens Resignation. Doch gleichzeitig hatten sie alle diesen seltsam herausfordernden, stolzen und zuversichtlichen Blick, als wollten sie es mit der ganzen Welt aufnehmen. Bereits nach einer Woche galt man als »Professionelle« und hatte sich an die Standesregeln zu halten: niemals eine Ehe in Gefahr bringen (eine Prostituierte darf keine Bedrohung für die Stabilität einer Ehe sein), niemals Einladungen zu Treffen außerhalb der Arbeitszeit annehmen, den Kunden zuhören, ohne eine eigene Meinung zu äußern, wenn der Orgasmus dran war, zu stöhnen, die Polizisten auf der Straße zu grüßen, die Arbeits- und Gesundheitspapiere immer auf dem neuesten Stand zu halten und last not least die eigene Tätigkeit nicht allzu sehr zu hinterfragen – sie waren, was sie waren, Punktum.

Maria galt bald als die Intellektuelle der Gruppe, weil sie sich abends, bevor der Betrieb losging, die Zeit mit Lesen vertrieb. Anfangs hatten ihr die Kolleginnen neugierig über die Schulter gesehen, in der Hoffnung auf eine süffige Liebesgeschichte, aber als sie merkten, um was für trockene und uninteressante Themen wie Wirtschaft, Psychologie und (seit kurzem) Führung landwirtschaftlicher Betriebe es sich handelte, ließen sie Maria bald in Ruhe, und diese konnte ungestört lesen und sich Notizen machen.

Bald hatte sie auch Milans Vertrauen gewonnen, denn sie erfreute sich eines großen, festen Kundenstamms und hatte immer Arbeit, selbst wenn einmal nicht viel los war. Dies trug ihr hinwiederum ein gewisses Ressentiment seitens ihrer Kolleginnen ein, welche die Brasilianerin ehrgeizig, arrogant und geldgierig fanden. Letzteres stritt sie auch nicht ab, doch verhielt es sich mit den anderen nicht genauso?

Abfällige Bemerkungen bringen einen nicht um, sie gehören zum Leben eines erfolgreichen Menschen nun mal dazu, und man gewöhnt sich lieber gleich daran. Maria hielt jedenfalls unbeirrt an ihren zwei Zielen fest: zum vorgesehenen Termin nach Brasilien zurückzukehren und eine Farm zu kaufen.

Sie war jetzt tagein, tagaus mit ihren Gedanken bei Ralf. Zum ersten Mal in ihrem Leben war sie glücklich, obwohl ihr Geliebter nicht bei ihr war und obwohl sie insgeheim bereute, ihm ihre Liebe gestanden und damit alles aufs Spiel gesetzt zu haben. Andererseits: Was riskierte sie schon, wenn sie keine Gegenleistung erwartete? Sie erinnerte sich, wie ihr Herz schneller geschlagen hatte, als Milan erwähnte, daß er ein spezieller Freier sei – oder gewesen sei. Was bedeutete das? Sie war eifersüchtig, fühlte sich hintergangen.

Eifersucht war normal, obwohl das Leben sie gelehrt hatte, daß es unsinnig ist, zu glauben, man könne jemand anderen besitzen – wer das glaubte, machte sich etwas vor. Dennoch sollte die Eifersucht weder unterdrückt noch überbewertet oder als Zeichen von Schwäche verurteilt werden.

Der liebt stärker, der seine Schwäche zeigen kann. Wenn

meine Liebe wahrhaftig ist (und ich sie mir nicht nur einbilde), wird die Freiheit die Eifersucht besiegen und auch den damit verbundenen Schmerz – denn auch dieser Schmerz ist ganz natürlich. Sportler wissen: Wer sein Ziel erreichen will, muß bereit sein, seine tägliche Dosis Schmerz oder Unbehagen zu ertragen. So unangenehm und demotivierend es anfangs sein mag, mit der Zeit begreift man es als Teil eines Prozesses, und wenn die Schmerzen eines Tages ausbleiben, haben wir Angst, daß das Training nicht mehr wirkt.

Die Gefahr liegt darin, den Schmerz zu fokussieren, ihm gar einen Namen zu geben, ihn nicht vergessen zu können; doch über dieses Stadium war Maria Gott sei Dank hinaus.

Dennoch überraschte sie sich dabei, wie sie überlegte, wo Ralf wohl steckte, warum er sie nicht besuchte, ob er diese Geschichte mit dem Bahnhof und dem unterdrückten Begehren dumm gefunden, ob sie ihn mit ihrer Liebeserklärung in die Flucht geschlagen hatte. Um zu verhindern, daß sich ihre schönen Gefühle ins Gegenteil verkehrten, entwickelte sie eine Methode:

Wann immer ihr etwas Positives in Zusammenhang mit Ralf Hart einfiel – das konnte das Kaminfeuer sein oder der Wein oder etwas, was sie gern mit ihm besprochen hätte, oder auch nur die angenehme Bangigkeit, nicht zu wissen, wann sie ihn wiedersehen würde –, hielt Maria mitten in ihrer Tätigkeit inne, lächelte und dankte dem Himmel dafür, daß sie am Leben war und keine Erwartungen an den Mann stellte, den sie liebte.

Wenn aber ihr Herz sich über seine Abwesenheit grämte oder darüber, was sie bei ihrem letzten Treffen Unsinniges gesagt haben mochte, dann redete sie sich gut zu.

›Na gut‹, sagte sie zu ihrem Herzen, ›denk, was du willst, während ich mich wichtigeren Dingen widme.‹

Dann versenkte sie sich wieder in ihre Bücher oder achtete besonders genau auf ihre Umgebung – auf Farben, Menschen, Geräusche (vor allem auf das Geräusch ihrer eigenen Schritte), auf den Autolärm, auf das Rascheln beim Umblättern der Buchseiten, auf Gesprächsfetzen – und dann verschwanden die negativen Gedanken wieder. Sie wiederholte den Trick so lange, bis die ›negativen Gedanken‹ – weil Maria sie annahm und zugleich freundlich in die Schranken verwies – länger fernblieben.

Einer dieser negativen Gedanken war, daß sie Ralf womöglich nie wiedersehen würde. Mit ein wenig Übung und viel Geduld gelang es ihr, den negativen in einen positiven Gedanken zu verwandeln: Selbst wenn sie einmal nicht mehr hier lebte, würde Genf für immer mit dem Gesicht eines Mannes mit langem, altmodisch geschnittenem Haar, kindlichem Lächeln und tiefer Stimme verbunden bleiben. Und wenn dann jemand sie fragen würde, wie ihr die Stadt vorgekommen sei, die sie als junge Frau kennengelernt hatte, könnte sie sagen:

›Schön, imstande zu lieben und geliebt zu werden.‹

Aus Marias Tagebuch, an einem Tag, an dem sie erst später ins ›Copacabana‹ mußte:

Sex ist wie eine Droge, das merke ich immer deutlicher, und hat für die meisten Leute, mit denen ich hier zusammentreffe, eine ähnliche Funktion: Der Sex soll ihnen helfen, der Realität zu entfliehen, ihre Probleme zu vergessen, sich zu entspannen. Er ist auch genauso schädlich wie eine Droge.

Wenn jemand sich berauschen will, egal ob mit Sex oder etwas anderem, dann ist das seine Sache; mit guten oder weniger guten Konsequenzen, je nachdem. Aber wenn wir im Leben weiterkommen wollen, müssen wir lernen, zwischen gut und wirklich gut zu unterscheiden.

Anders als meine Kunden glauben, kann man Sex nicht zu beliebigen Zeiten praktizieren. Jeder hat dafür eine innere Uhr, deren Zeiger auf die innere Uhr seines Partners abgestimmt sein müssen. Das klappt nicht immer. Wer liebt, braucht den Sex nicht, um sich gut zu fühlen. Zwei Menschen, die sich liebhaben, müssen ihre Zeiger geduldig und beharrlich in vielfältigen Rollenspielen aufeinander abstimmen, bis sie begreifen, daß Liebe sehr viel mehr ist als eine Begegnung zweier Körper; es ist eine »Umarmung« von Körper und Seele zugleich.

Alles ist wichtig. Ein Mensch, der sein Leben intensiv lebt, genießt die ganze Zeit, auch ohne Sex. Und wenn er Sex hat, dann geschieht das aus dem Überfluß heraus. Wie bei einem Glas Wein, das so lange gefüllt wird, bis es ir-

gendwann zwangsläufig überläuft. Genauso unausweichlich ist die körperliche Vereinigung, weil der Mensch in diesem Augenblick den Ruf des Lebens annimmt, weil er dann – und nur dann – fähig ist, loszulassen, die Kontrolle aufzugeben.

PS: Habe gerade gelesen, was ich da geschrieben habe. Himmel, klingt das intellektuell!

Kurz nachdem sie dies geschrieben hatte und sich auf eine weitere Nacht als ›zärtliche Mutter‹ oder ›naive Unschuld‹ vorbereitete, ging die Tür des ›Copacabana‹ auf, und Terence kam herein.

Milan hinter der Bar wirkte zufrieden: das Mädchen hatte seine Erwartungen nicht enttäuscht. Maria mußte sofort an Terence' Worte denken, die so rätselhaft auf sie gewirkt hatten: »Schmerz, Leid und viel Lust.«

»Ich bin extra aus London herübergeflogen, um dich zu sehen. Ich habe viel an dich gedacht.«

Sie lächelte, versuchte dabei, ihr Lächeln nicht ermutigend wirken zu lassen. Wieder hielt er sich nicht an das Ritual, lud sie weder zu einem Drink noch zum Tanzen ein, setzte sich einfach nur an ihren Tisch.

»Wenn ein Lehrer seiner Schülerin etwas Neues zeigt, entdeckt der Lehrer dabei auch etwas Neues.«

»Ich weiß, wovon du redest«, entgegnete Maria, die an Ralf Hart denken mußte und die bedauerte, daß nicht Ralf, sondern Terence dasaß und sie seine Wünsche respektieren und alles tun mußte, um ihn zufriedenzustellen.

»Willst du weitermachen?«

Tausend Franken. Ein verborgenes Universum. Ein Chef, der sie ansah. Die Gewißheit, daß sie aufhören könnte, wann sie wollte. Das festgelegte Datum ihrer Rückkehr nach Brasilien. Ein anderer Mann, auf dessen Besuch sie vergebens wartete.

»Hast du's eilig?« fragte Maria.

Er verneinte. Was sie wolle?

»Ich möchte meinen Drink, meinen Tanz, Respekt.«

Er zögerte minutenlang, aber das gehörte zum Rollenspiel, zum Beherrschen und zum Beherrschtwerden. Er spendierte ihr einen Drink, tanzte mit ihr, ließ ein Taxi kommen, gab ihr unterwegs das Geld. Sie hielten vor demselben Hotel. Sie traten ein, er grüßte den italienischen Portier genauso wie in der Nacht, als sie sich kennengelernt hatten. Terence bewohnte auch wieder dieselbe Suite mit Blick auf den Fluß wie beim ersten Mal.

Terence nahm ein Feuerzeug, und erst da bemerkte Maria, daß Dutzende von Kerzen im Raum verteilt waren. Er begann sie anzuzünden.

»Was willst du wissen? Warum ich so bin? Warum du die Nacht offenbar großartig gefunden hast, die wir zusammen verbracht haben? Willst du wissen, ob du auch so bist?«

»Ein brasilianischer Aberglaube besagt, daß man nie mehr als drei Kerzen mit demselben Streichholz anzünden darf. Du hast dagegen verstoßen.«

Er überhörte die Bemerkung.

»Du bist wie ich. Du bist nicht wegen der tausend Franken hier, sondern aus einem Gefühl von Schuld, Abhängigkeit, mangelnder Selbstsicherheit heraus und wegen deiner Komplexe. Es ist weder gut noch schlecht, es liegt in der Natur des Menschen.«

Er nahm die Fernbedienung des Fernsehers, wechselte mehrmals den Kanal, bis er bei einer Nachrichtensendung stehenblieb, in der Flüchtlinge versuchten, einem Krieg zu entkommen.

»Siehst du das? Oder hast du auch schon diese anderen Programme gesehen, in denen Menschen ihre persönlichen Probleme vor aller Welt ausbreiten? Bist du schon mal zum Kiosk gegangen und hast die Schlagzeilen gelesen? Die Welt weidet sich am Leid und am Schmerz. Sadismus des Zuschauers und zugleich Masochismus, weil wir, obwohl wir nicht müssen, uns mit dem Leid der anderen konfrontieren und identifizieren.«

Er goß zwei Gläser Champagner ein, stellte den Fernseher ab und zündete, unbekümmert von Marias Aberglauben, noch mehr Kerzen an.

»Ich sage es noch einmal: Es liegt in der Natur des Menschen. Seit wir aus dem Paradies vertrieben worden sind, erfahren wir Leid oder sehen zu, wie andere leiden. Das läßt sich nun mal nicht ändern.«

Draußen donnerte es, ein heftiges Gewitter zog herauf.

»Ich bringe es einfach nicht fertig, mir vorzustellen, daß du mein Meister bist und ich deine Sklavin. Es kommt mir so lächerlich vor. Wir haben diese Rollenspiele nicht nötig, das Leben fügt uns schon genug Leid zu«, sagte Maria.

Terence hatte inzwischen alle Kerzen angezündet, nahm eine, stellte sie mitten auf den Tisch, brachte Kaviar, schenkte Champagner nach. Maria trank hastig, dachte an die tausend Franken, die schon in ihrer Tasche steckten, an das Unbekannte, das sie faszinierte und ihr gleichzeitig angst machte, überlegte, wie sie ihre Angst in den Griff bekommen könnte. Sie wußte, daß mit diesem Mann keine Nacht wie die andere sein würde, fürchtete sich aber nicht.

»Setz dich!«

Die Stimme war bald sanft, bald fordernd und herrisch. Maria gehorchte, und es überlief sie heiß; dieser Befehl war ihr vertraut, sie fühlte sich sicherer.

›Rollenspiel. Ich muß in die Rolle schlüpfen.‹

Es tat gut, Befehle zu erhalten. Sie brauchte nicht nachzudenken, nur zu gehorchen. Sie bat um mehr Champagner, er brachte ihr Wodka; der stieg schneller zu Kopf, enthemmte rascher.

Er öffnete die Flasche, Maria trank praktisch allein, während es draußen blitzte und donnerte, als wollte auch der Himmel seine gewalttätige Seite zeigen.

Irgendwann holte Terence einen kleinen Koffer aus dem Schrank und stellte ihn aufs Bett.

»Beweg dich nicht!«

Maria rührte sich nicht. Er öffnete den Koffer und holte Lederriemen und ein Paar Handschellen aus verchromtem Metall heraus.

»Mach die Beine breit!«

Sie gehorchte. Wehrlos, unterwürfig, weil sie es so wollte. Sie merkte, daß er ihr zwischen die Beine schaute, ihren schwarzen Slip sehen konnte, den Strumpfhalter, die Strümpfe, die Schenkel, daß er sich ihre Scham, ihr Geschlecht vorstellte.

»Steh auf!«

Sie sprang auf. Es fiel ihr schwer, das Gleichgewicht zu halten, sie merkte, daß sie betrunkener war, als sie erwartet hatte.

»Schau mich nicht an! Senk den Kopf, verneige dich vor deinem Meister!«

Noch bevor sie den Kopf senken konnte, nahm sie wahr, wie eine feine Peitsche aus dem Koffer geholt wurde und in der Luft knallte – als hätte sie ein Eigenleben.

»Trink. Halte den Kopf gesenkt, aber trink!«

Sie trank noch mehr Wodka. Das war kein Spiel, kein Theater mehr, sondern Realität: sie hatte nichts mehr im Griff. Sie fühlte sich als Objekt, als Werkzeug, und paradoxerweise gab ihr diese Unterwerfung ein Gefühl vollkommener Freiheit. Sie war nicht mehr die Meisterin, diejenige, die lehrt, tröstet, Bekenntnisse anhört, die Begehren erweckt; sie war nur noch das Mädchen aus der brasilianischen Provinz, das sich vor dem übermächtigen Mann verneigte.

»Zieh dich aus!«

Ein knapper Befehl, der kein Begehren ausdrückte und gerade deshalb erotisch wirkte. Den Kopf ehrerbietig auf die Brust gesenkt, knöpfte Maria ihr Kleid auf und ließ es zu Boden gleiten.

»Du machst alles verkehrt, hörst du?«

Wieder knallte die Peitsche in der Luft.

»Du mußt bestraft werden. Ein großes Mädchen wie du, wie kannst du es wagen, mir zu widersprechen? Du solltest vor mir knien!«

Maria schickte sich an niederzuknien, aber die Peitsche unterbrach sie mitten in der Bewegung; zum ersten Mal berührte die Schnur ihr Fleisch – Gesäß. Es brannte, schien aber keine Spuren zu hinterlassen.

»Habe ich nicht gesagt, du sollst niederknien?«

»Nein.«

Wieder berührte die Peitsche ihr Gesäß.

»Sag ›Nein, Meister!‹«

Und noch ein Peitschenhieb. Diesmal brannte es heftiger. Sie konnte jederzeit aufhören; oder sich entscheiden, bis zum Ende zu gehen, nicht wegen des Geldes, sondern weil – wie Terence bei ihrer ersten Begegnung gesagt hatte – ein Mensch sich nur dann wirklich kennt, wenn er bis an seine Grenzen vorstößt.

Und dies hier war neu; das war ein Abenteuer; ob sie weitermachen wollte oder nicht, konnte sie immer noch entscheiden; in diesem Augenblick hörte sie auf, das Mädchen mit den drei Zielen im Leben zu sein, das Geld mit seinem Körper verdiente, das einen Mann kennengelernt und interessante Geschichten von ihm zu hören bekommen hatte. Hier war sie niemand – und da sie niemand war, war sie alles, was sie träumte.

»Zieh dich nackt aus! Und geh dazu auf und ab, damit ich dich sehen kann!«

Wieder gehorchte sie, hielt den Kopf gesenkt, schwieg. Der Mann, der sie ungerührt beobachtete, war vollständig bekleidet. Er war nicht mehr derselbe wie der, der sie im Nachtclub angesprochen hatte. Dieser Mann war ein Odysseus aus London, ein Theseus, der vom Himmel heruntergestiegen, ein Entführer, der in die sicherste Stadt der Welt und das verschlossenste Herz der Welt eingedrungen war. Sie zog Slip und BH aus, fühlte sich zugleich wehrlos und geborgen. Die Peitsche knallte wieder durch die Luft, berührte aber diesmal ihren Körper nicht.

»Halt den Kopf gesenkt! Du bist hier, um gedemütigt zu werden, um dich allem zu unterwerfen, was ich wünsche, verstanden?«

»Ja, Meister.«

Er packte ihre Arme, fesselte ihre Handgelenke.

»Ich werde dich so lange züchtigen, bis du gelernt hast, dich zu benehmen.«

Er schlug sie auf die Hinterbacken, mit der Hand. Maria schrie auf. Diesmal hatte es weh getan.

»Ach, du beklagst dich, was? Na, du wirst schon noch erleben, was guttut.«

Noch bevor sie reagieren konnte, steckte ein lederner Knebel in ihrem Mund. Sie hätte noch reden, hätte noch ›gelb‹ oder ›rot‹ sagen können, aber sie spürte, daß sie diesen Mann alles mit ihr machen lassen und daß sie nicht heil davonkommen würde. Sie war nackt, geknebelt, trug Handschellen an den Handgelenken, und statt Blut floß Wodka in ihren Adern.

Noch ein Klaps auf die Hinterbacken.

»Geh auf und ab!«

Maria setzte sich in Bewegung, gehorchte den Kommandos »halt«, »dreh dich nach rechts«, »setz dich«, »mach die Beine breit«. Hin und wieder erhielt sie unvermittelt einen Klaps. Sie spürte den Schmerz, fühlte die Erniedrigung, die mächtiger und stärker war als der Schmerz, und wähnte sich in einer anderen Welt, in der nichts weiter existierte als Schmerz und Erniedrigung; und diese vollkommene Selbstaufgabe, der blinde Gehorsam, die Vorstellung, das Ich zu verlieren, keine Wünsche, keinen eigenen Willen mehr zu haben, mündeten in einem geradezu religiösen Gefühl. Sie war vollkommen naß, erregt, und verstand nicht, wieso.

»Knie dich wieder hin!«

Da sie zum Zeichen ihres Gehorsams und ihrer Demütigung den Kopf immer gesenkt hielt, konnte Maria nicht sehen, was um sie herum geschah. Doch sie hörte den Mann heftig atmen, als wäre er es müde, mit der Peitsche zu knallen und mit der Hand auf ihr Gesäß zu schlagen, während sie selbst sich immer kräftiger und voller Energie fühlte. Sie hatte jetzt jegliches Schamgefühl verloren. Es machte ihr nichts aus, zu zeigen, daß sie Gefallen daran fand. Sie begann zu stöhnen, wollte, daß er ihr Geschlecht berührte, aber der Mann packte sie statt dessen und warf sie aufs Bett.

Gewaltsam – aber mit einer Gewalt, von der sie wußte, daß sie ihr nichts anhaben konnte – schob er ihre Beine auseinander und band sie an den Bettpfosten fest. Sie lag da, geknebelt, die Hände hinter dem Rücken gefesselt, mit gespreizten Beinen. Wann würde er in sie eindringen? Sah er nicht, daß sie bereit war, daß sie ihm dienen wollte, seine Sklavin, sein Tier, sein Objekt war, daß sie alles tun würde, was er verlangte?

»Soll ich dich fertigmachen?«

Sie spürte, wie er mit dem Griff der Peitsche ihr Geschlecht berührte. Er rieb damit von oben nach unten, und in dem Augenblick, als er ihre Klitoris berührte, verlor sie die Kontrolle. Plötzlich kam der Orgasmus, ein Orgasmus, wie ihn Dutzende, Hunderte von Männern in all den Monaten nicht hatten wecken können. Ein Licht explodierte, sie spürte, wie sie in eine Art schwarzes Loch in ihrer Seele fiel. Dort vermischte sich intensiver Schmerz mit intensiver Angst zu totaler Lust und trug sie über Grenzen hinaus, die sie nicht kannte. Maria stöhnte, schrie mit vom Knebel erstickter Stimme, wälzte sich auf dem Bett hin und her, spürte, wie die Handschellen in ihre Gelenke schnitten und die Lederriemen in ihre Fußgelenke, und gerade weil sie sich nicht bewegen konnte, bewegte sie sich wie nie zuvor. Weil sie einen Knebel im Mund hatte und niemand sie würde hören können, schrie sie, wie sie noch nie zuvor geschrien hatte. Da waren Schmerz und Lust, der Peitschengriff, der immer stärker auf ihre Klitoris drückte. Und der Orgasmus drang aus ihrem Mund, aus dem Geschlecht, den Augen, aus allen Poren.

Sie verfiel in eine Art Trance, kam dann allmählich wieder zu sich: Es gab keine Peitsche mehr zwischen ihren Beinen, nur die vom reichlichen Schweiß nasse Scham, und zärtliche Hände nahmen ihr die Handschellen ab und lösten die Lederriemen von ihren Füßen.

Sie blieb liegen, verwirrt, außerstande, den Mann anzusehen, weil sie sich schämte, sich ihrer Schreie, ihres Orgasmus schämte. Terence strich ihr übers Haar und atmete ebenfalls schwer – aber die Lust war ganz allein ihr vorbehalten gewesen; er hatte keinerlei Ekstase erlebt.

Sie schmiegte sich an den vollkommen angekleideten Mann, der vom vielen Befehlen, Schreien, Kontrollieren ganz erschöpft war. Ihr fiel nichts ein, was sie sagen könnte, was sie jetzt machen sollte, aber sie fühlte sich sicher, geborgen: er hatte sie zu einem Teil ihrer selbst geführt, den sie nicht kannte, er war ihr Beschützer und ihr Meister.

Sie begann zu weinen, und er wartete geduldig, bis sie sich wieder beruhigt hatte.

»Was hast du mit mir gemacht?« fragte sie unter Tränen.

»Das, was du wolltest.«

Sie schaute ihn an und spürte, daß sie ihn verzweifelt brauchte.

»Ich habe dir keine Gewalt angetan, habe dich nicht gezwungen und habe dich nicht ›gelb‹ sagen hören; meine Macht war nur die, die du mir gegeben hast. Es gab keinen Zwang, keine Erpressung, nur deinen Willen; obwohl du die Sklavin warst und ich der Meister, bestand meine Macht nur darin, dich in deine eigene Freiheit zu stoßen.«

Handschellen. Lederriemen an den Füßen. Knebel. Demütigung, die stärker und intensiver gewesen war als der Schmerz. Dennoch – und da hatte er recht – war sie vom Gefühl vollkommener Freiheit erfüllt gewesen. Maria fühlte sich voller Energie, Lebenskraft und war überrascht, daß der Mann so erschöpft war.

»Hattest du keinen Orgasmus?«

»Nein«, sagte er. »Die Aufgabe des Meisters ist, die Sklavin zu zwingen. In der Lust der Sklavin liegt die Freude des Meisters.«

All das war unverständlich, weil es nicht dem entsprach, was sie darüber gehört hatte, und es im realen Leben so etwas nicht gab. Aber dies hier war die Welt der Phantasie. Maria fühlte sich voller Licht, und Terence wirkte matt, erschöpft.

»Du kannst gehen, wann du willst«, sagte er.

»Ich möchte nicht gehen, ich möchte verstehen.«

»Da gibt es nichts zu verstehen.«

Sie erhob sich, schön und intensiv in ihrer Nacktheit, und schenkte Wein in zwei Gläser. Sie zündete zwei Zigaretten an und reichte ihm eine – die Rollen hatten sich vertauscht, sie war die Meisterin, die den Sklaven bediente, ihn für die Lust entschädigte, die er ihr gegeben hatte.

»Ich werde mich gleich anziehen und gehen. Aber vorher würde ich gern noch ein bißchen reden.«

»Da gibt es nichts zu reden. Das genau wollte ich, und du warst wunderbar. Ich bin müde, morgen früh muß ich zurück nach London.«

Er legte sich aufs Bett und schloß die Augen. Maria wußte nicht, ob er nur so tat, als ob er schliefe, aber das war ihr gleichgültig. Sie rauchte genüßlich ihre Zigarette, trank langsam ihren Wein aus und schaute dabei, die Stirn an die Fensterscheibe gelehnt, auf den Fluß und auf den See hinunter; sie wünschte sich, ein anderer Mann könnte sie jetzt so sehen – nackt, erfüllt, befriedigt, selbstsicher.

Sie kleidete sich an, ging grußlos hinaus. Da sie sich nicht sicher war, ob sie wieder hierher zurückkommen wollte, kam es ihr nicht darauf an, daß Terence ihr die Tür öffnete.

Terence hörte die Tür zuschlagen, wartete aber noch eine Weile, um zu sehen, ob sie zurückkam, weil sie noch etwas vergessen hatte. Dann stand er auf und zündete sich eine Zigarette an.

Das Mädchen hatte Klasse, dachte er. Sie hatte die Peitsche großartig zu nehmen gewußt, die gewöhnlichste, älteste und gleichzeitig leichteste der körperlichen Züchtigungen. Er erinnerte sich daran, wie er das erste Mal diese geheimnisvolle Verbindung zweier Menschen erlebt hatte, die sich einander nähern wollen, denen dies aber nur gelingt, indem sie einander weh tun.

Dort draußen übten sich unbewußt Millionen Paare in der Kunst des Sadomasochismus. Sie gingen zur Arbeit und wieder heim, beschwerten sich über alles, wurden handgreiflich, fühlten sich elend – waren aber zutiefst an das eigene Unglück gebunden und wußten nicht, daß es nur einer Geste bedurfte, eines ›Auf Nimmerwiedersehen‹, um sich aus der Unterdrückung zu befreien. Terence hatte das bei seiner ersten Ehefrau erlebt, einer berühmten englischen Sängerin. Er war von Eifersucht zerfressen gewesen, hatte ihr ständig Szenen gemacht, hatte tagsüber unter Beruhigungsmitteln und nachts unter Alkohol gestanden. Sie liebte ihn, verstand nicht, warum er das tat. Er liebte sie – verstand aber ebensowenig, warum er sich so verhielt. Doch das wechselseitige Leid, das sie einander zufügten, schien für ihr Leben ebenso notwendig wie wesentlich.

Einmal hatte ein Musiker, der ihm unter all den exzentrischen Menschen merkwürdig normal vorgekommen war, ein Buch im Studio vergessen. *Die Venus im Pelz* von Leopold von Sacher-Masoch. Terence hatte darin geblättert und dabei einiges über sich selbst erfahren:

»Die schöne Frau entkleidete sich und nahm eine lange Peitsche mit einem kleinen Griff, den sie sich am Handgelenk befestigte. ›Du hast es so gewollt‹, sagte sie, ›also werde ich dich auspeitschen.‹ – ›Tu es‹, murmelte ihr Geliebter. ›Ich flehe dich an.‹«

Seine Frau befand sich auf der anderen Seite der Studioscheibe und probte. Sie hatte darum gebeten, das Mikrofon auszuschalten, das den Technikern erlaubte mitzuhören. Terence, der zwischen ihr und dem Pianisten eine Liaison vermutete, fiel es wie Schuppen von den Augen:

Seine Frau brachte ihn zum Wahnsinn, aber ihm war, als könne er ohne zu leiden nicht mehr leben, so sehr war es ihm schon zur Gewohnheit geworden.

»Ich werde dich auspeitschen«, sagte die nackte Frau in dem Roman, den er in der Hand hielt. *»Tu es, ich flehe dich an«*, murmelte ihr Geliebter.

Er sah gut aus, hatte Macht im Studio, warum mußte er so leben?

Weil es ihm gefiel. Es geschah ihm recht, daß er litt: das Leben war sehr gut zu ihm gewesen, und er hatte Geld, Achtung und Ruhm nicht verdient. Zudem glaubte er, daß er beruflich irgendwann an einen Punkt käme, an dem er vom Erfolg abhängig sein würde, und das erschreckte ihn, denn er hatte schon viele aus großer Höhe abstürzen sehen.

Er las das Buch ganz durch. Anschließend las er alles, was ihm über diese geheimnisvolle Verbindung zwischen Schmerz und Lust in die Hände fiel. Irgendwann entdeckte seine Frau die Videos, die er auslieh, die Bücher, die er versteckte, fragte, ob er krank sei. Terence sagte, es gehe ihm gut, dies sei nur Anschauungsmaterial für einen neuen Auftrag. Und ganz nebenbei machte er ihr den Vorschlag:

»Vielleicht sollten wir das einmal ausprobieren.«

Sie probierten es aus. Anfangs zaghaft, genau nach den Handbüchern, die sie in Pornoläden fanden. Allmählich entwickelten sie neue Techniken, riskierten mehr, gingen bis an ihre Grenzen – und konnten gleichzeitig spüren, wie ihre Ehe immer stabiler wurde. Sie waren Komplizen bei etwas Verborgenem, Verbotenem, Verdammtem.

Ihre Erfahrungen flossen in die Kunst ein: Sie kreierten

ein spezielles Leder-Outfit mit Nieten. Seine Frau trat mit Peitsche, Strumpfhalter, Stiefeln auf und brachte das Publikum zum Rasen. Ihre neue Platte schaffte es auf den ersten Platz der englischen Hitparade und wurde in ganz Europa zu einem Riesenerfolg. Terence wunderte sich, wie selbstverständlich die Jugend seine persönlichen Phantasien aufnahm, und seine einzige Erklärung dafür war, daß sie darüber ihre latenten Wünsche nach Gewalt intensiv, aber harmlos ausleben konnten.

Die Peitsche wurde zum Markenzeichen der Band, tauchte auf T-Shirts, Aufklebern, Postkarten auf und als Tattoo. Weil er glaubte, sich dadurch besser selbst zu verstehen, machte Terence sich daran, den Ursprung dieser Phantasien zu studieren.

Am Anfang standen nicht, wie er Maria gegenüber behauptet hatte, die Flagellanten, die den schwarzen Tod abwenden wollten. Von Anbeginn der Zeit hatte der Mensch erkannt, daß Leiden, wenn es ohne Furcht angenommen wurde, zur Freiheit führen konnte.

Schon im alten Ägypten, in Rom und Persien wußten sie bereits, daß ein Mensch sein Land und die Welt rettet, wenn er sich opfert. In China wurde, wenn eine Naturkatastrophe hereinbrach, der Kaiser bestraft, weil er der Vertreter der Gottheit auf Erden war. Die besten Krieger Spartas im antiken Griechenland wurden einmal im Jahr von morgens bis abends zu Ehren der Göttin Artemis ausgepeitscht. Die Menge feuerte sie an, die Schmerzen mit Würde zu ertragen, denn sie bereiteten sie auf den Krieg vor. Am Ende des Tages untersuchten die Priester die

Wunden auf dem Rücken der Krieger und lasen aus ihnen die Zukunft der Stadt.

Die Wüstenväter, eine alte christliche Klostergemeinschaft des vierten Jahrhunderts in Alexandria, geißelten sich, um die Dämonen auszutreiben oder zu zeigen, wie nutzlos der Körper bei der spirituellen Suche war. Die Heiligenlegenden sind voll solcher Beispiele: So ging die heilige Rosa barfuß durch Dornengestrüpp, der heilige Dominik Loricatus geißelte sich regelmäßig vor dem Schlafengehen, die Märtyrer wählten freiwillig den qualvollen Tod am Kreuz oder in den Fängen wilder Tiere. Alle beteuerten, daß der Schmerz, wenn er erst einmal überwunden war, zur religiösen Ekstase führen könne. Jüngeren, unbestätigten Untersuchungen zufolge konnten sich in den Wunden bestimmte Pilze entwickeln und bei den Patienten Visionen hervorrufen.

Die empfundene Lust schien so groß gewesen zu sein, daß Flagellation weltweit auch außerhalb der Klöster in Mode kam. 1718 wurde das Traktat über die Autoflagellation veröffentlicht, das lehrte, wie man durch Schmerz zu Lust kam, ohne daß dabei der Körper Schaden nahm. Schon zu Ende des 18. Jahrhunderts gab es in Europa Hunderte von Orten, an denen Menschen sich geißelten, um Freude zu erfahren. Als Beleg gibt es Aufzeichnungen von Königen und Prinzessinnen, die sich von ihren Sklaven auspeitschen ließen, bis sie herausfanden, daß die Lust nicht nur darin bestand, geschlagen zu werden, sondern auch darin, Schmerz zuzufügen – obwohl es mühsamer und undankbarer war.

Während er seine Zigarette zu Ende rauchte, dachte Terence mit einer gewissen Genugtuung, daß wohl die wenigsten, wenn sie es nicht selbst erlebt hatten, dies je nachvollziehen könnten. Er gehörte einer Art verschworener Gemeinschaft an, zu der nur wenige Auserwählte Zutritt hatten. Aber es war vermutlich besser so. Er brauchte nur daran zu denken, wie aus seiner qualvollen Ehe eine wunderbare Ehe geworden war. Seine Frau wußte, warum er in Genf war. Sie hatte nichts dagegen – im Gegenteil. Sie freute sich, wenn ihr Mann nach einer harten Arbeitswoche die Belohnung erhielt, die er sich wünschte.

Das Mädchen, das gerade gegangen war, hatte alles verstanden. Er fühlte, daß seine Seele ihrer Seele nah war. Doch er war nicht bereit, sich zu verlieben, denn er liebte seine Frau. Aber ihm gefiel der Gedanke, daß er frei war, von einer neuen Beziehung zu träumen.

Er mußte sie nur noch das Schwierigste erleben lassen: sich in die Venus im Pelz zu verwandeln, in die Dominatrix, die Meisterin, die imstande war, erbarmungslos zu demütigen und zu züchtigen. Bestand sie auch diese Probe, so war er bereit, sein Herz zu öffnen und sie hereinzulassen.

Trunken von Wodka und von Lust notierte Maria in ihr Tagebuch:

Als ich nichts zu verlieren hatte, hatte ich alles. Als ich aufhörte, die zu sein, die ich war, habe ich mich selbst gefunden.

Als ich die Demütigung und die totale Unterwerfung erfahren habe, war ich frei. Ich weiß nicht, ob ich krank bin oder ob alles nur ein Traum war oder nur einmal im Leben geschieht. Ich weiß nur, daß es für mich nicht lebensnotwendig ist, aber ich würde ihn gern noch einmal treffen, das Erlebnis wiederholen, noch weiter gehen, als ich bisher gegangen bin.

Ich bin ein bißchen erschrocken, wie weh es tat, aber der Schmerz war weniger stark als die Demütigung – er war nur ein Vorwand. In dem Augenblick, in dem ich den ersten Orgasmus hatte – den keiner der vielen Männer in den letzten Monaten in mir erwecken konnte –, fühlte ich mich (paradoxerweise?) Gott näher. Ich erinnerte mich an das, was Terence über den schwarzen Tod gesagt hatte und über die Flagellanten, die ihren Schmerz zur Rettung der Menschheit darbrachten und darin Lust fanden. Ich selbst wollte weder die Menschheit noch ihn retten; ich war einfach nur dort.

Bei der körperlichen Liebe liegt die Kunst in der Kontrolle und im Kontrollverlust.

Diesmal war es kein Rollenspiel. Sie waren tatsächlich zum Bahnhof gegangen. Maria hatte Ralf darum gebeten, weil es dort ihre Lieblingspizza gab. Es konnte nicht schaden, etwas kapriziös zu sein. Ralf hätte einen Tag früher wieder auftauchen sollen, als sie noch eine Frau war, die die Liebe, ein Kaminfeuer, Wein und Begehren suchte. Aber das Leben hatte anders entschieden, und heute war sie schon deshalb den ganzen Tag ohne ihre Übung ausgekommen, sich auf die Geräusche und die Gegenwart zu konzentrieren, weil sie keinen Augenblick an Ralf gedacht und dafür Dinge herausgefunden hatte, die sie viel mehr interessierten.

Was sollte sie mit dem Mann anfangen, der neben ihr saß und eine Pizza verspeiste, die er vielleicht nicht einmal mochte, nur damit Maria ihn anschließend nach Hause begleitete? Als er in den Nachtclub kam und sie zu einem Drink einlud, hatte Maria mit dem Gedanken gespielt, ihm zu sagen, daß sie kein Interesse mehr habe, daß er sich jemand andern suchen solle; andererseits mußte sie unbedingt mit jemandem über die vergangene Nacht reden.

Sie hatte versucht, mit der einen oder anderen Kollegin ins Gespräch zu kommen, die auch ›spezielle Freier‹ bediente, aber keine ließ sich dazu herab, denn die meisten empfanden die gewitzte Maria als potentielle Bedrohung. Von allen Männern, die sie kannte, würde vermutlich nur Ralf Hart sie verstehen, zumal er laut Milan auch ein ›spezieller Freier‹ war. Aber nun blickte er sie mit vor Liebe leuchtenden Augen an, und das machte alles noch schwieriger. Vielleicht war es besser, gar nichts zu sagen.

»Was weißt du über Schmerz, Leid und viel Lust?«

Sie hatte sich mal wieder nicht beherrschen können.

Ralf sagte:

»Ich weiß alles darüber. Aber es interessiert mich nicht.«

Die Antwort war schnell gekommen, und Maria war schockiert. Wußten also alle etwas darüber, nur sie nicht? Großer Gott, was war das bloß für eine Welt?

»Ich habe meine Dämonen und meine Schattenseiten kennengelernt«, fuhr Ralf fort. »Ich bin bis zum Grund gegangen, habe alles ausprobiert, nicht nur in diesem Bereich, in vielen anderen Bereichen auch. Dennoch bin ich in der Nacht, in der wir uns zuletzt gesehen haben, über meine Grenzen des Begehrens – nicht des Schmerzes – hinausgegangen. Ich bin in die Tiefe meiner Seele hinabgetaucht und weiß, daß ich noch viel vom Leben erwarte.«

Er hätte am liebsten gesagt: »Und ein Teil davon bist du, bitte geh diesen Weg nicht weiter.« Aber er traute sich nicht. Statt dessen rief er ein Taxi und bat den Fahrer, sie an den See zu fahren, wo sie eine Ewigkeit zuvor, an dem Tag, an dem sie sich kennengelernt hatten, spazierengegangen waren. Maria wunderte sich über die Bitte, sagte aber nichts, denn obwohl ihr Verstand noch benebelt war von den Ereignissen der vergangenen Nacht, spürte sie instinktiv, daß viel auf dem Spiel stand.

Erst unten an der Seepromenade erwachte sie aus ihrer Benommenheit. Es war noch Sommer, aber nachts schon empfindlich kalt.

»Was wollen wir hier?« fragte sie, als sie aus dem Taxi stiegen. »Der Wind ist frisch, ich werde mich erkälten.«

»Ich habe über das nachgedacht, was du am Bahnhof gesagt hast. Leid und Lust. Zieh deine Schuhe aus.«

Darum hatte sie schon einmal einer ihrer Freier gebeten und schon beim Anblick ihrer Füße eine Erektion bekommen. Sollte das Abenteuer sie nicht in Ruhe lassen?

»Ich werde mich erkälten.«

»Tu, was ich dir sage«, beharrte er. »Du wirst dich nicht erkälten, weil wir nicht lange bleiben werden. Vertrau mir, wie ich dir vertraue.«

Maria hätte es nicht begründen können, aber irgendwie spürte sie, daß er ihr helfen wollte; vielleicht, dachte sie, hatte er Dinge erlebt, die er ihr ersparen wollte. Aber Maria mochte sich nicht helfen lassen; sie war mit ihrer neuen Welt zufrieden, in der, wie sie herausgefunden hatte, der Schmerz kein Problem mehr war. Doch dann dachte sie an Brasilien, daran, daß es unmöglich sein würde, dort einen Partner zu finden, mit dem sie dieses neue Universum teilen könnte. Sie zog die Schuhe aus. Der Boden war mit spitzen Kieselsteinchen bedeckt, die ihre Strümpfe zerrissen – egal, sie konnte sich neue kaufen.

»Zieh die Jacke aus!«

Sie hätte nein sagen können, aber letzte Nacht hatte sie herausgefunden, welche Freude es bedeutete, zu allem ja zu sagen, was ihr begegnete. Sie zog die Jacke aus, ihr Körper war noch warm und reagierte nicht gleich, ließ sie erst nach und nach frösteln.

»Laß uns gehen. Und laß uns dabei miteinander reden.«

»Das geht nicht; der Boden ist zu steinig.«

»Gerade deswegen; ich möchte, daß du diese Steine spürst, möchte, daß sie dir weh tun, weil du offensichtlich – genauso wie ich – Schmerz in Verbindung mit Lust erlebt hast, eine Erfahrung, die ich dir aus der Seele reißen muß.«

Maria hätte am liebsten gesagt: ›Laß nur. Mir gefällt's.‹ Doch sie ging langsam, und die spitzen Steinchen brannten unter ihren kalten Fußsohlen.

»Eine meiner Ausstellungen hat mich genau zu dem Zeitpunkt nach Japan geführt, als ich in das verwickelt war, was du ›Leid, Demütigung und viel Lust‹ genannt hast. Damals glaubte ich, es gebe keinen Weg zurück, daß ich nur immer tiefer hineingeraten und von meinem Leben nichts übrigbleiben würde außer dem Wunsch, zu züchtigen und gezüchtigt zu werden.

Wir sind schließlich Menschen, wir entwickeln früh Schuldgefühle, haben Angst, wenn das Glück machbar wird, und haben den Drang, die anderen zu bestrafen, weil wir uns ständig ohnmächtig, ungerecht behandelt und unglücklich fühlen. Für seine Sünden bezahlen und die Sünder bestrafen können – ist das nicht köstlich? Ja, das ist wunderbar.«

Maria ging weiter, Schmerzen und Kälte machten es ihr schwer, genau auf seine Worte zu achten.

»Du hast Spuren an den Handgelenken.«

Die Handschellen. Sie hatte mehrere Armbänder angelegt, um die Spuren zu verbergen. Doch was man kennt, sieht man.

»Nun, wenn alles, was du in deinem Leben erlebt hast, dich zu diesem Schritt bewogen hat, bin ich der letzte, der dich daran hindern will; aber er hat nichts mit dem wahren Leben zu tun ...«

»Welcher Schritt?«

»Schmerz und Lust. Sadismus und Masochismus. Nenne es, wie du willst. Aber wenn du überzeugt bist, daß dies dein Weg ist, werde ich leiden, mich an das Begehren erinnern, an unsere Begegnungen, an den Spaziergang auf dem Jakobsweg, an dein Licht. Ich werde deinen Kugelschreiber in Ehren halten, und jedesmal, wenn ich den Kamin anzünde, werde ich mich an dich erinnern. Aber ich werde dich nicht mehr besuchen.«

Maria bekam Angst, fand, daß der Augenblick gekommen war, einen Rückzieher zu machen, die Wahrheit zu sagen, aufzuhören, so zu tun, als wisse sie mehr als er.

»Was ich vor kurzem, oder vielmehr gestern, erlebt habe, hatte ich bisher noch nie erlebt. Und es erschreckt mich, daß ich an der äußersten Grenze der Entwürdigung mich selbst gefunden habe.«

Ihre Zähne klapperten, ob vor Schmerz oder vor Kälte, vermochte sie nicht zu sagen, und ihre Füße brannten höllisch.

»Zu meiner Ausstellung in einer Region namens Kumano kam ein Holzfäller«, fuhr Ralf unbeirrt fort. »Ihm gefielen meine Bilder nicht, aber er konnte sie deuten und begriff, was ich erlebte und fühlte. Am nächsten Tag kam er zu mir ins Hotel und fragte, ob ich zufrieden sei; wenn ja, könnte ich ruhig so weitermachen. Sonst würde er mich einladen, ihn ein paar Tage zu begleiten.

Er hat mich auf Steinen gehen lassen, so wie ich dich. Er hat mich Kälte spüren lassen. Hat mich dazu gebracht, die Schönheit des Schmerzes zu begreifen, nur daß dies ein von der Natur und nicht vom Menschen verursachter

Schmerz war. Er sagte, es sei eine Übung des Shugendo, einer jahrhundertealten Religion.

Er sagte auch, daß er den Schmerz nicht fürchte. Um seine Seele zu beherrschen, müsse man auch seinen Körper beherrschen lernen. Und er sagte mir, daß ich den Schmerz falsch benutze und dies sehr schädlich sei.

Dieser ungebildete Holzfäller glaubte mich besser zu kennen als ich mich selbst, und das ärgerte mich. Zugleich aber machte es mich stolz, zu sehen, daß meine Bilder so genau ausdrückten, was ich fühlte.«

Maria spürte, wie sich ein ganz besonders spitzer Stein in ihre Fußsohle bohrte, aber die Kälte war stärker als der Schmerz, ihre klammen Glieder waren gefühllos, und sie vermochte Ralfs Worten nicht recht zu folgen. Warum wollten die Männer in Gottes schöner Welt ihr bloß immer nur den Schmerz zeigen? Den heiligen Schmerz, den lustvollen Schmerz, den Schmerz mit oder ohne Erklärungen, immer nur Schmerz, Schmerz, Schmerz…

Sie stieß mit dem verletzten Fuß an einen anderen Stein; sie unterdrückte einen Schrei und ging weiter. Anfangs hatte sie versucht, ihre Selbstbeherrschung, ihre Integrität, all das zu bewahren, was er ›Licht‹ nannte. Aber jetzt bewegte sie sich langsam, während ihre Gedanken im Kreis gingen, so daß ihr davon ganz übel wurde. Sie war drauf und dran stehenzubleiben, nichts davon ergab einen Sinn, und dennoch blieb sie nicht stehen.

Sie blieb aus Selbstachtung nicht stehen; sie hätte so lange weiter barfuß gehen können, wie es notwendig war, es würde nicht ein ganzes Leben lang dauern. Und plötzlich dachte sie: Was ist, wenn ich morgen nicht im ›Copacabana‹ erscheine, wegen einer ernsthaften Fußverletzung oder Grippe und Fieber, weil ich nicht warm genug angezogen war? Sie dachte an die Freier, die auf sie warteten, an Milan, der ihr so sehr vertraute, an das Geld, das sie nicht verdienen würde, an die Farm, an ihre Eltern, die so stolz auf sie waren. Aber vor Schmerz konnte sie nicht weiter nachdenken, und so setzte sie nur brav einen Fuß vor den anderen und wünschte sich sehnlich, Ralf möge endlich ihre Mühen anerkennen und ihr sagen, es sei genug, sie könne ihre Schuhe wieder anziehen.

Doch Ralf wirkte unbeteiligt, weit weg, als könne er sie nur so von der Versuchung befreien, die am Ende tiefere Spuren hinterlassen würde als die Handschellen. Obwohl sie wußte, daß er ihr helfen wollte, und obwohl sie sich bemühte, weiterzugehen und ihm das Licht ihrer Willenskraft zu zeigen, ließ der Schmerz weder profane noch edle Gedanken zu – er war nur Schmerz, nahm allen Raum ein, machte ihr angst und zwang sie, ihre Grenzen wahrzunehmen.

Doch sie tat einen Schritt vorwärts. Und noch einen.

Der Schmerz nahm jetzt ihre Seele in Besitz und schwächte sie, denn es ist eine Sache, in einem Fünfsternehotel nackt, mit Wodka, Kaviar und einer Peitsche zwischen den Beinen etwas Theater zu machen, aber etwas ganz anderes war es, barfuß durch die Kälte über spitze Steine zu gehen. Maria fühlte sich verloren, brachte kein Wort heraus. Ihre Welt bestand nur noch aus kleinen spitzen Steinen, die den Weg zwischen den Bäumen markierten.

Doch in dem Augenblick, als sie aufgeben wollte, erfüllte sie ein merkwürdiges Gefühl: Sie war an ihre Grenzen gelangt, und dahinter lag ein leerer Raum, in dem sie über sich zu schweben schien und nichts mehr spürte. War dies das Gefühl, das die Büßer empfanden? Am anderen Ende des Schmerzes entdeckte sie eine Tür zu einer neuen Bewußtseinsebene, in der es nur noch unerbittlich waltende Natur gab – und sie selbst, die unbesiegbar voranschritt. Alles um sie herum verschwamm zu einem Traum: der schlechtbeleuchtete Park, der dunkle See, der schweigende Mann, das eine oder andere Pärchen, das achtlos an ihnen vorbeiging und nicht merkte, daß Maria auf bloßen Füßen mühsam dahinhumpelte. War es die Kälte oder der Schmerz? Plötzlich spürte sie ihren Körper nicht mehr, gelangte in einen Zustand, in dem es weder Wünsche noch Angst gab, nur einen – wie sollte sie es nennen? – geheimnisvollen ›Frieden‹. Die Schmerz-Grenze war nicht ihre Grenze; sie konnte sie überschreiten.

Sie dachte an alle Menschen, die unfreiwillig litten, und da war sie, die sich willentlich Schmerz zufügte – aber das war ihr nicht mehr wichtig, sie hatte die Barriere des Körpers durchbrochen, und jetzt blieb ihr nur noch die Seele, das ›Licht‹, eine Art Leere – die jemand einst das Paradies genannt hatte. Es gibt gewisse Arten von Schmerz, die man nur vergessen kann, wenn man über sich schwebt.

Als nächstes konnte sie sich nur daran erinnern, daß Ralf sie in den Arm nahm, sein Jackett auszog und es ihr über die Schultern legte. Sie mußte in Ohnmacht gefallen sein; doch das spielte jetzt keine Rolle mehr. Sie war zufrieden, hatte keine Angst mehr – hatte gesiegt. Sie hatte sich vor diesem Mann nicht erniedrigt.

Die Minuten wurden zu Stunden, sie mußte in seinen Armen eingeschlafen sein, denn als sie erwachte, war es noch dunkel, und sie befand sich in einem Zimmer mit einem Fernsehapparat in einer Ecke und sonst gar nichts. Weiß, leer.

Ralf kam mit einer heißen Schokolade.

»Alles in Ordnung«, sagte er. »Du bist da angekommen, wo du hinkommen wolltest.«

»Ich möchte keine Schokolade, ich möchte Wein. Und ich möchte zu unserem Platz vor dem Kamin, zu den überall verstreuten Büchern.«

Unwillkürlich hatte sie ›unser Platz‹ gesagt. Sie sah auf ihre Füße: Außer einer kleinen Schramme hatte sie nur rote Druckstellen, die in wenigen Stunden nicht mehr zu sehen wären. Mühsam stieg sie die Treppe hinunter; sie ging in ihre Ecke, zum Teppich vor dem Kamin – und stellte fest, wie wohl sie sich dort fühlte, als wäre es ihr angestammter Platz hier im Haus.

»Dieser Holzfäller hat mir gesagt, daß, wenn man seinem Körper das Äußerste abverlangt, der Geist dann eine merkwürdige spirituelle Kraft entwickelt, die mit dem ›Licht‹ zu tun hat, das ich in dir gesehen habe. Was hast du gefühlt?«

»Daß der Schmerz der Freund der Frauen ist.«

»Darin liegt die Gefahr.«

»Daß der Schmerz eine Grenze hat.«

»Darin liegt die Rettung. Vergiß das nicht.«

Maria war verwirrt; sie hatte jenen ›Frieden‹ erlebt, als sie über ihre Grenzen hinausgegangen war. Er hatte ihr eine andere Art Schmerz gezeigt, der ihr eine eigenartige Lust bereitet hatte.

Ralf holte eine große Mappe hervor und öffnete sie. Sie enthielt Zeichnungen.

»Die Geschichte der Prostitution. Du hast mich darum gebeten, als wir uns zum ersten Mal begegnet sind.«

Ja, sie hatte ihn darum gebeten, aber nur so, um sich interessant zu machen. Jetzt war das vollkommen unwichtig.

»Die Beschäftigung mit diesem Thema war wie eine Reise über unbekannte Meere. Daß es das älteste Gewerbe der Welt ist, wie man so sagt, wußte ich. Aber über seine Geschichte wußte ich so gut wie nichts. Beziehungsweise über seine *doppelte* Geschichte.«

»Und diese Zeichnungen?«

Ralf Hart wirkte enttäuscht, weil sie ihn nicht verstand. Er beherrschte sich aber und fuhr fort:

»Das sind Skizzen, die ich gemacht habe, während ich las, forschte und lernte.«

»Laß uns ein andermal darüber reden; heute möchte ich bei dem einen Thema bleiben. Ich muß den Schmerz begreifen.«

»Du hast ihn gestern gespürt und herausgefunden, daß er zur Lust führt. Du hast ihn heute gespürt und den Frieden gefunden. Ich will dir nur sagen: Gewöhne dich nicht daran, denn er ist eine starke Droge. Er findet sich in unserem Alltag, im verborgenen Leiden, im Verzicht, den wir leisten. Und wir geben dann der Liebe Schuld am Scheitern unserer Träume. Der Schmerz erschreckt, wenn er sein wahres Gesicht zeigt, aber er ist verführerisch, wenn er als Opfer, als Verzicht erscheint. Oder als Feigheit. Sosehr der Mensch den Schmerz auch ablehnt, so sehr liebt er ihn auch, macht er ihn zu einem Teil seines Lebens.«

»Das glaube ich nicht. Niemand leidet gern.«

»Wenn du begreifst, daß du, ohne zu leiden, leben kannst, dann ist damit ein großer Schritt getan – aber glaube ja nicht, daß jemand anders dich verstehen wird. Nein, niemand leidet gern, und dennoch suchen alle den Schmerz, das Opfer, und fühlen sich dadurch gerechtfertigt, fühlen sich rein, glauben, sich damit die Anerkennung ihrer Kinder, Ehemänner und Ehefrauen, Nachbarn und auch von Gott zu verdienen. Wir wollen jetzt nicht weiter darüber nachdenken, du mußt nur wissen, daß das, was die Welt bewegt, nicht die Suche nach der Lust ist, sondern der Verzicht auf alles, was wichtig ist.

Zieht der Soldat in den Krieg, um den Feind zu töten? Nein: Er wird für sein Land sterben. Zeigt die Frau ihrem Mann gern, daß sie zufrieden ist? Nein: Sie möchte, daß er sieht, wie sie sich für ihn abplagt, um ihn glücklich zu machen. Geht der Mann zur Arbeit, weil er glaubt, sich darin selbst zu verwirklichen? Nein: Er rackert sich ab für seine Familie. Und so weiter: Kinder, die auf ihre Träume verzichten, um den Eltern eine Freude zu machen, Eltern, die auf ihr Leben verzichten, um den Kindern eine Freude zu machen – Schmerz und Leid werden so zu Beweisen für etwas, was allein Freude bringen sollte: Liebe.«

»Hör auf!«

Ralf schwieg. Der Augenblick war gekommen, das Thema zu wechseln, und er holte die Zeichnungen eine nach der anderen hervor. Anfangs wirkte alles verwirrend auf sie, es gab Umrisse von Menschen – aber auch Kritzeleien, Farben, nervöse oder geometrische Linien. Allmählich begann sie jedoch zu verstehen, was er meinte, weil er jedes seiner Worte mit einer Handbewegung unterstrich und mit jedem Satz tiefer in eine Welt führte, zu der zu gehören sie sich bisher strikt geweigert hatte – indem sie sich einredete, daß alles nur eine vorübergehende Phase ihres Lebens sei, ein Weg, Geld zu verdienen, und weiter nichts.

»Nun, ich habe herausgefunden, daß es nicht nur eine, sondern zwei Geschichten der Prostitution gibt. Eine kennst du selbst sehr gut, weil es auch deine ist: Ein hübsches Mädchen macht die Erfahrung, daß sie davon leben kann, wenn sie ihren Körper verkauft. Einige von ihnen beherrschen am Ende ganze Nationen, wie Messalina Rom; andere werden zur Legende, wie Madame du Barry, für andere endet das Abenteuer tragisch, wie bei der Spionin Mata Hari. Doch die meisten riskieren nichts, sind deshalb auch nicht erfolgreich, sondern nichts weiter als junge Mädchen aus der Provinz, die ausgezogen sind, Ruhm, einen Ehemann und Abenteuer zu suchen, und am Ende eine andere Wirklichkeit kennenlernen, eine Zeitlang darin eintauchen, sich daran gewöhnen. Sie glauben, immer alles im Griff zu haben, aber letztlich gibt's für sie kein Zurück mehr.

Seit mehr als dreitausend Jahren schaffen Künstler ihre Skulpturen, ihre Bilder, schreiben sie ihre Bücher. Und auch die Huren üben ihr Gewerbe seit Menschengedenken aus. Es scheint sich nicht viel verändert zu haben. Möchtest du Genaueres erfahren?«

Maria nickte. Sie mußte Zeit gewinnen, den Schmerz begreifen. Sie ahnte, daß etwas sehr Schlimmes ihren Körper verlassen hatte, als sie durch den Park gegangen war.

»Huren kommen schon in den Texten des klassischen Altertums vor, die alten Ägypter schrieben von ihnen in Hieroglyphen, und auch in sumerischen Schriftstücken und im Alten und Neuen Testament wird von ihnen berichtet. Aber als Gewerbe institutionalisiert und legalisiert wird die Prostitution erst im sechsten Jahrhundert vor Christus, als der Gesetzgeber Solon in Griechenland staatlich kontrollierte Bordelle einrichtet und eine Steuer auf ›den Handel mit Fleisch‹ erhebt. Sehr zur Freude der Athener Geschäftsleute. Die Huren wurden ihrerseits anhand der Steuern klassifiziert, die sie zahlten.

Die billigste – eine Sklavin, die den Bordellbesitzern gehörte – wurde *pornai* genannt. Die nächsthöhere Stufe war die *peripatetica*, die ihre Kunden auf der Straße suchte. Auf dem höchsten Preis- und Qualitätsniveau befand sich die *hetaera*, die ›weibliche Begleitung‹, die über eigenes Geld verfügte, Geschäftsleute auf deren Reisen begleitete, Ratschläge erteilte, ins politische Leben der Stadt eingriff. Im Mittelalter wurde wegen der ansteckenden Geschlechtskrankheiten ...«

Stille, Angst vor Grippe und dazu die Hitze, die der Kamin abstrahlte und die sie jetzt brauchte, um Körper und Seele aufzuwärmen. Maria wollte diese Geschichte nicht weiterhören – sie vermittelte ihr das Gefühl, daß die Welt stehengeblieben war, daß alles sich wiederholte, daß der Mensch niemals in der Lage sein würde, dem Sex den verdienten Respekt entgegenzubringen.

»Es scheint dich nicht zu interessieren.«

Sie gab sich einen Ruck. Schließlich war er der Mann, dem sie ihr Herz zu schenken beschlossen hatte, obwohl sie sich da nicht mehr so sicher war.

»Nein, es interessiert mich nicht. Es macht mich traurig. Aber du sagst, es gibt noch eine andere Geschichte.«

»Die andere Geschichte ist das genaue Gegenteil: die heilige Prostitution.«

Plötzlich war sie hellwach. Heilige Prostitution? Geld mit Sex verdienen und sich dennoch Gott nähern?

»Der griechische Geschichtsschreiber Herodot hat über Babylon geschrieben: ›Es gibt dort einen merkwürdigen Brauch: Jede Sumererin muß mindestens einmal in ihrem Leben in den Tempel der Göttin Ishtar gehen und ihren Körper zum Zeichen der Gastfreundschaft und zu einem symbolischen Preis einem Unbekannten hingeben.‹«

Sie würde sich später genauer nach dieser Göttin erkundigen; vielleicht könnte diese ihr auch helfen, etwas wiederzuerlangen, was sie verloren hatte und wovon sie nicht wußte, was es war.

»Ishtars Einfluß erstreckte sich über den ganzen Vorderen Orient bis nach Sardinien, Sizilien und die Hafenstädte des Mittelmeers. Doch später, bei den Römern, verlangte eine andere Göttin, Vesta, vollkommene Jungfräulichkeit oder vollkommene Hingabe. Ihre Priesterinnen waren die Hüterinnen des Staatsfeuers und führten im Tempel die jungen Prinzen und Edelleute in die Sexualität ein.«

Ralf zeigte ihr eine Fotokopie eines alten Textes, mit der Übersetzung am unteren Seitenrand. Er rezitierte sie langsam und übersetzte dann Vers um Vers.

»Wenn ich an der Tür einer Taverne sitze,
ich, Ishtar, die Göttin,
bin ich Hure, Mutter, Gattin, Gottheit.
Bin, was man Leben nennt,
obwohl ihr es Tod nennt.
Bin, was man Gesetz nennt,
obwohl ihr mich randständig nennt.
Ich bin das, was ihr sucht,
und das, was ihr bekommen habt.
Ich bin das, was ihr verstreut,
und jetzt klaubt ihr meine Teile zusammen.«

Maria war zu Tränen gerührt, und Ralf freute sich, denn Marias Lebensgeister waren zurückgekehrt, und ihr ›Licht‹ strahlte wieder. Er erzählte weiter, zeigte ihr die Zeichnungen, ließ sie spüren, daß sie geliebt wurde.

»Niemand weiß, warum die heilige Prostitution verschwunden ist, nachdem sie jahrhunderte-, jahrtausendelang existiert hatte. Vielleicht waren Krankheiten schuld, oder vielleicht lag es daran, daß die Völker mit ihren Religionen auch ihre Bräuche änderten. Jedenfalls ist diese heilige Prostitution unwiederbringlich verloren, und in unserer von Männern beherrschten Welt wird die Bezeichnung Hure einzig dazu benutzt, Frauen zu stigmatisieren, die vom rechten Weg abgekommen sind.«

»Kannst du morgen ins ›Copacabana‹ kommen?«

Ralf verstand die Frage nicht, stimmte aber sofort zu.

Aus Marias Tagebuch in der Nacht, in der sie barfuß durch den Jardin Anglais in Genf gegangen war:

Mich interessiert nicht, ob das, was ich tue, einmal heilig war oder nicht. ICH HASSE, WAS ICH TUE. *Es zerstört meine Seele, läßt mich den Kontakt zu mir selbst verlieren, zeigt mir, daß Schmerz eine Entschädigung ist, Geld alles kauft, alles rechtfertigt.*

Niemand, den ich kenne, ist glücklich; die Freier wissen, daß sie für das, was sie eigentlich gratis bekommen sollten, bezahlen müssen, und das ist deprimierend. Die Prostituierten wissen, daß sie das verkaufen müssen, was sie lieber nur aus Lust und Zärtlichkeit geben möchten, und das ist zerstörerisch. Ich habe schwer mit mir gekämpft, bevor ich niedergeschrieben und akzeptiert habe, daß ich unglücklich bin, unzufrieden – ich muß noch ein paar Wochen durchhalten.

Dennoch kann ich nicht einfach schweigen und so tun, als wäre alles normal, nur eine vorübergehende Phase in meinem Leben. Ich möchte sie vergessen, ich muß lieben – nur das, ich muß lieben.

Das Leben ist zu kurz – oder zu lang, als daß ich mir erlauben könnte, es so zu vertun.

Das ist nicht sein Haus. Es ist auch nicht ihr Haus. Es ist weder Brasilien noch die Schweiz, sondern ein Hotel – das irgendwo auf der Welt sein könnte und dessen pseudofamiliäres Ambiente doppelt kühl wirkt.

Es ist nicht das Hotel mit dem schönen Blick auf den Fluß, mit der Erinnerung an den Schmerz, die Ekstase; die Fenster dieses Hotels gehen auf den Jakobsweg, einen Weg für Pilger statt Büßer, einen Ort, wo die Menschen einander in den Straßencafés begegnen, das ›Licht‹ entdecken, miteinander reden, sich anfreunden, sich verlieben. Es regnet, und um diese Nachtzeit liegt der Jakobsweg wie ausgestorben da – vielleicht muß der Weg sich ein wenig von den vielen Füßen erholen, die seit Jahrhunderten tagtäglich auf ihm entlanggegangen sind.

Das Licht ausmachen. Die Gardinen zuziehen.

Bitten, er möge sich ausziehen. Sie zieht sich auch aus. Nachdem sich die Augen an die Dunkelheit gewöhnt haben, kann sie im matten Lichtschein, der von draußen hereinfällt, die Umrisse des Mannes erkennen. Bei ihrem letzten Treffen hatte nur sie einen Teil ihres Körpers entblößt.

Zwei sorgfältig gefaltete Seidentücher hervorholen, aus denen alle Parfum- und Seifenrückstände herausgespült worden sind. Ihn bitten, sich die Augen zu verbinden. Er zögert, macht eine Bemerkung über die verschiedenen Höllen, durch die er bereits gegangen ist. Sie sagt, es sei keine Hölle und sie brauche vollständige Dunkelheit, denn jetzt sei sie an der Reihe, ihm etwas beizubringen. Er läßt es mit sich geschehen, legt die Augenbinde an. Sie tut es ihm nach; jetzt ist es stockfinster. Sie fassen sich bei den Händen, um zum Bett zu gelangen.

›Nein, wir dürfen uns nicht hinlegen. Wir werden uns hinsetzen, einander gegenüber, nur etwas näher beieinander als beim ersten Mal, so daß meine Knie deine Knie berühren.‹

Sie hatte das schon immer einmal machen wollen, aber nie genügend Zeit dafür gehabt. Weder mit ihrem ersten Freund noch mit dem Mann, mit dem sie zum ersten Mal geschlafen hatte. Auch nicht mit dem Araber, der für die tausend Franken, die er bezahlt hatte, vielleicht mehr erwartet hatte, als sie geben konnte. Und auch nicht mit den vielen Männern, die sich bei ihr abwechselten und die – manchmal aus einem animalischen Trieb, manchmal aus einem Wiederholungszwang oder Männlichkeitswahn – mit ihr schliefen und die sie manchmal kaum beachtet hatte, trotz der romantischen Anwandlungen, die manche von ihnen an den Tag legten.

Sie denkt an ihr Tagebuch. Sie hat genug von alledem. Sie weiß, daß sie in wenigen Wochen abreisen wird, und deshalb gibt sie sich diesem Mann hin, weil in ihm das Licht ihrer eigenen Liebe verborgen ist. Die Erbsünde bestand nicht darin, daß Eva den Apfel aß, sondern darin, daß Eva Adam mit hineinzog, weil sie sich nicht traute, diese Erfahrung allein zu machen.

Es gibt Dinge, die kann man nicht teilen. Wir sollten aber auch keine Angst vor den Ozeanen haben, auf die wir uns freiwillig hinauswagen; Angst ist ein schlechter Ratgeber. Menschen gehen durch die Hölle, bis sie das begriffen haben.

Wir sollen einander lieben, nicht aber einander besitzen wollen. Ich liebe diesen Mann, weil ich ihn nicht besitze und er mich nicht besitzt. Wir sind frei in unserer Hingabe, das muß ich mir dutzend-, hundert-, millionenfach vorsagen, damit ich es endlich selbst auch glaube.

Maria denkt an ihre Kolleginnen im ›Copacabana‹. Denkt an ihre Mutter, an ihre Freundinnen zu Hause: sie alle glauben, daß der Mann nur für diese elf Minuten am Tag lebt und bereit ist, dafür auch noch ein Wahnsinnsgeld zu zahlen. Aber das stimmt nicht; der Mann hat auch weibliche Seiten, auch er sucht die Begegnung, sucht einen Sinn für sein Leben.

Ob ihre Mutter es genauso machte wie Maria, wenn sie mit ihrem Mann schlief und den Orgasmus nur vortäuschte? Oder durfte in der brasilianischen Provinz eine Frau nicht zeigen, daß sie beim Sex Lust empfand? Maria wußte so wenig vom Leben, von der Liebe. Aber jetzt, mit verbundenen Augen und zeitlich völlig ungebunden, wird sie zu den Ursprüngen zurückkehren und genau dort beginnen, wo sie schon immer hatte beginnen wollen.

›Die Berührung. Vergiß die Kolleginnen, die Freier, deine Mutter, deinen Vater, es ist stockdunkel um dich herum.‹ Den ganzen Nachmittag hatte sie überlegt, was sie dem Mann schenken könnte, der ihr ihre Würde zurückgegeben und ihr gezeigt hatte, sie hatte begreifen lassen, daß Freude wichtiger ist als Schmerz.

›Ich möchte ihm eine Freude bereiten, ihn mich etwas Neues lehren lassen, wie gestern, als er mich etwas Neues über den Schmerz lehrte und mir die doppelte Geschichte der Prostitution erzählt hat. Ich habe gesehen, wie glücklich es ihn macht, wenn er mir etwas beibringen darf, also soll er mir etwas beibringen, mich führen. Ich wüßte gern, wie man zum Körper gelangt, bevor man zur Seele, zur Penetration, zum Orgasmus kommt.‹

Sie streckt die Hand vor und bittet ihn, das gleiche zu tun. Flüstert ihm zu, daß sie möchte, daß er in dieser Nacht, an diesem Niemandsort, ihre Haut entdeckt, die Grenze zwischen ihr und der Welt. Sie bittet ihn, sie zu berühren, sie mit seinen Händen zu spüren, denn die Körper verstehen einander, auch wenn die Seelen sich nicht immer einig sind. Dann berührt er sie, und sie berührt ihn auch, und als hätten sie sich vorher abgesprochen, meiden sie die Körperteile, in denen die sexuelle Energie schneller fließt.

Seine Finger berühren ihr Gesicht, sie spürt einen leichten Farbgeruch, einen Geruch, der ihm immer anhaften wird, und wenn er sich tausendmal, millionenmal die Hände wäscht; einen Geruch, mit dem er geboren wurde, der schon da war, als er zum ersten Mal einen Baum sah oder ein Haus und davon träumte, all das zu zeichnen. Auch er muß etwas an ihrer Hand gerochen haben, doch sie weiß nicht, was es ist, und will nicht fragen, weil in diesem Augenblick alles Körper ist und sonst Schweigen herrscht.

Sie streichelt und wird gestreichelt. Sie könnte die ganze Nacht so weitermachen, weil es wunderbar ist, weil das Ziel nicht Sex ist – und in diesem Augenblick, eben weil kein Druck da ist, spürt sie die feuchte Hitze zwischen ihren Beinen. Irgendwann wird er ihr Geschlecht berühren und merken, daß sie ihn begehrt. Sie fragt sich nicht, ob es gut oder schlecht ist, aber ihr Körper reagiert nun einmal so. Und sie will nicht sagen, berühr mich hier, da oder dort, langsamer, schneller. Die Hände des Mannes berühren nun ihre Achselhöhlen, die Härchen an ihren Armen stellen sich auf, und sie möchte seine Hände am liebsten wegschieben, auch wenn es sich so schön anfühlt, daß es fast weh tut. Sie streichelt ihn an den gleichen Stellen, spürt seine Achselhöhlen, die sich anders anfühlen als ihre eigenen. Sie will nicht nachdenken. Einfach nur berühren.

Seine Finger umkreisen ihre Brust wie ein lauerndes Tier. Sie möchte, daß sie sich schneller bewegen, daß sie ihre Brustwarzen berühren, weil ihre Wünsche seinen Händen vorauseilen. Vielleicht reizt er sie absichtlich, weil er weiß, was sie möchte, läßt sich Zeit, unendlich viel Zeit. Ihre Brustwarzen sind hart, er spielt mit ihnen, und das verursacht ihr noch mehr Gänsehaut, und sie zerfließt. Jetzt wandern seine Hände über ihren Bauch, hinab zu den Beinen, den Füßen, er fährt mit beiden Händen an der Innenseite ihrer Schenkel entlang, spürt die Hitze, nähert sich aber nicht, seine Berührung ist sanft, federleicht, und je leichter sie ist, um so verrückter macht es sie.

Sie tut dasselbe, hält die Hände gleichsam in der Schwebe, streift nur sacht über die Härchen an seinen Beinen und spürt auch die Hitze, als sie sich seinem Geschlecht nähert. Es kommt ihr so vor, als hätte sie plötzlich und auf geheimnisvolle Weise ihre Jungfräulichkeit wiedererlangt, als entdeckte sie zum ersten Mal einen männlichen Körper. Sie berührt seinen Penis. Er ist nicht hart, wie sie gedacht hatte. Sie selbst ist ganz naß. Das ist ungerecht, aber vielleicht braucht der Mann länger, wer weiß.

Und sie beginnt ihn zu liebkosen, nicht routiniert wie eine Prostituierte, sondern zart, wie es nur Jungfrauen können. Der Mann reagiert, sein Penis beginnt in ihren Händen zu wachsen, und sie erhöht langsam den Druck, weiß nun, wo sie ihn berühren muß. Jetzt ist er erregt, sehr erregt, streicht mit den Fingern ihren Schamlippen entlang, während sie möchte, daß er kräftiger zupackt und seine Finger dort hineinwühlt. Er aber verteilt etwas von ihrer Nässe auf die Klitoris und umkreist diese mit den gleichen lauernden Bewegungen wie vorher ihre Brustwarzen. Dieser Mann berührt sie, wie sie sich selbst berühren würde.

Eine Hand wandert wieder zur Brust hinauf, wie gut das ist, wie sehr sie sich wünscht, sich in seine Arme zu schmiegen! Aber nein, sie entdecken ihre Körper, haben Zeit, brauchen viel Zeit. Sie könnten sich jetzt lieben, und das wäre nur natürlich und bestimmt schön, aber sie muß sich beherrschen, darf den Zauber dieser Entdeckungsreise nicht zerstören. Sie erinnert sich an den Wein, den sie in der ersten Nacht getrunken hatten, langsam, genießerisch, wie er sie gewärmt hatte, sie die Welt anders sehen ließ, enthemmte.

Sie will diesen Mann genießen wie einen guten Wein und dadurch all den schlechten Wein vergessen, den man in sich hineinkippt, der aber nur betrunken macht und einen mit Kopfschmerzen und einem Gefühl von seelischer Leere zurückläßt.

Sie hält inne, verschränkt sanft ihre Finger mit seinen, hört ihn stöhnen und möchte auch stöhnen, beherrscht sich aber, spürt die Hitze an ihrem ganzen Körper und an seinem genauso. Wenn der Orgasmus ausbleibt, verteilt sich die Energie, geht ins Hirn, läßt einen an nichts anderes denken als daran, bis zum Ende zu gehen. Doch sie will genau dies: aufhören, mittendrin aufhören, die Lust durch den Körper fließen lassen, Geist und Begehren wieder erneuern, wieder Jungfrau sein.

Sie nimmt die Binde von den Augen und löst auch seine. Beide sind nackt, sehen einander einfach nur an, ohne zu lächeln. ›Ich bin die Liebe, ich bin die Musik‹, denkt sie. ›Laß uns tanzen.‹

Aber sie sagt es nicht laut. Sie reden über Triviales: Wann treffen wir uns wieder, sie schlägt einen Termin vor, vielleicht in zwei Tagen. Er sagt, er würde sie gern zu einer Vernissage mitnehmen, sie zögert. Das würde bedeuten, seine Welt kennenzulernen, seine Freunde. Und was würden die sagen? Was würden sie denken?

Sie lehnt ab. Aber er merkt, daß sie gern eingewilligt hätte, und er versucht sie zu überreden, mit den verrücktesten Begründungen, die aber Teil des Tanzes sind, den sie jetzt tanzen, und am Ende gibt sie nach, weil es genau das war, was sie wollte. Er schlägt als Treffpunkt das Café vor, in dem sie sich kennenlernten. Sie sagt nein, die Brasilianer seien abergläubisch, sie dürften sich nicht zweimal am selben Ort treffen, weil sich der Kreis sonst schließen und alles zu Ende sein könnte.

Er sagt, er sei glücklich, daß sie den Kreis nicht schließen wolle. Sie entscheiden sich für eine Kirche, von der aus man auf die Stadt sehen kann und die am Jakobsweg liegt und Teil dieser geheimnisvollen Wallfahrt ist, die beide machen, seit sie einander begegnet sind.

Aus Marias Tagebuch, am Tag, bevor sie ihr Rückflugticket nach Brasilien kauft:

Es war einmal ein Vogel. Er besaß ein Paar vollkommener Flügel und glänzende, bunte, wunderbare Federn und war dazu geschaffen, frei am Himmel zu fliegen, denen zur Freude, die ihn sahen.

Eines Tages sah eine Frau diesen Vogel und verliebte sich in ihn. Sie schaute mit vor Staunen offenem Mund seinem Flug zu, ihr Herz schlug schneller, ihre Augen leuchteten vor Aufregung. Er bat sie, ihn zu begleiten, und beide schwebten in vollkommener Harmonie am Himmel. Und sie bewunderte, verehrte, feierte den Vogel.

Aber dann dachte sie: Vielleicht möchte er ferne Gebirge kennenlernen! Und die Frau bekam Angst. Fürchtete, daß sie so etwas mit einem anderen Vogel nie wieder erleben könnte. Und sie wurde neidisch auf den Vogel, der aus eigener Kraft fliegen konnte.

Und sie fühlte sich allein.

Und dachte: ›Ich werde dem Vogel eine Falle stellen. Wenn er zurückkommt, wird er nie wieder wegfliegen können.‹

Der Vogel, der auch verliebt war, kam am nächsten Tag zurück, ging in die Falle und wurde in einen Käfig gesteckt.

Die Frau schaute täglich nach dem Vogel. Er war ihre ganze Leidenschaft, und sie zeigte ihn ihren Freundinnen, die meinten: »Du hast vielleicht ein Glück.« Dennoch vollzog sich eine merkwürdige Veränderung: Seit sie den Vogel besaß und ihn nicht mehr zu erobern brauchte, begann sie das Interesse an ihm zu verlieren. Der Vogel, der nicht mehr fliegen konnte, was den Sinn seines Lebens ausmachte, wurde schwach, glanzlos, häßlich. Die Frau beachtete ihn nicht mehr, fütterte ihn nur noch und reinigte seinen Käfig.

Eines Tages starb der Vogel. Die Frau war tieftraurig und konnte ihn nicht vergessen. Aber sie erinnerte sich dabei nicht an den Käfig, nur an den Tag, an dem sie den Vogel zum ersten Mal gesehen hatte, wie er fröhlich zwischen den Wolken dahinflog.

Hätte sie genauer in sich hineingeschaut, so hätte sie bemerkt, daß das, was sie am Vogel so sehr begeisterte, seine Freiheit war, sein kräftiger Flügelschlag, nicht sein Körper.

Ohne den Vogel verlor auch für die Frau das Leben seinen Sinn, und der Tod klopfte an ihre Tür. – »Wozu bist du gekommen?« fragte sie den Tod. – »Damit du wieder mit dem Vogel zusammen am Himmel fliegen kannst«, gab der Tod zur Antwort. »Wenn du ihn hättest fliegen und immer wiederkommen lassen, hättest du ihn geliebt und noch mehr bewundert; aber nun brauchst du mich, um ihn wiederzusehen.«

Maria begann den Tag mit etwas, was sie im Geiste schon monatelang durchgespielt hatte: Sie ging in ein Reisebüro und reservierte ein Rückflugticket nach Brasilien für in zwei Wochen, genau an dem Tag, den sie in ihrem Kalender angekreuzt hatte.

Von nun an würde Genf das Gesicht eines Mannes tragen, den sie geliebt und der sie wiedergeliebt hatte. Die Rue de Berne dagegen würde nur eine Straße sein, benannt nach der Hauptstadt der Schweiz. Sie würde sich an ihr Zimmer erinnern, an den See, daran, wie sie Französisch gelernt hatte, an all die Verrücktheiten, die ein dreiundzwanzigjähriges Mädchen macht (sie hatte am Tag zuvor Geburtstag gehabt), bis sie begreift, daß es eine Grenze gibt.

Sie würde den Vogel nicht einsperren, ihm aber auch nicht vorschlagen, sie nach Brasilien zu begleiten; er verkörperte das einzig wirklich Reine, das ihr je begegnet war. Ein solcher Vogel mußte frei fliegen können und von der Sehnsucht nach einer Zeit zehren, in der er mit seiner Gefährtin zusammen geflogen ist. Aber sie war ein solcher Vogel; Ralf Hart an ihrer Seite zu haben würde bedeuten, immer an die Zeit im ›Copacabana‹ erinnert zu werden. Und das war ihre Vergangenheit, nicht ihre Zukunft.

Sie beschloß, sich erst am Tag ihrer Abreise zu verabschieden, sonst müßte sie zu oft daran denken, daß sie bald nicht mehr hier sein würde. Also betrog sie ihr Herz und ging an jenem Morgen durch Genf, als wäre sie immer durch diese Straßen, auf den Altstadthügel, über den Jakobsweg, die Mont-Blanc-Brücke, in die Cafés gegangen, in denen sie inzwischen Stammgast war. Sie schaute dem Flug der Möwen zu, den Gemüse- und Obsthändlern, die ihre Marktstände abbauten, den Angestellten, die zum Mittagessen aus ihren Büros strömten; genießerisch biß sie in einen schönen Apfel, blickte auf den Regenbogen in der Wassersäule, die mitten aus dem See aufstieg, beobachtete die verstohlenen, fröhlichen Blicke der Leute, die an ihr vorbeikamen, Blicke voller Begehren, leere Blicke – einfach Blicke. Sie hatte fast ein Jahr lang in einer Stadt gelebt, wie es viele gab auf der Welt und die ohne ihre besondere Architektur und die unverhältnismäßig zahlreichen Bankenschilder ebensogut in Brasilien hätte liegen können. Es gab einen Jahrmarkt. Es gab feilschende Hausfrauen und Schüler, die unter irgendeinem fadenscheinigen Vorwand – Vater krank, Mutter pflegebedürftig – die Schule schwänzten und nun Arm in Arm mit ihrer Liebsten auf der Seepromenade spazierengingen. Es gab Leute, die sich heimisch fühlten, und solche, die sich fremd fühlten. Es gab Skandalblätter und ernsthafte Zeitschriften für Geschäftsleute (die man allerdings nur bei der Lektüre der Skandalblätter antraf).

Sie ging in die Bibliothek, um das Handbuch über Landwirtschaft zurückzubringen. Sie hatte nichts verstanden, aber dieses Buch hatte sie immer in den Augenblicken, in denen sie glaubte, die Kontrolle über sich und ihr Schicksal zu verlieren, an ihr Lebensziel erinnert. Es war ihr stiller Begleiter gewesen – ein gelber, schmuckloser Umschlag, ein paar Grafiken –, ein Leuchtturm in den dunklen Nächten der letzten Wochen.

›Immer schmiede ich Pläne für die Zukunft! Und dann werde ich doch jedes Mal aufs neue von der Gegenwart überrumpelt!‹ sagte sie zu sich selbst. Zuerst hatte sie sich in der Verzweiflung, dann in der Unabhängigkeit gefunden, dann in der Liebe, später im Schmerz und nun erneut in der Liebe – hoffentlich blieb es dabei!

Doch während einige ihrer Arbeitskolleginnen über die Vorzüge bestimmter Männer und über das Glück redeten, das sie im Bett erlebten, hatte sie selbst in all diesen Monaten nicht herausgefunden, was denn nun das Beste oder Schlechteste am Sex war. Sie hatte ihr Problem nicht gelöst: Sie gelangte durch Penetration nicht zum Orgasmus, und der Geschlechtsakt war für sie zu etwas so Banalem verkommen, daß sie in dieser ›Umarmung des Wiederfindens‹ (wie Ralf es nannte) vielleicht nie das Feuer und das Glück finden würde, das sie suchte.

Oder brauchte es vielleicht auch Liebe, damit man Lust im Bett empfand, wie es in sehr vielen Romanen zu lesen stand?

Die sonst so ernste Bibliothekarin (die sie als ihre einzige Freundin betrachtete, obwohl sie es ihr niemals gesagt hatte) war an diesem Tag ungewöhnlich fröhlich und gut gelaunt. Als Maria kam, hatte sie gerade Mittagspause und lud sie ein, ein Sandwich mit ihr zu teilen. Maria dankte und sagte, sie habe schon gegessen.

»Sie haben lange für das Buch gebraucht.«

»Ich habe nichts verstanden.«

»Wissen Sie noch, worum sie mich anfangs gebeten haben?«

Nein, Maria erinnerte sich nicht, doch als sie das maliziöse Lächeln der Frau sah, konnte sie sich vorstellen, um welches Thema es gegangen war. Sex.

»Wissen Sie, nachdem Sie gekommen waren und Bücher über Sex gesucht hatten, habe ich unsere Bestände zu diesem Thema durchgesehen. Viel war nicht vorhanden, und da wir auch zur Bildung unserer Jugend beitragen sollen, habe ich einige Bücher bestellt. Das ist eine bessere Aufklärung, als wenn die jungen Leute beispielsweise zu Prostituierten gehen.«

Die Bibliothekarin wies auf einen Stapel Bücher in einer Ecke, alle ordentlich in graues Papier eingeschlagen.

»Ich hatte noch keine Zeit, sie einzuordnen, aber ich habe immer mal wieder einen Blick hineingeworfen und war entsetzt über das, was ich gefunden habe.«

Maria konnte sich lebhaft vorstellen, was jetzt kommen würde: unbequeme Stellungen, Sadomasochismus und derlei Dinge. Sie sollte besser gehen. Aber unter welchem Vorwand? Sie wußte nicht mehr, ob sie gesagt hatte, daß sie in einer Bank oder in einer Boutique arbeitete. Lügen war so anstrengend.

»Sie wären bestimmt auch entsetzt. Wußten Sie beispielsweise, daß die Klitoris erst kürzlich entdeckt wurde?«

Kürzlich wohl kaum. Ralf Harts Hände schienen sich trotz der Dunkelheit auf dem Terrain gut auszukennen.

»Sie wurde offiziell 1559 anerkannt, nachdem der Arzt Realdo Columbo ein Buch mit dem Titel *De re anatomica* veröffentlicht hatte, in dem er sie als ›ein hübsches, nützliches Ding‹ beschreibt. Stellen Sie sich das mal vor.« Beide lachten.

»Zwei Jahre darauf, 1561, nahm ein anderer Arzt, Gabriele Fallopio, die Entdeckung für sich in Anspruch. Also wirklich! Da diskutieren zwei Männer – Italiener natürlich, die verstehen etwas davon – darüber, wer offiziell die Klitoris in die Weltgeschichte eingebracht hat.«

So interessant das alles war: Maria wollte nichts mehr hören, zumal sie spürte, wie ihr Geschlecht naß wurde – allein bei dem Gedanken an die Berührung, die Augenbinde, die Hände, die über ihren Körper wanderten. Nein, sie war nicht tot für den Sex, dieser Mann hatte sie irgendwie erlöst. Wie gut es war, lebendig zu sein!

Die Bibliothekarin redete weiter:

»Aber sogar, nachdem sie ›entdeckt‹ worden war, wurde die Klitoris nicht geachtet. Die Verstümmelungen, von denen die Zeitungen berichten und durch die bestimmte Stämme in Afrika noch heute ihren Frauen das Recht auf Lust absprechen, sind nichts Neues. Auch in Europa wurde im neunzehnten Jahrhundert bei vielen Frauen die Klitoris operativ entfernt, weil man glaubte, in diesem kleinen, unbedeutenden Teil der weiblichen Anatomie liege die Quelle von Hysterie, Epilepsie, Promiskuität, Unfruchtbarkeit.«

Maria streckte die Hand aus, um sich zu verabschieden, aber die Bibliothekarin redete unbeirrt weiter.

»Noch schlimmer ist, daß der liebe Doktor Freud, der Entdecker der Psychoanalyse, gesagt hat, der weibliche Orgasmus müsse sich bei einer normalen Frau von der Klitoris zur Vagina bewegen. Seine getreuesten Schüler gingen später sogar so weit zu behaupten, es sei ein Zeichen von Infantilität, wenn die sexuelle Lust auf die Klitoris beschränkt bliebe, oder schlimmer noch, ein Zeichen von Bisexualität.

Dabei wissen wir doch alle, wie schwierig es ist, nur durch Penetration zum Orgasmus zu kommen. Es ist schön, von einem Mann genommen zu werden, aber die Lust steckt in diesem kleinen Körnchen, das ein Italiener entdeckt hat!«

Dann hatte Freud ihr Problem also bereits diagnostiziert und ihre Sexualität als infantil beschrieben, denn Marias Orgasmus hatte sich nicht in die Vagina begeben. Oder sollte etwa Freud sich geirrt haben?

»Und der G-Punkt, was meinen Sie dazu?«

»Wissen Sie, wo der sitzt?«

Die Frau errötete, hustete, druckste herum:

»Gleich, wenn Sie hereinkommen, im ersten Stock, Fenster ganz hinten.«

Genialer Vergleich! Die Vagina als Gebäude! Vielleicht hatte sie ja diese Erklärung in einem dieser reichbebilderten Aufklärungsbücher für junge Mädchen gefunden. Das Bild: Ein Mann klopft an, tritt ein, entdeckt in dem Mädchenkörper ein ganzes Universum.

Sie selbst hatte beim Masturbieren immer diesen G-Punkt der Klitoris vorgezogen, da er bei ihr ein eigenartig beklemmendes Gefühl, eine Mischung aus Lust und Qual hervorrief. Sie ging immer direkt in den ersten Stock, zum Fenster ganz hinten!

Als ihr klar wurde, daß die Frau nicht aufhören würde zu reden – vielleicht weil sie in Maria eine Seelenverwandte vermutete, der sie ihr verpaßtes Sexualleben erzählen könnte –, winkte sie ihr wortlos zu und ging hinaus.

Maria hatte keine Lust, ins ›Copacabana‹ zurückzukehren, und dennoch fühlte sie sich irgendwie verpflichtet, ihre Arbeit zu Ende zu führen. Sie konnte nicht sagen, warum – schließlich hatte sie genug angespart. An diesem Nachmittag konnte sie noch ein paar Einkäufe machen, mit dem Geschäftsführer der Bank reden, der ihr Kunde war und ihr versprochen hatte, sie in Bankdingen zu beraten. Sie könnte einen Kaffee trinken, ein paar Habseligkeiten per Post nach Hause schicken, die nicht mehr in ihre Koffer paßten. Sie fühlte sich bedrückt und wußte nicht, warum, vielleicht, weil die Abreise in zwei Wochen nun definitiv feststand. Sie mußte diese Zeit herumbringen, die Stadt mit anderen Augen sehen, sich darüber freuen, daß sie dies alles erlebt hatte.

Sie kam an eine Kreuzung, die sie schon hundertmal überquert hatte und von der aus sie den See sehen konnte, die Wassersäule und vorn an der Uferpromenade die Blumenuhr, eines der Wahrzeichen der Stadt, und diese Uhr ließ nicht zu, daß sie log, weil...

Plötzlich stand die Zeit still, die Welt.

Was hatte es bloß mit dieser Geschichte einer wiedererlangten Jungfräulichkeit auf sich, die sie seit dem Aufwachen heute früh beschäftigte?

Die Welt war wie eingefroren, die Uhrzeiger gingen nicht weiter. Maria stand vor etwas Ernstem und sehr Wichtigem in ihrem Leben. Sie durfte nicht vergessen, es nicht machen wie mit ihren nächtlichen Träumen, die sie immer aufschreiben wollte und an die sie sich nie erinnerte…

›Denk an nichts. Die Welt ist stehengeblieben. Was ist los?‹

GENUG!

Die hübsche Geschichte vom Vogel, die sie gerade geschrieben hatte: Handelte sie von Ralf Hart?

Nein, sie handelte von ihr selbst!

PUNKTUM!

Es war 11 Uhr 11, und ihre eigene Zeit war in diesem Augenblick stehengeblieben. Sie fühlte sich fremd im eigenen Körper, wurde sich erneut der erst vor kurzem wiedererlangten Jungfräulichkeit bewußt, die so zart und gefährdet war. Maria war verloren, wenn sie hierblieb. Sie mußte sofort weg. Sie hatte den Himmel erlebt und ganz gewiß auch die Hölle, aber das Abenteuer war bald zu Ende. Sie konnte nicht noch zwei Wochen warten, zehn Tage, eine Woche – sie mußte sofort wegrennen, denn beim Anblick der Blumenuhr, der knipsenden Touristen und spielenden Kinder wurde ihr plötzlich klar, warum sie so traurig war: Sie wollte nicht zurück nach Brasilien.

Der Grund hieß weder Ralf Hart noch Schweiz, noch Abenteuer. Der wahre Grund war ganz einfach: Geld.

Geld! Ein Stück Papier, mit gedeckten Farben bedruckt und von dem alle glaubten, es sei etwas wert. Maria glaubte es, alle glaubten es bis zu dem Augenblick, in dem sie mit einem Berg solcher Papierstückchen in eine Bank gingen (eine respektable, äußerst diskrete Schweizer Traditionsbank, versteht sich) und bitten würden: ›Kann ich ein paar

Stunden meines Lebens erwerben?‹ und zur Antwort bekämen: ›Nein, die verkaufen wir nicht; die kaufen wir nur an.‹

Bremsenquietschen, ein schimpfender Fahrer, ein lächelnder alter Herr, der sie auf englisch bat zurückzutreten, da die Fußgängerampel noch auf Rot stehe. Maria erwachte aus ihrer Trance.

›Ich glaube, ich habe da gerade etwas herausgefunden, was alle sowieso schon wissen.‹

Doch dem war nicht so: Sie blickte auf die Leute, die mit gesenktem Kopf an ihr vorbeihasteten, um zur Arbeit, zur Schule, zum Arbeitsamt, in die Rue de Berne zu kommen, und die sich zu sagen schienen: ›Ich kann noch ein bißchen warten. Ich habe einen Traum, aber er muß nicht heute gelebt werden, ich muß schließlich Geld verdienen.‹ Selbstverständlich hatte ihr Gewerbe einen schlechten Ruf – obwohl sie auch nur ihre Zeit verkaufte, wie alle anderen auch; Dinge tat, die sie nicht mochte, wie alle anderen auch; unerträgliche Leute ertrug, wie alle anderen auch; ihren kostbaren Körper und ihre kostbare Seele im Namen einer Zukunft hingab, die niemals kam, wie alle anderen auch; meinte, noch nicht genug zu haben, wie alle anderen auch; nur noch ein kleines bißchen wartete, wie alle anderen auch; noch etwas wartete, noch etwas mehr verdiente, die Verwirklichung ihrer Träume auf später verschob – denn gerade war sie zu beschäftigt, hatte eine wichtige Verabredung, Freier, die auf sie warteten, Stammkunden, die bis zu tausend Franken pro Nacht zu zahlen bereit waren.

Und zum ersten Mal in ihrem Leben beschloß sie, trotz all der guten Dinge, die sie mit dem verdienten Geld kaufen konnte – wer weiß, noch ein Jahr? –, ganz bewußt, mit klarem Verstand und absichtlich, eine Chance verstreichen zu lassen. Sie wartete, bis die Ampel auf Grün sprang, überquerte die Straße und blieb vor der Blumenuhr stehen. Sie dachte an Ralf, spürte wieder sein Begehren im Hotelzimmer, als sie nur ihren Oberkörper entblößt hatte, fühlte, wie seine Hände ihre Brüste, ihr Geschlecht, ihr Gesicht berührten, und wurde naß. Sie blickte auf die riesige Wassersäule im See und hatte an Ort und Stelle, vor allen Leuten und ohne sich zu berühren, einen Orgasmus.

Niemand bemerkte es; dazu waren alle viel zu beschäftigt.

Nyah, die einzige ihrer Kolleginnen, mit der sie freundschaftlich verkehrte, rief Maria zu sich, als diese ins ›Copacabana‹ kam. Nyah saß mit einem Araber zusammen, und beide lachten.

»Schau dir das bloß einmal an«, sagte sie zu Maria. »Schau mal, was er von mir will!«

Der Araber blickte mit einem verschmitzten Lächeln zu ihr hoch und öffnete dann den Deckel von einer Art Zigarrenkiste. Maria linste hinein, konnte aber nicht erkennen, ob irgendwelche Spritzen oder Beutelchen darin lagen. Aber nein, es war ein Objekt, von dem er offenbar selbst nicht richtig wußte, wie es funktionierte.

»Sieht aus wie aus dem letzten Jahrhundert!« sagte Maria.

»Das Ding ist tatsächlich aus dem letzten Jahrhundert«, pflichtete ihr der Araber bei. »Der Apparat ist über hundert Jahre alt und hat ein Vermögen gekostet.«

Maria sah eine Reihe Ventile, eine Kurbel, Elektrokabel, kleine Metallkontakte, Batterien. Es sah aus wie das Innere eines alten Radioapparates, aus dem zwei Kabel herauskamen, an deren Enden kleine, fingergroße Glasstäbe befestigt waren. Nichts, was ein Vermögen kosten konnte.

»Wie funktioniert das?«

Nyah gefiel Marias Frage nicht, obwohl sie der Brasilianerin grundsätzlich vertraute. Wer weiß, vielleicht hatte Maria ja ein Auge auf ihren Freier geworfen.

»Er hat es mir bereits erklärt. Es ist ein Violetter Zauberstab.«

Dann hatte es Nyah plötzlich eilig, den Araber von Maria loszueisen. Aber der Mann schien von dem Interesse, das sein Spielzeug geweckt hatte, ganz begeistert.

»Um die Jahrhundertwende, so um 1900, als die ersten Batterien auf den Markt kamen, begann dic westliche Schulmedizin mit Elektrizität zu experimentieren, um damit Geisteskrankheiten oder Hysterie zu heilen. Sie wurde auch zur Pickelbekämpfung und Revitalisierung der Haut eingesetzt. Sehen Sie diese beiden Kabelenden? Sie wurden hier angelegt« – er zeigte auf seine Schläfen –, »und die Batterie versetzte einem einen solchen Schlag, wie man ihn sonst nur bei sehr kalter, trockener Luft bekommt.«

In Brasilien gab es das nicht, aber in der Schweiz kam es häufig vor. Maria hatte dieses charakteristische Knistern zuerst beim Öffnen einer Taxitür gehört und einen elektrischen Schlag bekommen. Da sie dachte, daß es am Auto lag, hatte sie sich beschwert, doch der Fahrer hatte sie verspottet und war, als sie das Fahrgeld verweigerte, fast handgreiflich geworden. Er hatte recht gehabt; es lag nicht am Auto, sondern an der sehr trockenen Schweizer Luft. Inzwischen war Maria ein gebranntes Kind und hütete sich davor, Metallgegenstände anzufassen. Im Supermarkt fand sie schließlich einen Armreif, der die im Körper angesammelte Elektrizität entlud.

Sie wandte sich an den Araber:

»Aber das ist sehr unangenehm!«

Nyah wurde durch Marias Bemerkungen immer nervöser. Um keine Mißverständnisse aufkommen zu lassen, legte sie ihren Arm besitzergreifend um die Schultern des Mannes.

»Das hängt davon ab, wo man ihn anlegt.« Der Araber lachte laut.

Dann drehte er an der kleinen Kurbel, und die beiden Stäbe verfärbten sich violett. Blitzschnell berührte er die beiden Frauen damit; Maria hörte ein Klicken, aber der elektrische Schlag war nicht mehr als ein leichtes Kitzeln.

Milan trat hinzu.

»Ich muß Sie bitten, diesen Apparat hier nicht zu benutzen.«

Der Araber steckte die Stäbe wieder in den Kasten. Die Philippinin nutzte die Gelegenheit, um erneut zum Aufbruch zu mahnen. Der Mann ging nur halbherzig darauf ein. Die Neue wirkte sehr viel interessierter am Violetten Zauberstab als die Frau, die ihn weglotsen wollte. Er schlüpfte in seine Jacke, steckte den Kasten in eine Ledertasche und meinte:

»Heute werden sie wieder gebaut und sind in Insiderkreisen wieder sehr in Mode gekommen. Aber so einen wie den, den ich Ihnen gezeigt habe, findet man nur noch antiquarisch beziehungsweise in einigen wenigen medizinischen Sammlungen oder Museen.«

Milan und Maria standen da und wußten nicht, was sie sagen sollten.

»Hast du so etwas schon einmal gesehen?«

»In der Art nicht. Er muß tatsächlich ein kleines Vermögen gekostet haben, aber Nyahs Kunde ist schließlich auch Manager aus der Chefetage eines Ölkonzerns. Ich habe schon andere, moderne gesehen.«

»Und was macht man damit?«

»Man steckt sie sich in den Körper ... und bittet die Frau, die Kurbel zu drehen. Und dann bekommt man da drin einen Schlag.«

»Könnte der Mann das nicht auch allein machen?«

»Beim Sex kann man alles auch allein machen. Aber mir ist es lieber, die Leute machen solche Dinge weiterhin zu zweit, sonst kann ich meinen Nachtclub dichtmachen, und du kannst als Lebensmittelverkäuferin arbeiten gehen. Wo wir gerade von Arbeit sprechen: Dein spezieller Freier hat sich angesagt; lehne bitte jede andere Einladung ab.«

»Das werde ich. Auch seine. Ich bin nämlich da, um mich zu verabschieden. Ich gehe.«

Milan stutzte, begriff nicht:

»Der Maler?«

»Nein. Das ›Copacabana‹. Es gibt eine Grenze – und heute morgen habe ich diese Grenze erkannt, als ich unten am See auf die Blumenuhr geschaut habe.«

»Und wo liegt diese Grenze?«

»Beim Preis für eine Farm zu Hause in Brasilien. Ich weiß, ich könnte noch mehr verdienen, noch ein Jahr arbeiten, aber was für einen Unterschied macht das schon?

Der Unterschied ist: Ich würde ewig weiter in dieser Falle stecken, genau wie du, und das sind die Freier, die Direktoren, die Piloten, Headhunter, Manager von Plattenfirmen, Discobetreiber, die vielen Männer, die ich kennengelernt habe, denen ich meine Zeit verkauft habe, die sie mir nicht zurückverkaufen können. Wenn ich einen Tag länger bleibe, bleibe ich ein ganzes Jahr, und wenn ich noch ein Jahr bleibe, komme ich hier nie wieder heraus.«

Milan nickte verstohlen zum Zeichen, daß er begriffen hatte. Er konnte jetzt nichts sagen, denn wenn die anderen Mädchen von Marias Entscheidung erfuhren, ließen sie sich womöglich anstecken. Aber er war ein guter Mensch. Er gab ihr zwar nicht direkt seinen Segen, unternahm aber auch nichts, um sie umzustimmen.

Sie bestellte einen Drink – ein Glas Champagner –, sie hatte genug von den ewigen Fruchtcocktails und konnte trinken, was sie wollte, sie war schließlich nicht mehr im Dienst. Milan sagte, sie könne ihn jederzeit anrufen, wenn sie etwas brauche; sie sei immer willkommen. Und übrigens: Der Champagner gehe aufs Haus. Maria nahm die Einladung an: sie hatte dem Haus mehr als einen Drink eingebracht.

Aus Marias Tagebuch, nachdem sie wieder zu Hause war: *Ganz genau weiß ich es nicht mehr, aber kürzlich bin ich an einem Sonntag in die Kirche gegangen. Ich wollte zur Messe. Nach einer Weile bemerkte ich, daß ich in der falschen Kirche saß – es war eine protestantische Kirche.*

Ich wollte gerade gehen, als der Pfarrer mit seiner Predigt begann, und weil ich nicht unhöflich sein und einfach davongehen wollte, blieb ich sitzen. Letztlich war es ein Segen, weil ich an diesem Tag Dinge zu hören bekam, die ich dringend nötig hatte.

Der Pfarrer sagte in etwa:

»Alle Sprachen der Welt kennen dieses Sprichwort: ›Aus den Augen aus dem Sinn.‹ Nichts ist weniger wahr: Je weiter etwas weg ist, desto größer ist die Sehnsucht, desto stärker die Gefühle, die wir zu unterdrücken und zu vergessen versuchen. Leben wir im Exil, klammern wir uns mit jeder Faser unseres Gedächtnisses an unsere heimatlichen Wurzeln. Leben wir fern von unserer oder unserem Geliebten, erinnert uns jeder, der auf der Straße an uns vorbeigeht, an sie beziehungsweise ihn.

Viele Bücher der Bibel und auch heilige Texte anderer Religionen wurden im Exil geschrieben, als eine Form von Suche nach Gott, nach dem Glauben, der die Völker vorantreibt, als eine Art Wallfahrt der auf Erden umherirrenden Seelen. Unsere Vorfahren wußten ebensowenig wie wir, was die Gottheit von uns im Leben erwartet, und aus diesem Nichtwissen heraus werden die Bücher geschrieben, die Bilder gemalt, weil wir nicht vergessen wollen und sollen, wer wir sind.«

Am Ende des Gottesdienstes bin ich zum Pfarrer gegangen und habe mich bedankt. Ich habe ihm gesagt, ich sei Ausländerin und sei ihm dankbar, daß er mich daran erinnert habe, daß das, was wir nicht sehen, doch dem Herzen nah bleibt. Und weil ich mein Herz spüre, gehe ich heute.

Sie nahm die beiden Koffer und legte sie aufs Bett. Anfangs hatte sie sich ausgemalt, wie viele Geschenke sie hineinpacken würde, neue Kleider, Fotos von schneebedeckten Gipfeln und den Hauptstädten Europas, Erinnerungen an eine glückliche Zeit, in der sie im sichersten und großzügigsten Land der Welt gelebt hatte. Sie hatte tatsächlich ein paar neue Kleider und ein paar Fotos vom Schnee, der einmal in Genf gefallen war. Doch sonst war nichts so gewesen, wie sie es sich ausgemalt hatte.

Sie war mit dem Traum hierhergekommen, viel Geld zu verdienen, das Leben und sich selbst kennenzulernen, einen Ehemann zu finden; sie wollte eine Farm für ihre Eltern kaufen und die beiden später einmal nach Genf einladen, ihnen zeigen, wo sie gewohnt hatte. Und nun kehrte sie mit genau dem Geldbetrag zurück, den sie benötigte, um einen Teil ihres Traumes zu verwirklichen. Aber sie war nie wirklich in den Bergen gewesen, und vor allem war sie sich selbst fremd geblieben. Dennoch war sie froh, zumindest rechtzeitig gemerkt zu haben, wann der Moment da war, um aufzuhören.

Wenige Menschen auf der Welt können das.

Sie hatte nur vier Abenteuer erlebt – Tänzerin in einem Nachtclub sein, Französisch lernen, als Prostituierte arbeiten und einen Mann bedingungslos lieben. Es gab nicht viele Menschen, die in einem Jahr so viel erlebt hatten. Sie war glücklich – trotz aller Traurigkeit, und diese Traurigkeit hatte einen Namen, sie hieß weder Prostitution noch Schweiz, noch Geld, sondern Ralf Hart. Obwohl sie es sich nicht eingestand, hätte sie ihn gern geheiratet, ihn, der sie jetzt in einer Kirche erwartete, um sie in seine Welt mitzunehmen, damit sie seine Freunde, seine Malerei kennenlernte.

Sie überlegte, ob sie einfach nicht zur Verabredung gehen und sich bis zum Abflug morgen früh in einem Hotel am Flughafen einquartieren sollte. Für jede Minute, die sie an seiner Seite verlebt hatte, würde sie ein Jahr leiden müssen, für all das, was sie hätte sagen können und nicht sagen würde, für die Erinnerung an seine Hand, seine Stimme, seine Unterstützung, seine Geschichten.

Sie hob den Kofferdeckel, holte den kleinen Eisenbahnwaggon heraus, den Ralf ihr in der ersten Nacht in seinem Haus gegeben hatte. Sie betrachtete ihn eine Weile und warf ihn dann in den Müll. Dieser Zug verdiente es nicht, Brasilien kennenzulernen. Er hatte einem Kind, das ihn sich immer gewünscht hatte, keine Freude gebracht.

Nein, sie würde nicht in die Kirche gehen; denn sonst würde Ralf sie nach ihren Plänen für morgen fragen und sie, wenn sie ehrlich antwortete, daß sie wegging, bitten zu bleiben, ihr das Blaue vom Himmel versprechen, nur um sie nicht zu verlieren; er würde ihr seine Liebe erklären, obwohl er sie ihr doch schon die ganze Zeit gezeigt hatte.

Dabei hatten sie gelernt, sich frei und bedingungslos zu lieben – eine andere Art von Beziehung würde nicht gutgehen –, und vielleicht liebten sie sich gerade deshalb, weil sie einander nicht brauchten. Männer erschrecken immer, wenn Frauen ihnen signalisieren: ›Ich will von dir abhängig sein.‹ Und Maria wollte die Erinnerung an einen verliebten Ralf Hart mitnehmen, der für sie durchs Feuer gegangen wäre.

Noch konnte sie es sich überlegen, ob sie zu dem Treffen gehen wollte oder nicht. Einstweilen mußte sie sich um ganz praktische Dinge kümmern. Es lag noch so viel herum, was sie nicht in den Koffern verstauen konnte. Sollte doch der Hausbesitzer entscheiden, was er mit ihren restlichen Habseligkeiten machen wollte, mit den Küchengeräten, den Bildern vom Flohmarkt, den Handtüchern und der Bettwäsche. Sie konnte unmöglich alles nach Brasilien mitnehmen, auch wenn ihre Eltern es nötiger brauchten als jeder Schweizer Bettler; sie würden sie an alle diese Abenteuer erinnern, in die sie sich gestürzt hatte.

Sie verließ die Wohnung, ging zur Bank und hob ihr gesamtes Erspartes ab. Der Direktor – ein Stammkunde von ihr – wollte sie umstimmen, ihr Konto würde weiterhin Zinsen abwerfen, die sie sich auch daheim in Brasilien auszahlen lassen konnte. Zudem könnte man sie ausrauben, und dann wäre der Lohn so vieler Monate Arbeit weg. Maria zögerte. Der Mann meinte es bestimmt gut mit ihr. Doch dann entschied sie, daß das Geld auf ihrem Konto sich nicht in Papier verwandeln sollte, sondern in eine Farm, ein Haus für ihre Eltern, etwas Vieh und noch viel mehr Arbeit.

Sie hob das Geld bis auf den letzten Rappen ab, steckte alles in ein eigens dafür gekauftes Täschchen, das sie sich unter der Kleidung um die Taille schnallte.

Dann ging sie ins Reisebüro, um ihr Ticket abzuholen. Sie betete, daß sie den Mut haben möge, ihr Vorhaben zu Ende zu führen: Ihre Maschine würde morgen in Paris zwischenlanden, wo sie umsteigen mußte. Das machte nichts – wichtig war, daß sie möglichst weit weg war, bevor sie es sich anders überlegen konnte.

Sie ging zur Mont-Blanc-Brücke, kaufte sich trotz des kalten Wetters ein Eis. Plötzlich sah sie Genf mit anderen Augen, nicht wie jemand, der dort wohnte, sondern als wäre sie eben erst angekommen und machte nun einen ersten Rundgang durch die Museen, historischen Gebäude und die Bars und Restaurants, die gerade in Mode waren. Merkwürdig, wie man solche Rundgänge immer aufschiebt, wenn man in einer Stadt lebt, bis man wegzieht – und dann ist es zu spät.

Sie sagte sich, daß sie zufrieden sein sollte, weil sie in ihre Heimat zurückkehrte. Sie sagte sich, daß sie eigentlich auch traurig sein müßte, weil sie eine Stadt verließ, in der es ihr so gutgegangen war. Doch sie war weder zufrieden noch richtig traurig. Sie vergoß ein paar Tränen, und es beschlich sie wieder die Angst, eine falsche Entscheidung zu treffen, obwohl sie doch intelligent war und alle Voraussetzungen erfüllte, um Erfolg zu haben.

Sie drückte sich die Daumen, daß sie es diesmal richtig machte.

Die Kirche war vollkommen leer, als sie eintrat, und sie konnte ungestört die schönen Glasfenster betrachten, durch die gleißendes, von den Stürmen der vergangenen Nacht gereinigtes Tageslicht hereinfiel. Vor ihr auf dem Altar stand ein nacktes Kreuz: kein Folterinstrument mit dem gekreuzigten Christus, sondern ein Symbol der Auferstehung. Dies war ein Kreuz, das seinen Schrecken verloren hatte. Unwillkürlich mußte sie an die Peitsche in der Gewitternacht denken und fragte sich entsetzt: ›Mein Gott, wie komme ich bloß darauf?‹

Sie war auch erleichtert, keine Bilder von Heiligen mit Wundmalen zu entdecken. Es war einfach ein Ort, an dem sich Menschen zusammenfanden, um gemeinsam ein Mysterium anzubeten.

Sie ging zum Tabernakel, in dem der Körper Jesu verwahrt wurde, an den sie noch glauben konnte, obwohl sie lange nicht an ihn gedacht hatte. Sie kniete nieder und gelobte Gott, der Heiligen Jungfrau, Jesus und allen Heiligen, daß sie es sich nicht anders überlegen und auf jeden Fall abreisen würde, was immer der heutige Tag bringen möge – denn sie kannte die Fallstricke der Liebe zu gut und wußte, wie wankend sie den Willen einer Frau machen konnten.

Kurz darauf spürte sie, wie eine Hand ihre Schulter berührte, und neigte den Kopf zur Seite, bis sie die Hand an der Wange spürte.

»Wie geht es dir?«

»Gut«, sagte sie mit fester Stimme. »Sehr gut. Laß uns einen Kaffee trinken gehen.«

Hand in Hand gingen sie hinaus, wie ein Liebespaar, das sich nach langer Trennungszeit wiedersieht. Sie küßten sich ungeniert vor allen Leuten, die sie zum Teil empört anstarrten, lächelten über das Unbehagen, das sie hervorriefen, und die geheimen Wünsche, die sie mit ihrem ungehörigen Benehmen weckten. Sie wußten, daß sie genau das taten, was die andern selbst gern getan hätten. Allein das war skandalös.

Sie gingen in ein beliebiges Café, das an diesem Nachmittag nur deshalb anders war, weil sie beide dort waren und weil sie sich liebten. Sie redeten über Genf, die Schwierigkeiten der französischen Sprache, die Kirchenfenster, die Schädlichkeit des Rauchens – beide rauchten und hatten nicht die geringste Absicht, das Laster aufzugeben.

Sie bestand darauf, den Kaffee zu bezahlen, und er nahm die Einladung an. Sie gingen zur Vernissage, sie lernte seine Welt kennen, die Künstler, die Reichen, die reicher als reich, und die Millionäre, die arm wirkten; Leute, die sich für Dinge interessierten, von denen sie keine Ahnung hatte. Ralf sagte, er wolle abends ins ›Copacabana‹ kommen, um sie zu treffen. Sie bat ihn, es nicht zu tun, da sie die Nacht frei habe und ihn gern zum Abendessen einladen würde.

Er nahm die Einladung an, sie verabredeten sich bei ihm zu Hause, um dann in einem netten Restaurant an dem kleinen Dorfplatz von Cologny zu Abend zu essen.

Dann fiel Maria ihre einzige Freundin ein, und sie beschloß, in die Bibliothek zu gehen, um sich von ihr zu verabschieden.

Sie blieb eine ganze Weile im Verkehr stecken, weil eine Kurdendemonstration die Innenstadt lahmlegte. Es machte ihr nichts aus, schließlich hatte sie jetzt alle Zeit der Welt.

Kurz vor Feierabend kam sie in der Bibliothek an. Die Bibliothekarin freute sich, sie zu sehen.

»Ich hoffe, es stört Sie nicht, wenn ich immer gleich so persönlich werde. Ich habe keine Freundin, mit der ich diese intimen Dinge sonst besprechen könnte«, sagte sie.

Diese Frau hatte keine Freundin? Ausgerechnet sie, die so lange schon in Genf lebte, tagsüber so unterschiedliche Menschen traf, sollte niemanden haben, mit dem sie reden konnte? Da hatte sie ja endlich jemanden getroffen, dem es ging wie ihr – oder, besser gesagt, jemanden, dem es ging wie allen Menschen.

»Ich habe über das nachgedacht, was ich über die Klitoris gelesen habe ...«

›Nein! Konnte es nicht etwas anderes sein?‹

»Und darüber, daß ich selten einen Orgasmus gehabt habe, wenn ich mit meinem Mann schlief, obwohl ich es mit ihm immer sehr genoß. Finden Sie das normal?«

»Finden Sie normal, daß die Kurden jeden Tag demonstrieren? Daß verliebte Frauen vor ihrem Märchenprinzen fliehen? Daß Menschen von Farmen träumen, anstatt an Liebe zu denken? Daß Männer und Frauen ihre Zeit verkaufen, ohne sie wieder zurückkaufen zu können? Und doch ist es so. Wie ich das finde, interessiert niemand, denn es ist ja normal. Alles, was gegen die Natur ist, gegen unsere innersten Wünsche. All das ist in unseren Augen normal, obwohl es in Gottes Augen eine Verirrung ist. Wir suchen unsere Hölle, haben Jahrtausende gebraucht, um sie zu schaffen, und nach vielen Mühen können wir jetzt auf die allerschlechteste Art leben.«

Maria starrte die Bibliothekarin an. Zum ersten Mal traute sie sich, sie nach ihrem Vornamen zu fragen; bis jetzt hatten sie sich immer gegenseitig mit Madame angesprochen. Die Bibliothekarin hieß Heidi, war dreißig Jahre verheiratet gewesen, und diese Frau – Maria konnte es nicht fassen – hatte sich all diese Jahre kein einziges Mal gefragt, ob es normal war, während des Geschlechtsverkehrs mit ihrem Mann keinen Orgasmus zu haben.

»Ich weiß nicht, ob ich das alles hätte lesen sollen!« meinte die Bibliothekarin. »Vielleicht wäre es besser gewesen, das alles nicht zu wissen und weiterhin zu glauben, daß ein treuer Ehemann, eine Wohnung mit Seeblick und eine Anstellung beim Staat alles ist, wovon eine Frau träumen kann. Erst seit Sie hier aufgetaucht sind und seit ich die ersten Bücher über Sex gelesen habe, mache ich mir so viele Gedanken über mein Leben und darüber, was ich daraus gemacht habe. Geht es etwa allen so?«

»Und ob es allen so geht!« Maria fühlte sich plötzlich sehr welterfahren.

»Darf ich Ihnen noch etwas dazu sagen?«

Maria nickte. Die Bibliothekarin fuhr fort:

»Sie sind natürlich noch zu jung, um diese Dinge zu verstehen, aber gerade deshalb möchte ich etwas von mir erzählen, damit Sie nicht die gleichen Fehler machen wie ich.

Wieso hat mein Mann nie auf die Klitoris geachtet? Er war der Meinung, daß der Orgasmus in der Vagina stattfindet, und ich habe mir Mühe, wirklich große Mühe gegeben, so erregt zu tun, wie er es von mir erwartete. Natürlich empfand ich Lust, aber eine ganz andere Lust. Nur wenn die Reibung am oberen Teil... Sie verstehen, was ich meine?«

»Ja.«

»Und jetzt habe ich herausgefunden, wieso. Da steht es.« Sie zeigte auf ein Buch vor sich, dessen Titel Maria nicht sehen konnte. »Es gibt einen Nervenstrang, der von der Klitoris zum G-Punkt verläuft und äußerst wichtig ist. Doch die Männer glauben das nicht, sie meinen, Eindringen reiche aus. Wissen Sie, was der G-Punkt ist?«

»Wir haben neulich darüber gesprochen«, sagte Maria, diesmal in der Rolle der naiven Unschuld. »Gleich nach dem Eintreten, erster Stock, Fenster ganz hinten.«

»Genau, genau!« Die Augen der Bibliothekarin begannen zu leuchten. »Fragen Sie Ihre Freundinnen, die wenigsten werden davon gehört haben. Es ist absurd! Aber so wie die Klitoris die Entdeckung jenes Italieners war, ist der G-Punkt eine Errungenschaft des zwanzigsten Jahrhunderts! Bald wird er die Schlagzeilen beherrschen, und niemand wird mehr sagen können, er wisse nichts davon! Sehen Sie, welch revolutionäre Zeiten wir gerade erleben?«

Maria schaute auf die Uhr, und die Bibliothekarin merkte, daß sie sich beeilen mußte, wenn sie diesem hübschen Mädchen vor ihr beibringen wollte, daß Frauen ein Recht auf Glück und sexuelle Erfüllung hatten und diese wissenschaftlichen Erkenntnisse an ihre Töchter weitergeben konnten.

»Doktor Freud war nicht dieser Meinung, weil er keine Frau war und seinen Orgasmus im Penis hatte. Deshalb glaubte er, wir müßten Lust in der Vagina empfinden. Wir müssen jedoch zu den Ursprüngen zurückkehren, zu dem, was uns immer schon Lust verschafft hat: zur Klitoris und zum G-Punkt! Wenigen Frauen gelingt es, eine befriedigende sexuelle Beziehung zu haben, und daher gebe ich Ihnen einen Rat: Kehren Sie die Stellung um. Legen Sie sich auf Ihren Liebsten, und bleiben Sie oben; Ihre Klitoris wird kräftiger gegen seinen Körper reiben, und Sie – nicht er – werden stimuliert, wo Sie es brauchen. Besser gesagt, so stimuliert, wie Sie es verdienen!«

Maria tat so, als höre sie nur mit halbem Ohr hin, dabei nahm sie gebannt jedes Wort auf. Also ging es nicht nur ihr so! Sie hatte kein sexuelles Problem, es war alles nur eine Frage der Anatomie! Ihr fiel ein Stein vom Herzen, und sie wäre der Bibliothekarin vor Dankbarkeit am liebsten um den Hals gefallen.

Die Bibliothekarin lächelte verschwörerisch.

»Sie wissen es nicht, aber wir haben auch eine Erektion! Die Klitoris erigiert.«

›Sie‹, das mußten die Männer sein. Maria faßte sich ein Herz. Wenn die andere so vertrauliche Themen anschnitt, warum nicht auch sie?

»Hatten Sie schon einmal außerehelichen Sex?«

Die Bibliothekarin wirkte schockiert. Ihre Augen sprühten eine Art heiliges Feuer, sie errötete, ob vor Zorn oder Scham, konnte Maria nicht sagen. Sollte sie weiter von sich erzählen oder die Entrüstete spielen? Sie beschloß, das Thema zu wechseln.

»Kehren wir zu unserer Erektion zurück: Die Klitoris wird steif, wußten Sie das?«

»Schon als Kind.«

Die Bibliothekarin wirkte enttäuscht. Doch sie erzählte weiter.

»Offenbar ist die Lust noch intensiver, wenn man die Klitoris mit dem Finger umkreist, ohne die Spitze zu berühren. Die Männer, die sich für den Körper einer Frau interessieren, berühren sofort die Spitze der Klitoris, ohne zu wissen, wie schmerzhaft das sein kann. Sie kennen das sicher. Außerdem ist ein offenes Gespräch mit dem Partner immer gut, heißt es im Buch, das ich gerade lese.«

»Haben Sie einmal offen mit Ihrem Mann darüber geredet?«

Wieder wich die Bibliothekarin der direkten Frage aus. Damals sei eben vieles anders gewesen. Außerdem sei sie jetzt mehr daran interessiert, ihr Wissen mit jemandem zu teilen.

Maria schaute auf die Uhr und sagte, sie sei eigentlich nur gekommen, um sich zu verabschieden. Die Bibliothekarin hörte ihr nicht zu.

»Wollen Sie dieses Buch über die Klitoris nicht mitnehmen?«

»Nein, danke.«

»Und sonst, wollen Sie nichts anderes ausleihen?«

»Nein. Ich fliege morgen in meine Heimat zurück und wollte Ihnen nur vorher dafür danken, daß Sie mich immer verständnis- und respektvoll behandelt haben. Bis… irgendwann.«

Sie gaben einander die Hand und wünschten sich gegenseitig Glück.

Die Bibliothekarin wartete, bis das Mädchen gegangen war, dann verlor sie die Beherrschung. Warum bloß hatte sie die Gelegenheit nicht genutzt, um ihr ihr Geheimnis zu erzählen? Nun würde sie es bestimmt mit ins Grab nehmen. Warum hatte sie nicht geantwortet, als das Mädchen den Mut gehabt hatte, sie zu fragen, ob sie je ihren Mann betrogen habe?

›Tja, Pech gehabt.‹

Sex war zwar nicht das Wichtigste auf der Welt, aber trotzdem. Sie blickte um sich; wie viele dieser Bücher hier erzählten von Menschen, die sich verliebten, aus den Augen verloren und wiederfanden. Von Seelen, die miteinander kommunizierten, von fernen Orten, Abenteuern, Leid, Sorgen. Doch kaum ein Autor forderte seine Leser auf: »Meine Herrschaften, Sie sollten den Frauenkörper besser verstehen lernen.« Warum wurde denn nirgendwo offen darüber geredet?

Vielleicht war niemand wirklich daran interessiert. Die Männer waren immer auf der Suche nach etwas Neuem, waren immer noch steinzeitliche Jäger, die dem Instinkt der Arterhaltung folgten. Und die Frauen? Aus eigener Erfahrung wußte Heidi, daß der Wunsch, mit dem Partner einen Orgasmus zu haben, nur die ersten Jahre anhielt; dann schlief man weniger oft miteinander, und keine Frau redete darüber, weil sie glaubte, daß es nur ihr so ging. Und sie log, tat so, als sei sie es leid, jede Nacht dem Drängen ihres Mannes nachzugeben.

Die Frauen konzentrierten sich dann vermehrt auf andere Dinge: Kinder, Küche, Zeitpläne, Haushalt, Rechnungen, die bezahlt werden mußten, Toleranz gegenüber den

Eskapaden des Mannes, Urlaubsreisen, in denen sie sich mehr um die Kinder als um sich selbst kümmerten. Vielleicht gab es unter den Eheleuten Kameradschaft oder sogar Liebe, aber keinen Sex mehr.

Sie hätte offener mit der jungen Brasilianerin reden sollen, die ihr so naiv und unschuldig vorkam wie ihre eigene Tochter und noch weniger Ahnung hatte vom Leben. Eine Ausländerin, die fern ihrer Heimat lebte, sich in einem uninteressanten Job abmühte; die auf einen Mann wartete, der ihr Sicherheit geben, den sie heiraten, dem sie Orgasmen vortäuschen und mit dem sie Kinder haben konnte – und dabei alles, Orgasmus, Klitoris und G-Punkt, vergessen konnte. Sie würde eine gute Ehefrau, eine gute Mutter sein, dafür Sorge tragen, daß es im Haus an nichts fehlte, manchmal heimlich masturbieren, dabei an einen wildfremden Mann denken, der ihr auf der Straße begegnet war und sie begehrlich angeschaut hatte. Und sie würde den Schein wahren – warum bloß war der Schein so wichtig?

Er war der Grund, weswegen sie die Frage ›Hatten Sie schon einmal außerehelichen Sex?‹ nicht beantwortet hatte. So etwas nimmt man mit ins Grab, dachte sie. Ihr Mann war der Mann ihres Lebens geblieben, obwohl Sex nur noch eine ferne Erinnerung war. Er war ein großartiger Partner, ehrlich, großzügig, immer gut gelaunt gewesen; er hatte hart gearbeitet, um die Familie zu ernähren, und hatte sich für deren Glück verantwortlich gefühlt. Der ideale Mann, von dem die Frauen träumen, und gerade deshalb fühlte sie sich mies, wenn sie daran dachte, daß sie einmal gewünscht hatte, mit einem anderen Mann zusammenzusein – und es auch getan hatte.

Sie erinnerte sich, wie sie ihm begegnet war. Es war auf dem Heimweg von Davos gewesen, einem Ort in den Bergen, als eine Lawine den Bahnverkehr für ein paar Stunden lahmlegte. Sie hatte zu Hause angerufen, damit ihre Familie sich keine Sorgen machte, dann war sie zum Bahnhofskiosk gegangen, hatte sich ein paar Zeitschriften gekauft, mit denen sie sich die lange Wartezeit zu verkürzen hoffte.

Da sah sie einen Mann mit einem Rucksack und einem Schlafsack. Er hatte graues Haar, sonnengebräunte Haut und war der einzige, der sich wegen der Verspätung keine Sorgen zu machen schien; ganz im Gegenteil, er lächelte, blickte sich suchend nach jemandem um, mit dem er reden könnte. Sie hatte eine der Zeitschriften aufgeschlagen, doch als sie einmal aufschaute, konnte sie die Augen nicht schnell genug abwenden, um zu verhindern, daß der Mann auf sie zukam.

Noch bevor sie ihn mit einer höflichen Ausrede wieder wegschicken konnte, begann er zu sprechen. Er sagte, er sei Schriftsteller. Er sei zu einer Podiumsdiskussion eingeladen gewesen, und nun würde er wegen der Lawine sein Flugzeug verpassen. Ob sie ihm helfen könne, ein Hotel zu suchen, wenn sie in Genf angekommen seien?

Sie schaute ihn an: Wie konnte jemand, der in einem ungemütlichen Bahnhof stundenlang auf eine Zugverbindung wartete und außerdem wußte, daß er sein Flugzeug verpaßte, so gut gelaunt sein?

Der Mann redete mit ihr, als wären sie alte Freunde. Er erzählte von seinen Reisen, von seiner Schriftstellerei und, zu ihrem Entsetzen, von den vielen Frauen, die er geliebt hatte und denen er in seinem Leben begegnet war. Sie selbst nickte nur, während er unbeirrt weiterredete. Hin und wieder unterbrach er sich, bat sie, doch auch einmal von sich zu erzählen, doch sie antwortete nur: ›Ich bin ein ganz gewöhnlicher Mensch, an mir ist nichts Besonderes.‹

Plötzlich ertappte sie sich dabei, wie sie wünschte, der Zug möge niemals kommen. Das Gespräch war hochinteressant, sie erfuhr Dinge, über die sie bislang nur in Romanen gelesen hatte. Und da sie den Schriftsteller nie wiedersehen würde, faßte sie sich ein Herz und begann ihn über Themen auszufragen, die sie interessierten. Sie durchlebte damals in ihrer Ehe gerade eine schwierige Phase, ihr Ehemann wollte sie immer um sich haben, und sie wollte wissen, wie sie ihn glücklich machen könnte. Der Schriftsteller machte einige interessante Vorschläge, schien aber nicht gern über ihren Mann reden zu wollen.

»Sie sind eine sehr interessante Frau«, sagte er. Das hatte seit vielen Jahren niemand mehr zu ihr gesagt.

Sie wußte nicht, wie sie darauf reagieren sollte. Er bemerkte ihre Verwirrung, wechselte das Thema und begann von Wüsten, Bergen, versunkenen Städten und verschleierten Frauen mit nacktem Bauch zu erzählen, von Kriegern, Piraten und weisen alten Männern.

Der Zug kam. Sie setzten sich nebeneinander, und plötzlich war sie nicht mehr die verheiratete Frau mit einer Villa am See, drei Kindern, die sie großziehen mußte, sondern eine Abenteuerin, die zum ersten Mal in Genf ankam. Sie schaute auf die Berge, den Fluß und fühlte sich glücklich neben einem Mann, der sie erobern wollte (alle Männer wollen nur das eine) und alles daransetzte, um sie zu beeindrucken. Sie dachte daran, wie viele Männer sie möglicherweise hatten erobern wollen und daß sie ihnen nie die geringste Chance gegeben hatte. Aber an diesem Morgen war die Welt wie verwandelt gewesen, und sie war ein junges, achtunddreißigjähriges Mädchen, das staunend zuließ, daß ein Mann sie verführte.

Da tauchte im vorzeitigen Herbst ihres Lebens, als sie nichts Neues mehr erwartete, dieser Mann auf einem Bahnsteig auf und trat, ohne anzuklopfen, in ihr Leben. Sie stiegen in Genf aus, und sie fand ein Hotel für ihn (ein einfaches, denn er wollte noch am Abend abreisen und keine weitere Nacht in der sündhaft teuren Schweiz verbringen). Er bat sie, mit ihm hinaufzugehen und nachzusehen, ob das Zimmer in Ordnung sei, und sie wußte, was gemeint war, ging aber trotzdem mit. Sie schlossen die Tür, küßten sich heftig und voller Begehren, er riß ihr die Kleider vom Leib, und – mein Gott! – er kannte den weiblichen Körper, weil er das Leiden und die Frustrationen vieler Frauen kannte.

Sie liebten sich den ganzen Nachmittag, und erst als es dunkel wurde, verflog der Zauber, und sie sprach den Satz aus, den sie am liebsten sofort wieder zurückgenommen hätte:

»Ich muß nach Hause. Mein Mann wartet auf mich.«

Er zündete eine Zigarette an. Sie schwiegen minutenlang, und keiner von beiden sagte adieu. Heidi erhob sich und ging, ohne sich noch einmal umzudrehen, hinaus, denn sie wußte, jeder Satz würde der falsche sein. Sie würde den Schriftsteller niemals wiedersehen. Ihm hatte sie es zu verdanken, daß sie ein paar Stunden lang nicht mehr die treue Ehefrau, Hausfrau, liebevolle Mutter, vorbildliche Beamtin, beständige Freundin, sondern einfach nur Frau gewesen war. Ihr Mann, der sehr wohl merkte, daß etwas vorgefallen war, fand, sie sei plötzlich soviel fröhlicher oder auch trauriger, er könne es nicht beschreiben. Doch ein paar Tage später war alles wieder wie vorher.

›Schade, daß ich dem Mädchen das nicht erzählt habe‹, sagte sie sich. ›Doch sie hätte es sicher nicht verstanden, denn sie lebt noch in einer Welt, in der die Menschen einander treu sind und Liebesschwüre auf ewig gelten.‹

Aus Marias Tagebuch:
Ich weiß nicht, was er gedacht hat, als er an diesem Abend die Tür aufmachte und mich mit meinen beiden Koffern dastehen sah.

»Keine Angst«, sagte ich sofort, »ich will nicht hier einziehen. Laß uns essen gehen.«

Er hat mir kommentarlos geholfen, das Gepäck hineinzutragen. Er hat weder ›Hallo‹ noch ›Wie schön, daß du da bist‹ gesagt. Er hat mich einfach gepackt, mich geküßt, angefangen, mich zu streicheln, meine Brüste, mein Geschlecht, am ganzen Körper, als hätte er die ganze Zeit nur darauf gewartet und als wüßte er, daß dies vielleicht die letzte Gelegenheit sei.

Er hat mir den Mantel ausgezogen, das Kleid, mich nackt ausgezogen, und dort in der Eingangshalle, in der kalten Zugluft, haben wir uns ohne irgendein Ritual oder Vorspiel zum ersten Mal richtig geliebt. Ich überlegte noch, ihm zu sagen, er solle aufhören, wir sollten es uns bequemer machen, wir hätten doch alle Zeit, um unsere Sinnlichkeit zu erforschen. Aber zugleich wollte ich ihn in mir haben, weil er der Mann war, den ich niemals besessen hatte und wohl nie besitzen würde und gerade deshalb mit all meiner Kraft lieben konnte. Zumindest eine Nacht wollte ich das haben, was ich nie zuvor gehabt hatte und wahrscheinlich nie wieder haben würde.

Er legte mich auf den Boden, drang in mich ein, noch be-

vor ich ganz naß war, aber der Schmerz störte mich nicht, im Gegenteil, mir gefiel es so, denn er sollte merken, daß ich sein war und er mich nicht vorher fragen mußte. Jetzt war nicht der Augenblick, ihm irgend etwas beizubringen oder ihm zu zeigen, daß ich sensibler, sinnlicher war als andere Frauen. Jetzt ging es nur darum, ja zu sagen, daß er willkommen war, daß ich darauf gewartet hatte und freudig akzeptierte, daß er alle zwischen uns abgemachten Regeln mißachtete. Jetzt sollten nur unsere Triebe uns leiten, der männliche und der weibliche. Wir hatten die konventionellste aller Stellungen eingenommen – ich unten und er oben –, und ich spielte ihm nichts vor, stöhnte nicht. Ich sah ihn nur an, um mich später an jede einzelne Sekunde erinnern zu können. Ich wollte sehen, wie sein Gesicht sich veränderte, ich wollte spüren, wie seine Hände mein Haar packten, sein Mund mich biß, mich küßte. Kein Vorspiel, keine Zärtlichkeiten, keine Raffinessen, nur er in mir und ich in seiner Seele.

Er beschleunigte den Rhythmus und verlangsamte ihn wieder, hielt zwischendurch inne, um mich anzusehen, aber er fragte nicht, ob es mir gefiel, weil er wußte, daß unsere Seelen in diesem Augenblick nur so miteinander kommunizieren konnten. Der Rhythmus wurde schneller, und ich wußte, daß die elf Minuten gleich zu Ende sein würden. Ich wünschte, sie würden nie aufhören, weil es so gut war – ach, mein Gott, so gut, sich hinzugeben und nicht zu besitzen! Irgendwann verschwamm alles vor meinen Augen, und ich spürte, daß wir in eine andere Dimension eintraten: Ich war die Große Mutter, das Universum, die geliebte Frau, die heilige Hure dieser alten Rituale, die er mir kürzlich bei einem Glas Wein am Kamin erklärt hatte. Ich fühlte, daß er kam, und seine Arme umfingen mich mit aller Kraft, seine Bewegungen wurden intensiver, und dann schrie er – er stöhnte nicht, biß sich nicht auf die Lippen, er schrie! Brüllte! Brüllte wie ein Tier! Mochten doch die Nachbarn die Polizei rufen, wenn es sie störte, mir war es egal. Und dann erfüllte mich eine ungeheure Freude: so war es von Anbeginn gewesen, als der erste Mann der ersten Frau begegnet war und sie sich das erste Mal geliebt hatten.

Sein Körper brach über meinem zusammen, und ich weiß nicht, wie lange wir so eng umschlungen dalagen. Ich streichelte sein Haar, so wie ich es nur in der Nacht getan hatte, in der wir uns im Hotel im Dunkeln eingeschlossen hatten. Ich spürte, wie sein Herzschlag sich ganz allmählich beruhigte. Und als seine Hände anfingen, zart meine Arme zu streicheln, bekam ich am ganzen Körper eine Gänsehaut.

Er muß an irgend etwas Konkretes gedacht haben – beispielsweise das Gewicht seines Körpers auf meinem –, denn er rollte zur Seite, hielt meine Hand, und wir lagen nebeneinander auf dem Rücken und starrten zur Decke, zum Kronleuchter empor.

»Hallo, guten Abend«, sagte ich zu ihm.

Er zog mich an sich, zog meinen Kopf an seine Brust, streichelte mich noch eine ganze Weile, dann sagte auch er: »Hallo, guten Abend.«

»Die Nachbarn müssen alles gehört haben«, meinte ich, weil »ich liebe dich« zu sagen mir in diesem Augenblick fehl am Platze zu sein schien, weil es offensichtlich war, daß wir uns liebten.

Und Ralf antwortete: »Es zieht«, obwohl er auch lieber »es war einfach wunderbar« gesagt hätte. »Laß uns in die Küche gehen.«

Wir erhoben uns, und ich sah, daß er nicht einmal die Hose ganz ausgezogen hatte. Er zog sie hoch. Ich schlüpfte nackt in meinen Mantel. Wir gingen in die Küche, er kochte Kaffee, rauchte zwei Zigaretten, während ich nur eine rauchte. Als wir am Tisch saßen, bedankten wir uns stumm beieinander.

Schließlich faßte er sich ein Herz und fragte, was die Koffer zu bedeuten hätten.

»Ich fliege morgen mittag nach Brasilien zurück.«

Eine Frau begreift, wann ein Mann für sie wichtig ist. Ob die Männer so etwas auch begreifen? Oder mußte ich »ich liebe dich«, »ich würde gern bei dir bleiben«, »bitte mich, zu bleiben« sagen?

»Geh nicht!« Ja, er hatte begriffen.

»Ich gehe. Ich habe ein Gelübde abgelegt.«

Denn sonst hätte ich womöglich geglaubt, daß dies für immer war. Aber das war es nicht, es gehörte zum Traum eines Mädchens aus dem hintersten Winkel eines fernen Kontinents, das in die große Stadt geht (so groß nun auch wieder nicht) und nach vielen Hindernissen dem Mann begegnet, den es liebt. Aber dies hier war der Schlußstrich unter alle schwierigen Augenblicke, die ich durchgemacht hatte, das Happy-End. Wenn ich mich später an mein Leben in Europa zurückerinnern würde, stünde am Ende immer die Geschichte eines Mannes, der sich in mich verliebt hatte, der immer mein sein würde, da ich seine Seele besucht hatte.

Ach, Ralf, du weißt nicht, wie sehr ich dich liebe. Ich glaube, wir verlieben uns immer in dem Augenblick, in dem wir dem Mann unserer Träume zum ersten Mal begegnen, obwohl der Verstand uns weismachen will, daß wir uns irren. Wir beginnen uns halbherzig dagegen zu wehren. Bis der Augenblick kommt, in dem wir unseren Gefühlen nachgeben, und genau das ist in jener Nacht passiert, als ich barfuß und schlotternd vor Kälte und Schmerz durch den Park gegangen bin und begriff, wie sehr du mich liebtest.

Ja, ich liebe dich so, wie ich noch nie einen Mann geliebt habe, und ebendeshalb gehe ich, denn wenn ich bleibe, würde der Traum Wirklichkeit werden, und ich würde dich besitzen wollen – all das, was aus Liebe allmählich Sklaverei macht. Es ist besser, es bleibt ein Traum. Wir müssen sehr vorsichtig mit dem sein, was wir aus einem Land mitnehmen – oder aus dem Leben.

»Du hattest keinen Orgasmus«, sagte er und versuchte so, das Thema zu wechseln, vorsichtig und zuvorkommend zu sein, keinen Druck auszuüben. Er hatte Angst, mich zu verlieren, und er glaubte, noch die ganze Nacht vor sich zu haben, um mich umzustimmen.

»Ich hatte keinen Orgasmus, aber ich habe es wahnsinnig genossen.«

»Aber es wäre besser gewesen, wenn du einen gehabt hättest.«

»Ich hätte einen vortäuschen können, um dich zufriedenzustellen, aber das hast du nicht verdient. Du bist ein Mann, Ralf Hart, in allem, was dieses Wort an Schönem, Intensivem beinhaltet. Du hast mich unterstützt, mir ge-

holfen, hast zugelassen, daß ich dich unterstütze und dir helfe, ohne dies in irgendeiner Weise als Demütigung zu verstehen. Ja, ich hätte gern einen Orgasmus gehabt, hatte aber keinen. Doch ich fand den kalten Boden, deinen heißen Körper, die Heftigkeit, mit der du mit meiner Zustimmung in mich eingedrungen bist, wunderbar.

Heute habe ich die Bücher zurückgebracht, die ich noch ausgeliehen hatte, und die Bibliothekarin hat mich gefragt, ob ich mit meinem Partner über Sex spreche. Ich hätte am liebsten gefragt: Mit welchem Partner? Und über was für Sex? Aber sie hatte es nicht verdient, sie war immer sehr lieb zu mir gewesen. Tatsächlich hatte ich, seit ich in Genf angekommen bin, nur zwei Partner: einen, der das Schlimmste in mir geweckt hat, weil ich es zugelassen, ihn sogar darum gebeten habe. Der andere bist du, der mir das Gefühl zurückgab, in die Welt zu gehören. Ich würde dir gern beibringen, wo du meinen Körper berühren mußt, wie intensiv, wie lange, und ich weiß, daß du das nicht als Kritik, sondern als Anregung auffaßt, damit unsere Seelen besser miteinander kommunizieren. Die Kunst der Liebe ist wie deine Bilder: Sie verlangt von einem Paar Technik, Geduld und vor allem viel Praxis. Man muß wagemutig sein, über das hinausgehen, was gemeinhin unter ›Liebe machen‹ verstanden wird.«

Schluß. Da war wieder die Lehrerin, und das wollte ich nicht sein, aber Ralf rettete die Situation, indem er eine Zigarette anzündete, die dritte in weniger als einer halben Stunde.

»Erstens wirst du heute die Nacht hier verbringen.« Das war keine Bitte, das war ein Befehl. »Zweitens werden wir

uns wieder lieben, aber weniger gierig, mit mehr Begehren. Und drittens möchte ich gern, daß du die Männer besser verstehen lernst.«

Die Männer besser verstehen? Ich hatte jede Nacht mit ihnen verbracht, mit Weißen, Schwarzen, Asiaten, Juden, Moslems, Buddhisten. Wußte Ralf das nicht?

Ich fühlte mich leichter; wie gut, daß das Gespräch sich zu einer Debatte entwickelte, ich war drauf und dran gewesen, Gott um Vergebung zu bitten und mein Gelübde zu brechen.

Doch die Wirklichkeit hatte mich wieder und sorgte dafür, daß ich meinen Traum nicht antastete und dem Schicksal nicht in die Falle ging.

»Ja, die Männer besser verstehen«, wiederholte Ralf, und es klang leicht ironisch. »Du redest davon, deine weibliche Sexualität auszuleben, mir helfen zu wollen, deinen Körper zu entdecken, Geduld, Zeit zu haben. In Ordnung, aber ist dir schon einmal in den Sinn gekommen, daß wir verschieden sind, zumindest was die Zeit betrifft? Warum beklagst du dich nicht bei Gott?

Als wir uns begegnet sind, habe ich dich gebeten, mir etwas über Sex beizubringen, weil mein Begehren erloschen war. Weißt du, warum? Weil jede sexuelle Beziehung nach ein paar Jahren in Langeweile oder Frustration endete, da ich begriffen hatte, daß es sehr schwierig war, den Frauen, die ich geliebt hatte, ebensoviel Lust zu verschaffen wie sie mir.«

Das mit den anderen »Frauen, die ich geliebt hatte« gefiel mir nicht, doch ich überspielte meine Gekränktheit, indem ich mir eine Zigarette anzündete.

»Ich hatte nicht den Mut, sie zu bitten: ›Lehre mich, deinen Körper verstehen!‹ Aber als ich dich getroffen habe, sah ich dein Licht, verliebte ich mich sofort in dich, dachte, daß ich zu diesem Zeitpunkt meines Lebens, an dem ich nichts mehr zu verlieren hatte, ehrlich mit mir selbst sein konnte – und zu der Frau, die ich an meiner Seite haben wollte.«

Meine Zigarette schmeckte großartig, und ich hätte ihn gern gebeten, mir ein bißchen Wein einzuschenken, wollte aber nicht vom Thema ablenken.

»Warum denken die Männer immer nur an Sex, anstatt das zu tun, was du mit mir getan hast, nämlich herauszufinden, wie ich mich fühle?«

»Wer sagt denn, daß wir immer nur an Sex denken? Ganz im Gegenteil: Wir bringen Jahre unseres Lebens damit zu, uns davon zu überzeugen, daß Sex für uns wichtig ist. Prostituierte oder Jungfrauen führen uns in die körperliche Liebe ein, wir erzählen unsere Abenteuer jedem, der sie hören will, und wenn wir älter sind, paradieren wir mit einer jungen Geliebten am Arm, um unseren Geschlechtsgenossen zu zeigen, daß wir genau dem Bild entsprechen, das Frauen von uns Männern haben.

Aber soll ich dir mal was sagen? Wir verstehen überhaupt nichts. Wir glauben, daß Sex und Ejakulation ein und dasselbe sind, was sie eben gerade nicht sind. Wir lernen nichts dazu, weil wir nicht den Mut haben, der Frau zu sagen: ›Lehr mich, deinen Körper zu verstehen.‹ Wir lernen nichts dazu, weil die Frau auch nicht den Mut hat, zu sagen: ›Lerne zu verstehen, wie ich bin.‹ Wir bleiben beim ursprünglichen Fortpflanzungstrieb stehen, und das war's dann. Weißt du, was wichtiger für einen Mann ist als Sex?«

Ich dachte, es sei vielleicht Geld oder Macht, sagte aber nichts.

»Sport. Und weißt du, warum? Weil ein Mann den Körper eines anderen Mannes versteht. Dort, beim Sport, sieht man den Dialog zwischen Körpern, die sich verstehen.«

»Du bist verrückt.«

»Mag sein. Aber hast du schon einmal überlegt, was die Männer, mit denen du im Bett warst, fühlen?«

»Ja, das habe ich; sie waren alle unsicher. Sie hatten Angst.«

»Schlimmer noch als Angst. Sie waren verletzlich. Sie begriffen nicht recht, was sie taten. Sie wußten nur, daß die Gesellschaft, die Freunde, ihre Frauen es für wichtig hielten. ›Sex, Sex, Sex, das ist das Salz des Lebens‹, so heißt es überall, in der Werbung, in den Filmen, in den Büchern. Keiner weiß, wovon er redet. Nur daß der Trieb stärker ist als wir alle.«

Genug jetzt. Ich hatte versucht, Sexlektionen zu erteilen, um mich zu schützen, und er machte es genauso. Und so weise er sich dabei auch ausdrückte, um mich zu beeindrucken – so wie auch ich ihn immer beeindrucken wollte –, so dumm war es und unserer Beziehung unwürdig. Ich zog ihn an mich, denn – unabhängig davon, was er mir alles noch sagen oder ich von mir denken mochte – so viel hatte ich immerhin begriffen: Am Anfang war alles Liebe und Hingabe gewesen. Aber dann war die Schlange zu Eva gekommen und hatte gesagt: »Was du gegeben hast, wirst du verlieren.« So war es mit mir gewesen – ich wurde noch in der Schulzeit aus dem Paradies vertrieben, und seither habe ich stets versucht, der Schlange zu sagen, daß sie sich irrte, daß leben wichtiger sei, als etwas für sich zu behalten. Aber die Schlange hatte recht und ich unrecht.

Ich kniete nieder, zog ihn langsam aus und sah, daß sein Geschlecht ruhte, nicht reagierte. Ihn schien das nicht zu stören, und ich streichelte ihn zwischen den Beinen, kitzelte seine Füße. Sein Geschlecht begann langsam zu reagieren, und ich berührte es, dann nahm ich es in den Mund, und ohne Hast – damit er es nicht als ›los, mach dich bereit zu handeln‹ mißverstand – küßte ich ihn zärtlich wie jemand, der nichts erwartet, und gerade deshalb gelang mir alles. Ich fühlte, daß er erregt wurde, und er begann meine Brustwarzen zu berühren, umkreiste sie wie in jener Nacht vollkommener Dunkelheit, weckte in mir den Wunsch, ihn wieder zwischen meinen Beinen oder in meinem Mund zu haben oder wie auch immer er mich besitzen wollte.

Er zog meinen Mantel nicht aus; beugte mich nach vorn auf den Tisch, bis mein Oberkörper darauf lag und meine Beine fest auf dem Boden standen. Er drang langsam in mich ein, diesmal ohne Hast, ohne Angst, mich zu verlieren – denn im Grund hatte er auch schon begriffen, daß dies ein Traum war und für immer ein Traum bleiben, niemals Wirklichkeit werden würde.

Als ich ihn in mir spürte und er meine Brüste, mein Geschlecht kundig liebkoste wie eine Frau, begriff ich, daß wir füreinander geschaffen waren, beide mit unserer weiblichen und männlichen Seite, daß die beiden Teile, die einander verloren hatten, sich wiedergefunden hatten.

Als er in mich eindrang und mich liebkoste, spürte ich, daß er nicht nur mit mir Liebe machte, sondern mit dem ganzen Universum. Wir hatten Zeit, Zärtlichkeit, und wir kannten einander. Ja, es war wunderbar gewesen, mit meinen Koffern zu erscheinen; auch dieser Augenblick, als er mich auf den Boden zog, ich erst gehen wollte, dann aber sein heftiges Eindringen genoß; aber es war auch gut, zu wissen, daß die Nacht nie aufhören würde und daß der Orgasmus hier am Küchentisch nicht das Ziel, sondern der Beginn unserer Begegnung war.

Sein Geschlecht in mir bewegte sich nicht, während seine Finger sich schnell bewegten, und ich hatte nacheinander, ein, zwei, drei Orgasmen. Ich wollte ihn wegstoßen, der Schmerz der Lust war so groß, daß er mich fast in die Knie zwang, aber ich hielt stand, nahm hin, daß es so war, daß ich noch einen Orgasmus würde ertragen können und noch einen und noch einen…

…und plötzlich explodierte eine Art Licht in mir. Ich war nicht mehr ich selbst, sondern ein Wesen, das allem, was ich kannte, unendlich überlegen war. Als seine Hand mich zum vierten Orgasmus führte, trat ich in einen Raum ein, in dem alles Frieden war, und bei meinem fünften Orgasmus trat ich aus mir heraus und gab mich ganz hin.

Ich war die Erde, die Berge, die Flüsse, die in die Seen flossen, die Seen, die zum Meer wurden. Er bewegte sich immer schneller, und der Schmerz vermischte sich mit Lust, und ich hätte sagen können »ich halte es nicht mehr aus«, aber das wäre nicht richtig gewesen, denn jetzt waren er und ich nur noch ein einziges Wesen.

Ich ließ ihn gewähren. Seine Fingernägel krallten sich in mein Gesäß, und als ich dort bäuchlings auf dem Küchentisch lag, dachte ich, es gibt keinen besseren Ort, um sich zu lieben. Die Tischbeine knirschten, sein Atem ging immer schneller, seine Fingernägel taten mir weh. Geschlecht schlug gegen Geschlecht, Fleisch gegen Fleisch, und zusammen trieben wir auf einen neuen Orgasmus zu, und keiner spielte dem anderen etwas vor.

»Komm«, sagte er.

Und ich wußte, daß der Augenblick da war, spürte, wie mein ganzer Körper erschlaffte, wie ich aufhörte, ich selbst zu sein – ich hörte, sah und schmeckte nichts mehr, fühlte nur noch.

»Komm!«

Und ich kam mit ihm. Es waren keine elf Minuten, sondern eine Ewigkeit, in der wir beide aus unseren Körpern heraustraten und freudig und einträchtig durch die Gärten des Paradieses wandelten. Ich war Frau und Mann, und er war Mann und Frau. Ich weiß nicht, wie lange es gedauert hat, aber alles schien still und ins Gebet versunken zu sein, als hätten das Universum und das Leben aufgehört zu existieren und wären zu etwas Namenlosem, Zeitlosem, Heiligem geworden.

Doch dann kehrte ich ins Jetzt zurück, und ich hörte seine Schreie, und ich schrie mit ihm. Die Tischbeine scharrten, und keinen von uns kümmerte es, was der Rest der Welt denken mochte.

Unvermittelt zog er sich aus mir zurück. Ich lachte, und er drehte mich zu sich herum und lachte auch. Wir drückten uns aneinander, als wäre es für uns beide das erste Mal gewesen.

»Segne mich«, bat er.

Ich segnete ihn, ohne zu wissen, was ich da tat. Ich bat

ihn, es mir nachzutun, und er tat es mit den Worten: »Gesegnet sei diese Frau, die ich so liebe.« Und dann umarmten wir uns wieder und blieben so stehen, fassungslos darüber, wie weit elf Minuten einen Mann und eine Frau bringen können.

Wir waren beide nicht müde. Wir gingen ins Wohnzimmer, er legte eine Platte auf, und er machte genau das, was ich mir gewünscht hatte: Er zündete den Kamin an und schenkte mir Wein ein. Dann schlug er ein Buch auf und las:

»Geboren werden hat seine Zeit, sterben hat seine Zeit;
pflanzen hat seine Zeit, ausreißen, was gepflanzt ist,
hat seine Zeit;
töten hat seine Zeit, heilen hat seine Zeit;
weinen hat seine Zeit, lachen hat seine Zeit;
klagen hat seine Zeit, tanzen hat seine Zeit;
Steine wegwerfen hat seine Zeit, Steine einsammeln
hat seine Zeit;
herzen hat seine Zeit, aufhören zu herzen hat seine Zeit;
suchen hat seine Zeit, verlieren hat seine Zeit;
behalten hat seine Zeit, wegwerfen hat seine Zeit;
zerreißen hat seine Zeit, zunähen hat seine Zeit;
schweigen hat seine Zeit, reden hat seine Zeit;
lieben hat seine Zeit, hassen hat seine Zeit;
Streit hat seine Zeit, Friede hat seine Zeit.«

Das klang wie ein Abschied. Aber es war der schönste Abschied, der mir in meinem Leben je beschert worden war.

Ich umarmte ihn, er umarmte mich, wir legten uns auf

den Teppich vor dem Kamin. Alles war so warm und vertraut, als wäre ich schon immer eine erfahrene, glückliche, erfüllte Frau gewesen.

»Wie konntest du dich in eine Prostituierte verlieben?«

»Anfangs verstand ich es nicht. Doch jetzt, nachdem ich darüber nachgedacht habe, glaube ich, daß ich mich, da ich wußte, daß dein Körper mir nie allein gehören würde, ganz darauf konzentrieren konnte, deine Seele zu erobern.«

»Und die Eifersucht?«

»Man kann zum Frühling nicht sagen, ›hoffentlich kommst du bald und dauerst lange‹. Man kann nur sagen: ›Komm und segne mich mit deiner Hoffnung, und bleib so lange, wie du kannst.‹«

Worte, die in den Wind geschrieben waren. Aber ich mußte sie hören, und er mußte sie sagen. Ich schlief ein und träumte… von einem Duft, der alles erfüllte.

Als Maria die Augen aufschlug, drangen die ersten Sonnenstrahlen durch die Jalousien. ›Wir haben uns zweimal geliebt‹, dachte sie und blickte auf den neben ihr schlafenden Mann. ›Und dennoch ist es, als wären wir immer zusammengewesen und als kennte er mein ganzes Leben, meine Seele, meinen Körper, mein Licht, meinen Schmerz.‹

Sie stand auf, ging in die Küche, kochte Kaffee. Da sah sie die beiden Koffer auf dem Flur, und ihr fiel alles wieder ein: das Gelübde, das Gebet in der Kirche, ihr Leben, der Traum, der unbedingt Wirklichkeit werden und seinen Zauber verlieren wollte, der vollkommene Mann, die Liebe, bei der Körper und Seele eins und Lust und Orgasmus zwei verschiedene Dinge sind.

Sie hätte bleiben können; sie hatte nichts zu verlieren, nur eine Illusion mehr. Dann dachte sie an den Bibelvers: *Weinen hat seine Zeit, lachen hat seine Zeit.*

Doch danach kam noch ein Vers: *Herzen hat seine Zeit, nicht mehr herzen hat seine Zeit.* Sie trank den Kaffee, schloß die Küchentür, bestellte telefonisch ein Taxi. Sie nahm all ihre Willenskraft zusammen, die sie so weit gebracht hatte, die die Quelle ihres ›Lichts‹ war, die ihr gesagt hatte, wann sie weggehen mußte, damit die Erinnerung an diese Nacht bewahrt bliebe. Sie kleidete sich an, nahm ihre Koffer und trat vor die Haustür. Dabei wünschte sie sich sehnlichst, er möge aufwachen und sie bitten zu bleiben.

Aber er wachte nicht auf. Während sie draußen auf das Taxi wartete, kam eine Zigeunerin mit einem Armvoll Blumen vorbei.

»Möchten Sie eine Blume?«

Maria kaufte ihr eine ab; es war das Zeichen, daß der Herbst gekommen, der Sommer vorbei war. In Genf würden die Tische bald von den Bürgersteigen und die vielen Spaziergänger aus den sonnenbeschienenen Parks verschwinden. Nun denn. Sie ging schließlich freiwillig fort und durfte sich nicht beklagen.

Im Flughafen trank sie noch einen Kaffee, sie mußte die vier Stunden bis zum Abflug herumbringen. Sie hoffte inständig, Ralf würde jeden Augenblick hereinkommen, denn kurz vor dem Einschlafen hatte sie ihm noch gesagt, wann ihre Maschine nach Paris ging. Aber so war es nur in den Filmen: Im letzten Augenblick, wenn die Frau schon das Flugzeug besteigt, kommt der Mann verzweifelt angerannt, packt sie, küßt sie und holt sie unter den nachsichtigen Blicken des Flugpersonals wieder in seine Welt zurück. Dann wird das Wort ›Ende‹ eingeblendet, und alle Zuschauer wissen, daß die beiden von nun an glücklich leben bis in alle Ewigkeit.

›Die Filme erzählen nie, was nachher geschieht‹, tröstete sie sich. ›Hochzeit, Küche, Kinder, immer unregelmäßigerer Sex; die Entdeckung des ersten Briefes einer Geliebten, Zeter und Mordio schreien, seine Versprechungen, es würde nicht wieder vorkommen; ein zweiter Brief von einer anderen Geliebten, wieder Zeter und Mordio und die Drohung, sich von ihm zu trennen; diesmal reagiert der Mann nicht so selbstsicher, sagt seiner Frau nur, daß er sie liebt. Der dritte Brief der dritten Geliebten und dann der Entschluß, sich stillschweigend damit abzufinden und darüber hinwegzusehen, aus Angst, er könnte auf die Idee kommen, zu sagen, er liebe sie nicht mehr, es stehe ihr frei, zu gehen.‹

Ja, die Zeit danach wurde immer ausgespart. Die meisten Filme hörten immer auf, bevor Wirklichkeit und Alltag begannen. Doch darüber wollte sie sich jetzt nicht den Kopf zerbrechen.

Sie las ein, zwei, drei Zeitschriften. Endlich, nachdem sie eine Ewigkeit im Wartebercich gesessen hatte, wurde ihr Flug aufgerufen, und sie ging zum Gate. Sie sah im Geiste wieder eine dieser Filmszenen, in der die Frau, als sie den Gurt schließt, eine Hand auf ihrer Schulter spürt und sich umblickt, und er steht lächelnd hinter ihr.

Aber nichts dergleichen geschah.

Sie schlief auf der kurzen Strecke zwischen Genf und Paris. Sie hatte sich noch nicht überlegt, was alles sie ihren Eltern erzählen konnte und was nicht, aber sie würden glücklich sein, ihre Tochter wieder in die Arme zu schließen, die ihnen eine Zukunft auf einer Farm und ein gesichertes Alter bot.

Sie erwachte vom Aufprall bei der Landung. Während das Flugzeug auf der langen Rollbahn zum Terminal fuhr, kam die Stewardeß zu ihr, um ihr zu sagen, daß die Maschine nach Brasilien von Terminal F abflog, sie aber in Terminal C ankommen würden. Maria brauche sich keine Sorgen zu machen, sie habe noch viel Zeit, und das Bodenpersonal sei ihr gerne behilflich.

Während die Maschine zum Ankunftsterminal rollte,

überlegte Maria, ob es sich lohnen würde, einen Tag in Paris zwischenzuschalten, einfach um ein paar Fotos zu schießen und nachher zu Hause erzählen zu können, daß sie in Paris gewesen sei. Außerdem brauchte sie Zeit, um nachzudenken, um mit sich allein zu sein und die Erinnerung an die vergangene Nacht ganz tief in sich zu vergraben, damit sie sie jederzeit hervorholen konnte, wenn sie sich lebendig fühlen wollte. Ja, Paris war eine gute Idee. Sie fragte die Stewardeß, wann der nächste Flug nach Brasilien ging, falls sie beschließen sollte, nicht gleich weiterzufliegen.

Die Stewardeß wollte ihr Ticket sehen und meinte dann, leider würde ihr dieses keinen Stop-over erlauben. Maria tröstete sich damit, daß es womöglich deprimierend gewesen wäre, eine so schöne Stadt allein zu entdecken. Sie schaffte es ja nur mit Müh und Not, ihren kühlen Kopf und ihre Willenskraft zu bewahren. Eine schöne Stadt, gekoppelt mit der Sehnsucht nach jemandem, das hatte ihr gerade noch gefehlt!

Sie stieg aus, ging durch die Gänge zum anderen Terminal. Ihr Gepäck war durchgecheckt, sie brauchte sich nicht darum zu kümmern. Die Türen gingen auf, die Passagiere traten hinaus, wurden erwartet, von Ehepartnern, Müttern, Kindern in die Arme geschlossen. Maria tat unbeteiligt und wurde sich gleichzeitig ihrer Einsamkeit doppelt bewußt; nur daß sie diesmal ein Geheimnis hatte, einen Traum, und darum nicht so bitter war und das Leben leichter nehmen konnte.

»Uns bleibt immer Paris.«

Das war kein Touristenführer. Das war kein Taxifahrer. Ihre Beine zitterten, als sie diese Stimme hörte.

»Uns bleibt immer Paris.«

»Das ist ein Satz aus einem Film, den ich sehr liebe. Möchtest du den Eiffelturm sehen?«

Das wollte sie gern. Sogar sehr gern. Ralf hatte einen Rosenstrauß im Arm, und seine Augen waren voller Licht.

»Wie hast du es geschafft, vor mir hier zu sein?« fragte sie, im Grunde nur, um etwas zu sagen, denn die Antwort interessierte sie überhaupt nicht. Sie brauchte nur etwas Zeit, um durchzuatmen.

»Ich sah dich in einer Zeitschrift lesen. Ich hätte zu dir kommen können, aber ich bin romantisch, unheilbar romantisch, und fand es besser, die erste Maschine nach Paris zu nehmen, ein wenig auf dem Flughafen herumzuspazieren, drei Stunden zu warten, unzählige Male die Ankunftszeiten zu kontrollieren, Blumen für dich zu kaufen, Ricks Satz aus ›Casablanca‹ vor mich hin zu sagen und mir dein überraschtes Gesicht vorzustellen. Und ich wollte sicher sein, daß es genau das ist, was du willst, daß du auf mich gewartet hast, daß alle Entschlossenheit und Willenskraft der Welt nicht verhindern können, daß die Liebe die Spielregeln von einem Augenblick auf den anderen umstößt. Es kostet doch nichts, romantisch zu sein wie in den Filmen, oder?«

Sie wußte nicht, ob es etwas kostete oder nicht, aber der Preis war ihr gleichgültig – auch wenn ihr klar war, daß sie diesen Mann erst vor kurzem kennengelernt hatte, sie sich erst vor wenigen Stunden das erste Mal geliebt hatten, er sie erst gestern seinen Freunden vorgestellt hatte. Sie wußte, daß er Stammkunde im ›Copacabana‹ und daß er zweimal verheiratet gewesen war. Und das sprach nicht gerade für ihn. Sie hingegen hatte genug Geld, um eine Farm zu kaufen, war jung und besaß trotzdem eine große Erfahrung in Lebens- und Seelenfragen. Aber das Schicksal stellte sie erneut vor die Wahl. Und wieder einmal fand sie, daß sie das Risiko eingehen sollte.

Mochte geschehen, was wollte, nachdem das Wort ›Ende‹ eingeblendet wurde. Sie küßte ihn. Nur eins stand für sie fest: Sollte eines Tages jemand beschließen, ihre Geschichte zu erzählen, dann müßte er sie mit den Worten beginnen, mit denen die Märchen anfangen:

Es war einmal…

Nachwort

Wie alle Menschen auf der Welt – und in diesem Fall fürchte ich mich keineswegs vor Verallgemeinerungen – habe ich lange gebraucht, um die heilige Seite des Sex zu entdecken. Meine Jugend fiel in eine Zeit extremer sexueller Freizügigkeit, in der wir viel Wichtiges herausfanden, aber auch Exzesse durchlebten. Auf sie folgte eine konservative, repressive Zeit, die, als Preis für die Übertreibungen, zum Teil traumatische Folgen hatte.

In diesem Jahrzehnt der Exzesse (gemeint sind die siebziger Jahre) schrieb der Schriftsteller Irving Wallace ein Buch über die amerikanische Zensur und benutzte dazu das juristische Geplänkel um die Publikation eines Textes über Sex, die mit allen Mitteln verhindert werden soll: *Die sieben Minuten*.

Allerdings dient das verbotene Buch im Roman von Wallace nur als Vorwand, und sexuelle Aktivitäten werden nur selten dargestellt. Ich habe mir damals ausgemalt, was dieses verbotene Buch wohl erzählt hat; und mit dem Gedanken gespielt, es zu schreiben.

Letztlich habe ich mir den Gedanken aus dem Kopf geschlagen, unter anderem auch, weil Wallace in seinem Buch den nicht existenten Roman ziemlich genau beschrieben hat. Übrig blieb der Titel (ich fand Wallace' Zeitangabe allerdings sehr konservativ und beschloß die von ihm angegebene Zeitspanne zu verlängern). Und geblieben ist auch, daß ich mir vornahm, einmal ernsthaft über Sexualität zu schreiben, was im übrigen viele Schriftsteller vor mir bereits getan hatten.

1997 mußte ich in Mantua einen Vortrag halten. Als ich anschließend ins Hotel kam, überreichte mir der Portier ein Manuskript, das für mich abgegeben worden war. Normalerweise lese ich solche Manuskripte nicht, aber dieses habe ich gelesen – die wahre Geschichte einer brasilianischen Prostituierten, die mit dem Gesetz in Konflikt kommt, ihre Ehen, ihre Abenteuer. Als ich 2000 auf der Durchreise in Zürich war, rief ich jene Prostituierte an (deren Deckname Sonia ist) und sagte ihr, daß mir ihr Text gefallen habe. Ich empfahl ihr, ihn an meinen brasilianischen Verlag zu schicken, der jedoch entschied, ihn nicht zu veröffentlichen. Sonia, die damals in Italien lebte, nahm den Zug und traf mich in Zürich. Sie lud mich und einen Freund und eine Reporterin des ›Blick‹, die mich gerade interviewt hatte, zu einem Besuch in der Langstraße ein, dem Rotlichtmilieu von Zürich. Ich wußte nicht, daß sie ihren Kolleginnen von unserem Kommen erzählt hatte, und zu meiner Überraschung endete das Ganze mit einer improvisierten Signierstunde, in der ich Ausgaben meiner Bücher in allen Sprachen der Welt vorgelegt bekam.

Damals war ich bereits entschlossen, über Sex zu schreiben, doch ich hatte weder einen Plot noch eine Hauptfigur. Ich dachte an etwas, was sehr viel mehr mit der konventionellen Suche nach dem heiligen Aspekt des Sex zu tun hatte. Doch dieser Besuch in der Langstraße lehrte mich etwas: Um über die heilige Seite des Sex schreiben zu können, mußte ich begreifen, warum Sex so herabgewürdigt worden war.

Im Gespräch mit einem Journalisten der Schweizer Zeitschrift ›L'illustré‹ erzählte ich die Geschichte von der improvisierten Signierstunde in der Langstraße, und er veröffentlichte dazu eine große Reportage. Die Folge war, daß bei einer Lesung in Genf ebenfalls Prostituierte mit ihren Büchern erschienen. Auf eine wurde ich besonders aufmerksam – ich ging zusammen mit ihr und meiner Agentin und Freundin Mônica Antunes einen Kaffee trinken. Daraus wurde ein Abendessen, dem mehrere Treffen in den nächsten Tagen folgten. Damals entstand der rote Faden von *Elf Minuten*.

Ich möchte Anna von Planta, meiner Schweizer Lektorin, danken, die mir einige wichtige Hinweise zur rechtlichen Situation der Prostituierten in ihrem Lande gegeben hat. Danken möchte ich auch folgenden Frauen in Zürich (Decknamen): Sonia, die ich das erste Mal in Mantua getroffen habe (wer weiß, vielleicht interessiert sich ja einmal jemand für ihr Buch!), Martha, Antenora, Isabella. Und in Genf (auch Decknamen): Amy, Lucia, Andrei, Vanessa, Patrick, Thérèse, Anna Christina.

Ich danke auch Antonella Zara, die mir erlaubte, Ausschnitte aus ihrem Buch *Die Wissenschaft der Leidenschaft* in Marias Tagebuch zu benutzen.

Schließlich möchte ich Maria (Deckname) danken, die heute in Lausanne lebt, verheiratet ist und zwei hübsche Töchter hat. Auf ihrer Geschichte, die sie Mônica und mir erzählt hat, basiert dieses Buch

Paulo Coelho, Winter/Frühling 2002

Schlußbemerkung

Am 29. Mai 2002 bin ich, wenige Stunden bevor ich den Schlußpunkt unter dieses Buch setzte, in die Grotte von Lourdes gegangen, um dort aus der Quelle ein paar Gallonen des wundertätigen Wassers abzufüllen. Ein etwa siebzigjähriger Mann sprach mich an. »Wußten Sie, daß Sie Paulo Coelho ähnlich sehen?« fragte er. Ich antwortete ihm, daß ich derselbe sei. Der Mann umarmte mich, stellte mir seine Ehefrau und seine Enkelin vor. Er erzählte mir, wie wichtig meine Bücher in seinem Leben gewesen seien, und schloß mit den Worten: »Sie bringen mich zum Träumen.« Diesen Satz hatte ich schon mehrfach gehört, und er hatte mich immer glücklich gemacht. In diesem Augenblick war ich jedoch sehr erschrocken – denn ich wußte, daß *Elf Minuten* ein schwieriges, sperriges, schockierendes Thema behandelte. Ich ging zur Quelle, füllte das Wasser ab und fragte ihn dann, wo er wohne (im Norden Frankreichs, nahe der belgischen Grenze), und notierte mir seinen Namen.

Dieses Buch ist Ihnen gewidmet, Maurice Gravelines. Ich bin Ihnen, Ihrer Frau, Ihrer Enkelin verpflichtet. Aber vor allem mir selbst verpflichtet, über das zu sprechen, was mich beschäftigt, nicht über das, was alle gern hören würden. Einige Bücher bringen uns zum Träumen, andere führen uns zur Realität, aber mit keinem Buch darf der Autor aufgeben, was ihm am wichtigsten ist: die Aufrichtigkeit, mit der er schreibt.

Das Diogenes Hörbuch zum Buch

Paulo Coelho
Elf Minuten

Ungekürzt gelesen von
Nadja Schulz-Berlinghoff
und Markus Hoffmann

6 CD, Spieldauer 449 Min.

Paulo Coelho im Diogenes Verlag

Der Alchimist
Roman. Aus dem Brasilianischen von Cordula Swoboda Herzog
Auch als Diogenes Hörbuch

Am Ufer des Rio Piedra saß ich und weinte
Roman. Deutsch von Maralde Meyer-Minnemann
Auch als Diogenes Hörbuch

Der Fünfte Berg
Roman. Deutsch von Maralde Meyer-Minnemann

Auf dem Jakobsweg
Tagebuch einer Pilgerreise nach Santiago de Compostela. Deutsch von Maralde Meyer-Minnemann
Auch als Diogenes Hörbuch

Veronika beschließt zu sterben
Roman. Deutsch von Maralde Meyer-Minnemann
Auch als Diogenes Hörbuch

Handbuch des Kriegers des Lichts
Deutsch von Maralde Meyer-Minnemann
Auch als Diogenes Hörbuch

Der Dämon und Fräulein Prym
Roman. Deutsch von Maralde Meyer-Minnemann
Auch als Diogenes Hörbuch

Elf Minuten
Roman. Deutsch von Maralde Meyer-Minnemann
Auch als Diogenes Hörbuch

Unterwegs – Der Wanderer
Gesammelte Geschichten. Ausgewählt von Anna von Planta. Deutsch von Maralde Meyer-Minnemann

Der Zahir
Roman. Deutsch von Maralde Meyer-Minnemann

Sei wie ein Fluß, der still die Nacht durchströmt
Geschichten und Gedanken. Deutsch von Maralde Meyer-Minnemann
Ausgewählte Geschichten und Gedanken auch als Diogenes Hörbücher: *Sei wie ein Fluß, der still die Nacht durchströmt* sowie *Die Tränen der Wüste*

Die Hexe von Portobello
Roman. Deutsch von Maralde Meyer-Minnemann
Auch als Diogenes Hörbuch

Brida
Roman. Deutsch von Maralde Meyer-Minnemann
Auch als Diogenes Hörbuch

Der Sieger bleibt allein
Roman. Deutsch von Maralde Meyer-Minnemann
Auch als Diogenes Hörbuch

Schutzengel
Roman. Deutsch von Maralde Meyer-Minnemann
Auch als Diogenes Hörbuch

Aleph
Roman. Deutsch von Maralde Meyer-Minnemann
Auch als Diogenes Hörbuch

Die Schriften von Accra
Roman. Deutsch von Maralde Meyer-Minnemann
Auch als Diogenes Hörbuch